文春文庫

警視庁公安部・片野坂彰

群狼の海域

濱 嘉之

文藝春秋

警視庁公安部・片野坂彰
群狼の海域

目次

都道府県警の階級と職名

階級　所属	警視庁、府警、神奈川県警	道県警
警視総監	警視総監	
警視監	副総監、本部部長	本部長
警視長	参事官級	本部長、部長
警視正	本部課長、署長	部長
警視	所属長級：本部課長、署長、本部理事官	課長
	管理官級：副署長、本部管理官、署課長	
警部	管理職：署課長	課長補佐
	一般：本部係長、署課長代理	
警部補	本部主任、署係長	係長
巡査部長	署主任	主任
巡査		

警視庁組織図

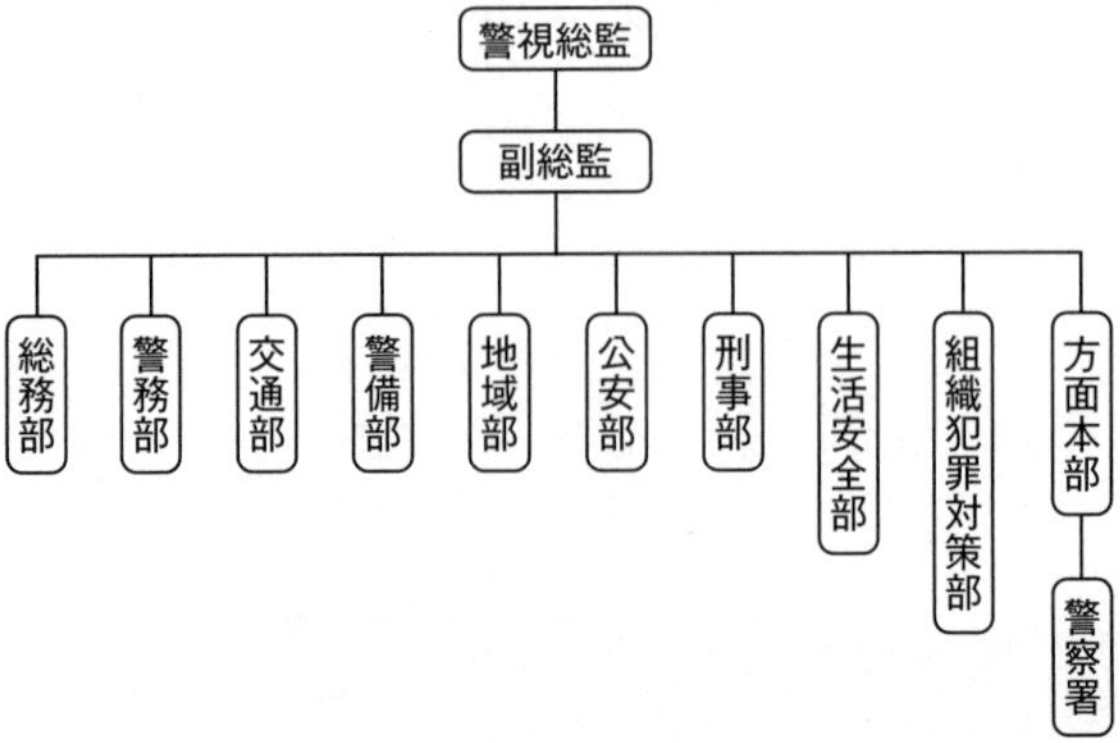

主要登場人物

片野坂彰……… 警視庁警視正。職名は部付。公安部長付特別捜査班を率いるキャリア。鹿児島県出身、ラ・サール高校から東京大学法学部卒、警察庁へ。イェール大留学、民間軍事会社から傭兵、ＦＢＩ特別捜査官の経験をもつ。

香川　潔……… 警視庁警部補。公安部長付特別捜査班。片野坂が新人の時の指導担当巡査。神戸出身、灘高校から青山学院大学卒、警視庁へ。警部補のまま公安一筋に歩む。

白澤香葉子…… 警視庁警部補。公安部長付特別捜査班。カナダで中高を過ごした帰国子女。ドイツのハノーファー国立音楽大学へ留学。英仏独語など４か国語を自在に操り、警視庁音楽隊を経て公安部に抜擢される。ＯＳＣＰ資格およびＯＳＥＥ資格を持つハッカー。

望月健介……… 警視庁警視。公安部長付特別捜査班。元外務省職員、元国際テロ情報収集ユニット所属。ジョンズ・ホプキンズ大学高等国際問題研究大学院を卒業した中東問題のエキスパート。かつてシリアでＩＳＩＬの戦士「バドル」として戦い、その経歴を買われて片野坂に引き抜かれた。警察庁に中途入庁し、警視庁に出向する形を取っている。

レイノルド・フレッシャー… ＦＢＩの内局の一つである連邦捜査局国家保安部（ＮＳＢ）の上席調査官。片野坂のＦＢＩ時代の同僚。

アレックス…… アメリカ国家安全保障局（ＮＳＡ）の首席分析官。データサイエンティスト。片野坂のＦＢＩ時代の同僚で、ＮＳＢから引き抜かれた。

ヴァルター…… ドイツ連邦情報局（ＢＮＤ）の捜査官。片野坂の友人。

群狼の海域

警視庁公安部・片野坂彰

プロローグ

高く澄み渡った青空だった。

この空の影響で海も見える範囲は全《すべ》て青く、風もないせいか白波も見えなかった。海の手前まで千枚田《せんまいだ》が広がり、畦道《あぜみち》にはたくさんの土筆《つくし》が顔を出していた。ここに着くまでの道路には満開の桜並木があり、その根元には鮮やかな黄色いラッパ水仙が植えられていた。

「こんな日は本当に珍しいんですよ」

「ここから海だけを見ていると、まるでハワイの海を見ているようで、これが日本海とは思えませんね」

片野坂彰《かたのさかあきら》は、途中の桜並木のことをすっかり忘れたかのように、静かな日本海を眺めながら答えていた。

「わざわざ警視庁からいらっしゃったので、ここの千枚田の神様がお気遣《きづか》い下さったのでしょう」

「ありがたいことです。それにしても見事な千枚田ですね」

「この白米《しろよね》千枚田は世界農業遺産に指定された『能登の里山里海』の代表的な棚田として、年々注目を浴びているんです。そしてここでは、日本古来の『苗代田《なわしろだ》』を復活させ、実際に種籾《たねもみ》から苗を育成して稲作を行うという農法を採っているのです」

「なるほど……段々畑は世界中にありますが、これがお米を育てる千枚田となると、まさに『日本の原風景』という感じがしますね」

片野坂は千枚田を一望できる展望台の一段下の畦道に立って、足元を流れるせせらぎの音に耳を傾けながら、日本国の遺産とも思えるような光景に見入っていた。

案内をしている石川県警察警備部公安課上席管理官の渡邉修一《わたなべしゅういち》警視が、片野坂の横顔を見ながら嬉しそうに訊《たず》ねた。

「私も、石川県内でこの景色が一番好きなんです。ところで誠に失礼とは存じますが、片野坂部付《ぶつき》は普段、部下の方をお連れにならないのですか?」

「部下というよりも同僚は三人しかいませんし、そのうち一人は海外におりますので、重大案件でもない限りは全員が単独行動をとっています」

「さすがに警視庁さんは違いますね……しかも、片野坂部付はキャリア官僚で極めて優秀な方だと、うちの本部長から聞いていますが」

「官僚は余計ですが、うちのセクションのメンバーは階級意識が全くない人たちですから、和気あいあいと楽しく仕事をやっていますよ」

「そんなことが実際にあるものなのですか？」

「まあ、特殊と言えば特殊な人間関係かもしれませんが、仕事には皆厳しいですよ」

「私も年に数回しか本部長と話をさせて頂くことがないのですが、今回、片野坂部付がいらっしゃるということで、國島《くにしま》本部長から呼ばれまして、『勉強してこい』と、直々に仰せつかりました」

「國島さんは僕の三年先輩で、僕が今のポストに就《つ》いた時の公安総務課長でしたから、僕も頭が上がらないんですよ。仕事には実に厳しい方ですが、人間的には立派な人でしょう？」

「県知事も一目置いている……という評判です。うちの知事も長期政権なものですから、本部長を後継者にしたいと近しい人には言っているようです」

「それは知事が人を見る目を持っている証拠ですね」

「ところで、今回の来県は対北朝鮮とロシア中国問題……と伺いましたが、ここに何かその兆候でもあるのでしょうか？」

渡邉上席管理官の質問に片野坂が海を見たまま答えた。

「北朝鮮による国家的な拉致プロジェクトの最初の場所が、ここ能登半島だったことは公安に入る時に学んだのではないですか？」

渡邉上席管理官はハッとした顔つきになって答えた。

「確かに、ここ輪島《わじま》とは半島を挟んで反対側の富山湾側にある能登町の宇出津《うしつ》海岸でした」

「そう。宇出津事件と呼ばれている、一九七七年九月に発生した事件です。もちろん、北朝鮮は未だにこの事件を認めてはいませんが、北朝鮮工作員に包摂され土台人《どだいじん》にされた在日朝鮮人・李秋吉《イシュンギル》が工作員の指示を受け、かねてから知り合いだった男性を海岸へと連れ出し、工作船で迎えに来た別の北朝鮮工作員に引き渡したことを自白しています。ご存知のように、この事件では石川県警の警備部が、押収した乱数表から暗号の解読に成功しました。しかし、この事実によって工作員が事件関係者を抹殺し、新たな情報を収集することが困難となり、かえって事件解決が難しくなってしまったため、長年秘匿事項とされましたからね」

土台人とは、北朝鮮の諜報・情報機関の工作員が日本に潜入する際に、対日工作活動の土台として利用する在日朝鮮人のことである。古今東西を問わず諜報機関が外国に存在する自国民等のネットワークを使って諜報活動を行うのは、常套手段である。

「確かにそうでした……するとまた何か事件が起こるのでしょうか？」

「それはこれから明らかにしていかなければならない問題です。ただ、当時、日本と朝鮮半島の間では、この拉致事件の四年前に東京都内でＫＣＩＡによって敢行された金大《キムデ》中《ジュン》拉致事件が発生しています。北朝鮮が南朝鮮のこの拉致を参考にしたのかどうかはわかりませんが、北朝鮮が最初の拉致という最も危険な作業の現場としてなぜこの地を選んだのかを、僕なりに考えてきました」

「確かにそうですよね……いくら出迎えをする工作員がいるからと言って、日本海に面した日本国土の中で、大陸からはかなり遠い場所ですからね」

「そこなんです。能登半島の真向かいとなると北朝鮮とロシアの国境、もしくはウラジオストク辺りになりますよね。実はロシアは南朝鮮の釜山《プサン》が欲しくて仕方がない……と伝えられています」

「はい？　北朝鮮ではなく、大韓民国の釜山……ですか？」

渡邉上席管理官が驚いたような顔つきで訊ねた。片野坂は表情を変えることなく晴れ渡った日本海を眺めながら答えた。

「最近、中国とロシアのトップが極めて似た政治手法を執《と》っていると思いませんか？」

「確かに独裁専制君主のようだと思います。しかも、妙な接近も見せていますよね」

「僕は、朝鮮半島の国家が今のままの出来の悪い二人のリーダーを戴《いただ》きつづけるのなら、三十八度線はなくなってもいい……寧《むし》ろ、南北ではなく、東西にロシアと中国が分割してもいいと思っているんですよ」

「えっ……すると、日本は大丈夫なのですか？」

「そのためには、日本は強くなくてはなりません。釜山港にできるロシアの原子力潜水艦基地から出港する潜水艦の日本海における自由航行を許す代わりに、北方四島を返還させるくらいの、強引な外交交渉ができる政治家の登場を待っているんです」

「片野坂部付……本気でそんなことをおっしゃっているのですか？」

渡邉上席管理官が唖然《あぜん》とした顔つきで片野坂を眺めて訊ねた。

「今のままの南朝鮮では、いつまで経っても外交交渉なんてできないことは、最近の日本のトップだって感じていますし、いわんや北朝鮮においてをや……です。そんなことなら、いっそのことガラガラポンで朝鮮半島の分捕《ぶんど》り合戦をやっている間に竹島や尖閣《せんかく》諸島を日本が制圧して実効支配したほうがいいということです」

「確かに、南北朝鮮と外交ができないことは明らかですが……アメリカは黙って見ているでしょうか？」

「アメリカは対中国外交で手一杯でしょう。当然、日本の立場も相応に苦しくなるはずです。ですから、日本は中国、ロシアの関係が流動化する中で、独自の外交、防衛対策が必要でしょう。そのためには、地政学上、能登半島というところは重要な場所になってくると思うのです」

「まさか、ここに海上自衛隊の基地でもできるわけじゃないでしょうね」

「対馬《つしま》、隠岐《おき》、舞鶴《まいづる》、輪島、新潟、秋田、函館《はこだて》……その全てに日本の潜水艦基地が必要

「途方もないことをよく平気でおっしゃいますよね」

「途方もない？　すでに四十四年前に、北朝鮮は日本に宣戦布告してきているんですよ。それもこの能登半島に上陸作戦を行ったんです。当時の汲々《きゅうきゅう》とした経済体制の中で……ですよ。さらにその三年後の昭和五十五年には兵庫県で『磯の松島事件』と呼ばれる事件が起こり、工作員の訓練を受けるため北朝鮮へ不法出国しようとした男と、その案内役として同行した男二人が、外国人登録法と出入国管理令違反で逮捕されました。そしてその裁判結果は執行猶予付きでした。なんと間の抜けた国なのか……」

「現役の警察キャリアの立場にある方、しかも公安警察のトップに近い方の言葉とは思えませんね」

　渡邉上席管理官が呆《あき》れたような顔つきで言った。

「公安警察だって、以前に比べれば相当弱くなってきていると思いますよ。命を懸けて戦う対象があまりにも少なくなってしまいましたからね」

「極左ですか？」

「左だけでなく右も同じでしょう。行動右翼の九割以上がヤクザもんですからね。それに比べれば、国際テロリズムのメンバーが日本に入り込んでいることのほうが気になります」

「イスラム原理主義者ですか？」

「ほとんどがそうですが、原理主義はあらゆる宗教にあるわけで、その中でも旧ソビエト連邦傘下《さんか》の国家には、様々な宗教が入り混じっていて、その中の原理主義者が問題なのです」

「ソ連……懐かしい響きですね」

「呼び名は変わりましたが、実態はあまり変わっていませんし、プーチン政権になって、かつてのスターリンのような専制国家になってしまいました。政敵に毒殺を試みるところは北朝鮮の金正恩《キムジョンウン》と同じですし、近隣国家との外交や政治手法は中国の習近平《しゅうきんぺい》のそれに似ています」

「ロシアはソ連と実態が変わっていない……というのはどういう意味ですか？」

「現在ロシアとよばれている国家の正式名称はロシア連邦、ソ連を形成していた十五か国のうち、九か国が加盟している独立国家共同体なんですよ」

「えっ。ロシア共和国ではないのですか？」

「ロシア共和国？　そんな国はありませんよ。ロシア連邦は八十三の連邦構成主体に分かれていて、そのうち二十一主体が共和国と称しています。共和国は、ロシア民族以外の民族が郷土としている地域に建てられているのです」

「そんなに多くの民族がいる……というわけですか？」

「モンゴル帝国の影響も受けていますからね。宗教も様々です」

片野坂の説明に渡邉上席管理官は驚きの顔つきで訊ねた。

「モンゴル帝国ですか……フビライハンの頃ですね。そうすると、モスクワはどこの首都なんですか？」

「モスクワは、ロシア連邦の首都です。街の周囲を占めるモスクワ州の州都でもありますが、州とは区別され『モスクワ市』となっています」

「知りませんでした」

「そのロシアの原理主義者がマフィア化しているのです。中でもロシアにおけるムスリムは増加傾向にあり、その影響で原理主義者も増えているのです」

「イスラム原理主義者がマフィアになる……因果関係がよくわかりませんね」

「マフィアは元々その時々の外国人支配者に対する抵抗に始まり、それが政府に対する反発へと発展して主に労働運動などを扇動し、デモなどを通じて会社や政治への関係を強めたのです。今日のチャイニーズマフィア、ロシアンマフィアも同様の状況にあるわけです」

「政治に食い込む……相応の力が必要ですね」

「一気にトップに食い込むことは難しいでしょうが、彼らの協力者獲得工作は実に巧みです。将来のありそうな者が不遇の時に食い込む。そして何よりもスパイ自身がone of themになってしまわないように、十重二十重《とえはたえ》の工作を仕掛けているのです。現在の日本の政治家の中にも奴らの手練手管に下ってしまった連中が何人かいます。幸い、現在の与党に少ないのはいいことですが、だからといって油断はできません」

「そういえばＩＲ（統合型リゾート）の関係でも中国企業から接待を受けていた国会議員がいましたが、これは与党でしたね」

「脇が甘い国会議員は多いのです。特に平和呆《ぼ》けした団体の推薦を受けてきた連中に多い」

片野坂が呆れた顔つきになって言うと渡邉上席管理官が訊ねた。

「国会の世界ともなると権謀術数を操る者が周りに、さぞ多くいることでしょうね」

権謀術数とは、集団において自身の地位や評価などを高める目的のために、巧みに、かつ利己的に人を欺くはかりごとのことである。「権謀」は状況に応じた策略のこと、「術数」は計略のことである。

「そうですね。奴らは人が好きで、人をよく見ています。様々な分野に人脈を持ち、かなりの情報網を持っている」

「スパイは人が好きなのですか？」

「情報マンにとって、それが第一だと思います。時として協力者のことを大好きになる。しかし、最後の一線は決して譲らないのです。今、渡邉上席管理官が『権謀術数』といういい言葉を使われましたが、会話上のテクニックや気づかいなどの小さなことのみならず、時に賄賂《わいろ》や恐喝、暗殺などの直接的な手段、勝つための技法もこれに含まれています。そして、その最大の目的こそ、人を欺く計略をめぐらすことなのです」

片野坂の淡々とした口調に、渡邉上席管理官は背筋に冷や汗が流れたようで、シャツの背中の真ん中部分の色が濃くなっていた。

「失礼なことをお伺いしますが、片野坂さんにもそういう経験があるのですか？」

「僕もプロの情報屋の端くれです。敵に騙《だま》されるふりをするのも芸の内です」

「そうか……片野坂さんご自身も現場にいらっしゃるのでしたね。おみそれいたしました」

渡邉上席管理官が額の汗をぬぐいながら言うと、片野坂は平然と答えた。

「常に公安警察の本分を忘れないように心掛けているだけのことです」

渡邉上席管理官は「公安警察の本分」の一言に咄嗟《とっさ》に次の言葉が出なかった。片野坂は相変わらず飽きもせずに棚田と日本海を眺めていた。片野坂の穏やかでありながらも凛《りん》とした横顔を見つめて、渡邉上席管理官はようやく口を開いた。

「片野坂さん。この場所がお気に入りのようですが、他に見ておきたいところはありませんか」

「能登半島の北側海岸線にある三つの灯台と、輪島市内にある旧海軍望楼《ぼうろう》跡を確認したいですね」

渡邉上席管理官は啞然とした顔つきで片野坂の顔を見て訊ねた。

「警察的というよりも、防衛的観点なんですね……ちょうどこの千枚田は能登半島北海岸の中央地点になります。西から順に輪島市門前《もんぜん》にある猿山岬《さるやまみさき》灯台、旧海軍望楼跡、竜《たつ》ケ崎《がさき》灯台そして、ここ千枚田を挟んで、能登半島の突端にある珠洲《すず》市の狼煙《のろし》の灯台こと禄剛埼《ろっこうさき》灯台の四つですね」

「さすがに把握されていますね」

「いえ、私も門前の猿山岬灯台には行ったことがありません。よくその存在をご存じだと思って感心していたところです。竜ヶ崎灯台は輪島市内から近いのでよく知っていますし、狼煙の灯台は能登半島の名所の一つですから知っていました」

「旧海軍望楼跡は旧ロシア東洋艦隊をにらむ日本海の防衛基地跡だったわけで、特に有名なのは稚内《わっかない》、隠岐の島、小呂《おろの》島とこの輪島ですからね。とはいえ、明治時代のことなので、あまり意味はないのかもしれませんが、先人の発想を確認しておきたいと思ったのです」

「なるほど……おっしゃる意味はよくわかりました」

渡邉上席管理官は自ら運転している公用車で猿山岬灯台から順に片野坂の案内を始めた。

珠洲市の禄剛埼灯台に着いたのは夕方近かった。

「この岬は海から昇る朝日と、海に沈む夕陽が同じ場所で見られることで有名なんです」

「なるほど……突端ですからね……日本海に沈む夕陽というのは妙に哀愁《あいしゅう》がありますね」

「それなら、先ほどの千枚田で見るのがベストなんですけどね」

「確かにそうでしょうね。太陽が海に傾いてオレンジロードを作るのでしょう。その光が棚田の水面の一つ一つにまた輝くのですね……想像しただけで絶景が見えるようです。ではそれは次回の楽しみにしておきましょう」

「そうか……今日は金沢に戻らなければならなかったのでしたね」

「はい。今からでは八時過ぎになるでしょうが……」

そう答えながら禄剛埼灯台から日本海を眺める片野坂の目は、まさに情報マンのそれだった。

第一章　結婚相談所の情報

「最近、県内のいくつかの市役所職員の間で国際結婚が流行《はや》っているんですよ」

「どういうこと？」

関東管区警察学校の同期生である静岡県警の公安課補佐に相談を受けた警視庁公安部長付特別捜査班班長の香川潔《かがわきよし》は、一般財団法人法曹会が司法界の社交場として保有している、千代田区霞が関一丁目一番一号に所在する法曹会館のグリルでやや身を乗り出すように訊ねた。法曹会館は所在地の住所のとおり、皇居に一番近い、法務省の敷地内にある。住居表示における町名の丁目は、皇居を中心に放射式または環状式となって配列されている。

「それぞれの市内に地域密着型の結婚相談所がありましてね、そこが最近もっぱら外国人女性を紹介しているのですが、女性のレベルが高いらしく、妙な連鎖反応が起こっているようなんです。で、中には気の弱い奴もいて……」

「ほう？　一口に外国人と言っても、いろんな国があるだろう？」

「それが、ロシアや旧東欧諸国、さらには中国がほとんどのようなんです」

「なに？」

香川が憮然《ぶぜん》とした顔つきで声をあげた。

「その県内の市……というのは具体的にはどこなの？」

「それが、東部と西部の四市です」

静岡県は、日本国のほぼ真ん中に位置している。だが歴史的・文化的な経緯や、面積の比率を考慮に入れて、全国二地方区分においては東日本に分類されることが多い。一方、地質学的には、県を南北に走る糸魚川《いといがわ》静岡構造線を境として、安倍川以東を東日本、以西を西日本とするケースがある。本州を二分する大地溝帯としてフォッサマグナが有名だが、糸魚川静岡構造線はちょうどその西辺に該当する。さらに、官庁や企業・団体による分類では、静岡を西日本とする場合も見られる。また県内では、西の富士川と東の牧之原台地を境として、東部、中部、西部と分類されている。県東部はさらに、伊豆と狭義の東部とに分かれる。

「東部というと伊豆の方なの？」

「いえ、狭義の東部の方です」

「そうか……いずれにしても温泉繋がり……と言っていいのかな……」

「西部は三ケ日《みっかび》温泉、舘山寺《かんざんじ》温泉と弁天島温泉が主だったところなのですが……」

「四つの市に共通する点で言えば他に何かあるか？」

「確かに共通する点は温泉もあるのですが、反社会的勢力も共通しています」

「なるほどヤクザもんか……ちなみに東部にロシアンパブはあるの？」

「ロシアンパブもあるようですね。多国籍パブとしては、フィリピンパブさらにチャイニーズも多いようですけどね」

「フィリピンパブは津々浦々にあるからな。東京ではフィリピン人を『P』と省略するんだけど、Pもスペイン系の血が濃くなると、とんでもない美人がいるからな」

香川が笑いながら言うと公安課補佐も笑って訊ねた。

「香川さんは、そのP好きなんですか？」

「俺はダメだな。どちらかと言えば白系《はっけい》ロシアかな。美しいよ。二十代前半までだけどな」

「確かに三十代になるとびっくりするくらい太る体質の子が多いみたいですね」

「ところで、その市役所職員と結婚しているのは、ロシアンの中でも、ロシア連邦人じゃないだろう？」

「よくわかりますね。気になるのが自称ベラルーシ出身の女なんですが、あまりに結婚を急ぎたがっていたようなのです。結果的に女に押し切られる形で結婚したらしいのですが……」

「ベラルーシ……というのが気になるな……その女と、相手の市職員を調べることはできないかな……」

「この件は協力者情報ですから詳細がわかると思います」

「自称でもなんでもいいから、手掛かりになりそうなことを調べ上げてくれ。ちなみに、その市職員の名前は？」

「星川譲二《ほしかわじようじ》、一九八五年生まれの三十六歳です」

「人定《じんてい》はメールで送っておいてくれよ。それにしても、静岡県内の地域密着型結婚相談所というのが、リンクしているのか？」

「その裏もまだ取れていないのです」

香川が不思議そうに訊ねた。

「一番最初に調べることじゃないの？」

「それが、警備部のデータベースの調子が悪くて、検索ができない状況なんです」

「よくそれで公安をやっていられるな。情報だけでなく、基本も検索できないのか？」

「いえ、県内の基本は警察庁指定の重要案件ですので、これは別枠でデータ化しています」

「ふーん」

香川は警視庁と道府県警を比較してはならない……という不文律を知ってはいたが、あまりの杜撰《ずさん》さに呆れていた。

公安警察で基本となる分野は、各課の分掌《ぶんしょう》事務の中でも、当該課の設置目的にあたる部門であり、例えば警視庁の公安第一課の場合は極左暴力集団対策を行うセクションをいう。

香川は静岡県警が捜査を始めている結婚相談所と役所を結ぶ国際結婚に関して、どこかのシンジケートが、対日有害活動を目的としているのではないか……と考えていた。

「静岡だけのことなのか……調べてみる必要がありそうだな」

法曹会館で静岡県警の補佐と別れた香川は桜田通りを挟んだ警視庁本部のデスクに戻ると、関東管区警察局内の公安仲間に電話を入れた。

どこの県警もそのような情報に関心がなかったことから、早急な確認を依頼するとともに、都内でも以前からロシアンパブが多くある墨田区錦糸町《きんしちょう》を所管する本所《ほんじょ》警察の公安係に電話を入れて実態を聞いた。

「香川先輩ですか？　ご無沙汰しております、田園調布で剣道特練にいました関根《せきね》です」

特練とは、柔剣道、逮捕術の特別訓練のことで、警視庁本部各課、本部各部の執行隊、警察署のあらゆる所属の代表として試合に臨む選手候補だけが参加する訓練である。特練要員は、警察実務上の成績優秀者同様に所属の代表としての評価が高く、中でも警備部警衛《けいえい》課の皇族警護要員や、警護課のSPを目指す者にとっては最低限の資質の一つになる。また、本部各課も柔剣道で優れた者を優先的に欲しがる傾向がある。

「関根？　ああ、卒配の全勝男か……今、そこで何をやっているんだ？」

「一応、外事《がいじ》担当の係長をやっています」

「ほう？　卒配十一年で内勤係長か……まあまあだな」

香川は警察人生で唯一、警視庁署課対抗剣道大会で優勝した時のメンバーの顔を思い出しながら、早速用件について訊ねると、関根瑛一《えいいち》警部補が即座に答えた。

「確かにロシアンパブは多いのですが、錦糸町にはそんなに長い期間は勤めていないようなんです。売れっ子になった娘は、稼ぐだけ稼いですぐに帰国してしまいます。かつて、オウム真理教の幹部が通って入れあげていた源氏名『モニカ』はウラジオストクに大豪邸を建て、ロシアンパブ史上伝説のホステスになっているそうです」

「そうか……彼女たちはだいたい、どれくらい稼いだら帰国するんだ？」

「モニカではありませんが、どれだけ多くのパトロンを摑むか……によって異なります。ナンバーワンになると、六本木のキャバクラのトップ以上の稼ぎがありますから、年収でいうと一億五千万円くらいじゃないかと思います」

「そんなに稼ぐのか？」

素《す》っ頓狂《とんきょう》な声を上げた香川に関根が笑いながら答えた。

「ロシアンパブのナンバーワンはそんなものですよ。外国人パブのホステスの中では群を抜いて高い」

「お前、詳しいな」

「ロシアンマフィアの動向を見ていれば当然のことですよ」

「ロシアンマフィアか……そのことを忘れていたな……。どれくらいのマージンを取られるんだろう？」

「億を超えると、店に三割、マフィアに四割……と聞いています」

「七割も取られるのか？」

「所詮、売り物ですからね。ロシアンマフィアにしてみれば、稼ぐだけ稼いでもらって、目標を達成すれば自由を与えているようですね。何だかんだ言っても、ロシアも人身売買が多い土地柄ですからね」

「人身売買か……今でもそうなのか？」

「その点は、アメリカ合衆国国務省が『人身売買に関する年次報告書』を毎年発表していて、最新版でも、最低ランクである『Ｔｉｅｒ３』には中東、アフリカ、中南米の国々に加えて、ベラルーシ、ミャンマー、中華人民共和国、北朝鮮、ロシアも入っていますよ」

「顔ぶれを見れば、何となくわかるような気がするな……それと、流れ流れて場末にたどり着いた姉ちゃんも結婚で自由を与えられる……ということなのか？」

「場末に行った姉ちゃんは、まだ元を取っていない場合があると思うんです。そうなると、何らかの指示が出ている可能性があります」

「なるほど……どこまでも追い詰める……ということか……ロシアンマフィアならでは……ということか……」

香川のため息に関根が笑いながら言った。

「三重の売春島に売られた女性に比べれば天国ですよ」

「売春島こと渡鹿野島《わたかの》か……まだあるのか？」

渡鹿野島はリアス式海岸と牡蠣《かき》の養殖で有名な的矢《まとや》湾の奥に位置する、周囲約七キロメートルの島である。

この売春島の最盛期は一九七〇年代半ばから一九九〇年ごろまでで、一九八一年頃がピークだったと伝えられている。その頃には、人口二百人の島に十三軒もの置屋があったという。

「だいぶ寂《さび》れてきて、最近は東南アジア系の方が多いようです」

「よく知っているな」

香川が笑って言うと、本所署の担当官が生真面目《きまじめ》な声で答えた。

「私はどうしても外事一課に行きたくて、様々な方向からロシアとロシアンマフィアを調べているんです」

「そうか……それは大事なことだ。他の連中と同じようなことをしていても始まらないからな。ところで、錦糸町辺りのロシアンマフィアとつながっているヤクザもんはどこなんだ」

「ロシアンマフィアとの接点があるのは岡広組の伊東会と決まっています。これは全国統一規格のようなものらしいです」

「全国統一規格か……面白いことを言うな……伊東会と言えば静岡東部が本拠地だったな」

「そうです。新興宗教の最大勢力とも近い連中です」

香川は関根の打てば響くような、しかも幅広い知識に興味を持った。

「なるほど……お前もよく勉強しているな。外一《がいいち》なんて狙《ねら》わないで、いっそのこと俺のところに来ればいいのに」

「香川さんは公総のどこにいらっしゃるんですか?」

「公総じゃない部長直轄の特別捜査班だ」

「噂で聞いていた『部付』……というポストですか?」

「部付というのは俺たちの上司にあたる、キャリアの片野坂彰警視正の職名で、その配下が特別捜査班だ」

「そうすると、香川さんはその班長なのですか？」

「まあ、班長は班長なんだが、同僚に警視がいるからな。『班長』も警視庁本部勤務の警部補に与えられる単なる呼び名だな」

「同僚が警視ですか？　他に何人位いらっしゃるのですか？」

「どうせ調べればわかることだろうが、もう一人警部補がいる。だが、これは海外勤務だから、国内で動いているのは三人だけだ」

「えっ。すると警視正以下四人しかいないセクションなのですか？」

「そうだ。だから有能な人材を登用したいと思っているんだ」

「私はそんなに優秀ではありませんよ」

「今幾つだ？」

「もう三十三です。同期の早い奴は今年警部になりました」

「お前、そこで何年になるんだ？」

「中に入ってもう五年据え置かれています」

「そうか……せっかく二十八で警部補になったのに……誰も引っ張ってくれなかったか……」

「所轄じゃ警部試験には受かりませんから、何とか本部に行きたいところなのですが……」

「仕事を取るか階級を取るか……警部補で所轄の内勤に入ったら前者を選ぶ方が得策だな」

「確かに公安という仕事には誇りもありますが、星の数も増やしたいです」

警察で「星の数を増やす」とは「階級を上げる」ことの喩《たと》えである。これは旧階級章の「旭日章」が「星」と通称されており、階級が上がると数が増えるためだった。階級が三つ上がるごとに階級章の下地の色と柄が変わり、銀色の下地に一つの旭日章が巡査、金色の下地に三つの旭日章が付くと警視監だった。

「なるほどな……それが普通なんだろうが……それならば一日も早く本部に来て、まず警部試験に受かることだな」

「二次までは二回受かったのですが、所轄ではそれ以上は行けません」

「警部試験とはそんなものだ」

「えっ、そうだったのですか？　香川さんは優秀な長《ちょう》さんだったのに……」

「優秀な巡査部長が巡査を十二年もやらないさ。仕事が面白かったからな。おまけに階級意識というものを、警察学校時代から持ったことがなかったからな。ところで、お前大学はどこだったっけ？」

「関西《かんせい》学院です」

「そうだ、そうだった。関学の剣道部だったな……。剣道もスマートだった記憶がある」

「未だに特練要員です」

「今、何段になったんだ？」

「去年、六段を取らされました」

「なんだ、その……されました……というのは」

「私、まだ公式戦無敗なんです」

「なぬ……負けしらずか……そう言えば本所はA組で三連覇だったな。そのエースか……そりゃ署長が手放さないわけだな……」

警視庁柔剣道の最大の大会である、「署課対」と呼ばれる警察署、執行隊、本部毎に分かれた対抗戦で決勝まで残って全勝した選手は、昇段の権限が与えられる。ただし、剣道に関しては六段以上は全日本剣道連盟の資格試験に合格しなければならないのだが、剣道の指導者を目指すもの以外は、名誉段としてある程度の階級にならなければ受験をさせてもらえないのが実情である。

また、警視庁の百二ある警察署の中で、A組と言われるのは署長が警視正の大規模警察署であり、その中で柔剣道大会で優勝することは署長の最大の夢でもある。A組で優勝すると、優勝旗を持って、警視庁本部の警視総監以下、全ての部長に優勝の報告をすることができる。これは、警察のあらゆる部門でトップの成績を取る以上に、警察署長としては光栄なことなのだ。警視正の署長は最長で一年半の任期である。運が良ければ、二度の優勝を狙うことができる。本所警察署長はこの目的を達成するために、エースを温存したのだろうと香川は考えていた。

「署長は警視正ですからコロコロ替わるんですよ。ただ、本所は第七方面の中では基幹署ですが、署長でその後、伸びた人はほとんどいません」

「七方面は仕方ないだろうな。それよりもつかぬことを聞くが、ロシアンパブの姉ちゃんが日本人と結婚した……という話は聞いたことがないか？」

「ありますよ。ただし、錦糸町からではなく、一旦、六本木辺りのキャバクラに異動して、そこで見初められるパターンのようです」

「誰か知っているロシア人女性か、結婚相手はいないか？」

「私は知りませんが、私の協力者なら知っていると思います。その道の情報通なんです」

「聞いておいてくれないか……それから、外国人専門の結婚紹介所があるのかどうかも聞いてもらえるか？」

「外国人ウォータービジネス専門の結婚紹介所……ですか？」

関根が怪訝《けげん》な声で訊ねた。

「そういう感じだな」

「わかりました」

電話を切ると香川は反社会的勢力に詳しいマスコミ関連協力者に連絡を取って呼び出した。

「忙しいところ悪いな」

「香川さんのお呼びとあれば断ることなんてできませんよ。今日はどちら方面の話ですか？」

「いくつかあるんだが、まずはロシアンマフィアとヤクザもんの関係だな」

「ロシアンマフィアとつながりがあるのは、反社会的勢力の中でも不文律のようなものが出来上がっていて、岡広組の伊東会が独占しています」

「やはりそうか。その理由はなんなんだ？」

「旧ソ連時代後半からつながりがあるのですが、アメリカとソ連の冷戦関係で、日本のヤクザもアメリカからパージを受けていたことは、香川さんもご存じのとおりです。当時、アメリカが目を付けていたヤクザが岡広組だったのですが、その頃、岡広組で最も勢力を拡大していたのが武闘派としてその名を高めていた伊東会だったのです」

「そこまでは俺も知っている。伊東会のトップだった伊東忠弘《いとうただひろ》が心臓の移植手術をアメリカで受けるためにアメリカと裏交渉をやっただろう？」

「さすがですね。そこまでご存知ならば話は簡単です。その時、アメリカサイドから伊東忠弘に突き付けられた条件が、ロシアのペレストロイカを推進する勢力にくっついていたロシアンマフィアの情報収集だったのです」

「そういうことがあったのか……」

「そこでアメリカ政府は、当時のソ連が推し進めようとしていたシベリア開発に日本企業を使って、シベリアのエネルギー資源とパイプライン建設の情報収集をさせようとしたのです」

「なるほど……」

「その企業に抜擢《ばってき》されたのが、伊東会と最も近かった運送業者で、ロシア極東の運輸利権を与えるという口実で極東地域の道路開発を請け負わせる政治工作を始めたのです」

「すると利権に動いた政治家も当然かかわってくるわけだな……」

「そうです。かつて『猿は木から落ちても猿だが、代議士は選挙に落ちればただの人だ』と言った政治家の秘書をやっていた人ですよ。そして、そのまた秘書も政治家になってロシアとのパイプを作っていきました」

「『義理と人情とやせ我慢』で、最後に裏切られた政治家だな……すると、政治家もその流れに乗った議員が多いわけなのか？」

「原則的にはロシア利権につながりますからそうなるのですが、一時期、この主たる国会議員は沖縄にも手を出していたことから、沖縄利権も持っています」

「なるほど……あの時の弁当屋か……今や中国人に支配されているらしいな」

「何でもよくご存知じゃないですか」

「断片情報は持っているんだが、最近、歳のせいか、情報がなかなかつながらないんだ」

「そんなことはないでしょう。その弁当屋なんですが、沖縄では岡広組とは違う反社会的勢力とつながっている……という報道もあるようです」

「沖縄の反社会的勢力といえば、指定暴力団だけじゃないのか？」

「それが関西から出張してきている半グレ集団がいたのです」

「桜を見る会に来ていたり、首相夫人とのツーショット写真がある、あの連中か？」

「はい、それ以外にも沖縄選出で法務政務官を務めた経験があり、しかもＩＲをめぐる汚職事件で贈賄側とされる中国企業５００ドットコムから金を受け取っていたと伝えられる衆議院議員と、芸能人出身で不倫疑惑もあった女性参議院議員とのスリーショットまで流出していました。結構、政治家との繋がりも強いようなのです」

「中国のＩＲ関連との繋がりも出てきたのか……そういえば、天下のＮＨＫが半グレの言い分を流し、彼らの派手で贅沢な暮らしを紹介したことで半グレを美化するような印象を与えていたことに対して、番組制作に協力した大阪府警や京都府警の幹部は怒りをあらわにしたようだが、その中にその連中も含まれていたようだな」

「大阪、京都両府警は恥の上塗りだったですね」

「沖縄も要注意だな……二〇〇一年の中央省庁再編までは北海道開発庁、沖縄開発庁という役所があって、そのトップである長官はしばらく二つの庁を兼務していたからな」

「そう言えば、よく北海道・沖縄開発庁長官というのを耳にしていましたね」

「北海道や沖縄出身議員がいたのは確かだが、割と大物が就いていたのも事実だからな」

「私ももう少し分析しておきます」

電話を切った香川は「半グレ」という名前が出てきたことで、次の一手をどう打つべきか、しばらく腕組みをして考え込んでいた。

そこへ同僚の望月健介《もちづきけんすけ》が情報収集から帰ってきて、香川の様子に気付き香川のデスクにやってきた。

「香川さんにしては珍しく考え事ですか？」

香川は望月が帰ってきたことに気付いてはいたが、まだ頭の中の整理ができていない状態だったため、目を瞑《つぶ》って顔を天井に向けていた。

「たまにはあるんだよ」

そこまで答えて香川が望月を見て訊ねた。

「そういえばお前さん、ロシアンマフィアにも詳しかったよな」

質問を受けた望月は隣席の空《あ》いていた椅子を引っ張ってきて座りながら答えた。

「最近はチャイニーズマフィア専門になりつつありますが、ロシアンマフィアに何かあったのですか？」

「ああ、チャイニーズマフィアにも同様のことがあるらしいんだが、ロシアンパブのホステスが地方の公務員と結婚紹介所を介して結婚している……という話なんだけど、どう思う？」

「地方の小都市では最近多いようですよ。私の知り合いの周辺でも山梨や長野で同様のことが起こっていますから」

「なに？　それは温泉繋がりか？」

「確かに温泉地を持っている小都市ですね。それも、ちょっとエッチなことが盛んで有名な温泉地です」

「流れ流れて場末の温泉地か……たいした姉ちゃんじゃないんだろうな」

「まあ、六本木や錦糸町で売れなかった連中の行きつくところ……って感じですかね」

望月が笑いながら答えた。

「その、お前の知り合いの周辺というのも公務員なのか？」

「市役所の職員のようですね」

「静岡でも四人いるんだそうだ」

「ロシアンパブ……ですか？」

「どうやらそうらしい」

「組織的な背景を感じますね……一斉調査してみましょうか？」

「どうやって？」

「ちょっとコンピューターをいじらなければなりませんが……」

「それなら白澤《しらさわ》の姉ちゃんにたのんでみるか……国内で手を染めるよりも、海外からの方が足がつかなくていいだろう？」

「手を染めて、足がつく……ですか、なかなかいい表現ですね」

「洒落《しゃれ》を言ったつもりはないけどな」

「ところで、国内のロシアンパブや外国人パブをどうやって見つけますか？　もちろんネットでもある程度の店の発見は可能でしょうが……」

「一口にロシアンパブというが、その実態はロシア、ウクライナ、ベラルーシ、リトアニアなどの旧ソ連諸国の女性だけでなく、ルーマニア、ポーランド他東欧諸国の女性も含まれているんだ。またその店の名称も、インターナショナルクラブ、ヨーロピアンクラブ、多国籍パブなんていうのもあるからな」

「ずいぶん詳しいじゃないですか？」

望月が笑いながら言うと、香川が表情を変えずに答えた。

「俺なりに調べたんだよ。一番詳細にわかるのは警察庁生活安全局保安課のデータベースなんだが、それには反社会的勢力との関係が出てこない」

「なるほど……どうしますか？」

「こちらで作り変えるか……その後は白澤の姉ちゃんに任せよう」

「警察庁には黙ってやるわけですよね」

「データ確認は片野坂の名前でやれば簡単だ。ただ指紋認証が必要なんだが、あいつ二週間も出張してやがるからな」

「どちらに行かれているのですか？」

「山陰から北陸の温泉ツアーだな」

「それならちょうどいいじゃないですか。山陰の温泉にも大人の温泉が多いですからね」

「確かにそうだな……しかし、お前、元外交官のくせに本当にその道には詳しいな。さてと、片野坂の現在地を確認するか」

「警察庁の認証システムは厳重なんですね」

「ああ、以前は片野坂の指紋をシリコンでコピーしている奴を使えば大丈夫だったんだが、今はこれに虹彩認証まで加わっているから、本人しか警察庁のビッグデータにアクセスすることができないんだ」

「それは階級によるのですか？」

「そう。警視正の理事官以上だ」

望月に説明しながら、香川は片野坂に電話を入れた。

「片野坂、今、どこにいるんだ？」

「今、福井の小浜《おばま》です。ちょっと気になるところがあって、また戻ってきたんです」

「鯖街道《さばかいどう》の起点か……御食国《みけつくに》の一つだからな。美味《うま》いものが多い」

御食国は、御食料《みけりょう》と呼ばれる海産物を中心とした食料を皇室や朝廷に貢進《こうしん》した国のことである。日本の古代から平安時代まで存在したと推定されている。

「さすがに香川先輩。博学でいらっしゃる」

「それで、いつ東京に帰って来るんだ？」

「明日にでも金沢経由で帰ろうかと思っていますが……何か、急ぎの用でもありますか？」

「急いでいるから電話してんだろうが。わざわざ金沢を経由するのは何かあるのか？」

「治部煮《じぶに》を食べそこなったので、駅前の店で昼にそれだけ食べて新幹線で帰ろうかと思っているんですが……」

「いいご身分だな。どうせ新幹線のグランクラスで酒かっくらって帰るつもりなんだろう？」

「その分は自費ですから、誰にも文句は言わせません」

「まあ、いいや。警察庁のビッグデータにアクセスしたいだけだからな。明日、帰ってきたら頼むわ」

「それは虹彩と静脈認証の件ですか？」

「そうだよ。指紋はシリコンで作ったけどな」

「虹彩もカラーコンタクトで作ってもらったんですが、静脈だけはダメでした」

「そうか……確かに指乗せの先端に青いライトが付いているわ。気が付かなかったな……」

「香川さんがルガノで遊んでいる時に機種変更されたんですよ」

「余計なことは言わなくていい。治部煮喰ったら早く帰ってこい」

電話を切ると、香川が呆れた顔つきになって言った。

「天才と何とかは紙一重というが、片野坂を見ていると確かにそう思うよ。まあ、お前さんも似たようなものだけどな」

急にターゲットにされた望月が言った。

「私は天才でもなんでもありませんよ」

「ばか、もう一つの方だ。ところでお前さんに聞いておきたかったことがあるんだが、どうして大学をアメリカにしたんだ？」

「一旦は東大に入ったんですが、その時、実につまらない学者に会ってしまいまして、こんな大学で学ぶ意味はないと思って留学に踏み切ったのです」

「東大中退なのか？」

「いえ、三か月で辞めたので、中退とも言えません」

「十八歳の小僧に見切られる学者というのは、どんな奴なんだ？」

「名誉教授になっていますが、大学入学から退官まで、約五十年間にわたって東京大学以外の社会を知らない歴史学者です。常識がない野郎でした。『横田めぐみさんが拉致されたと断定するだけの根拠は存在しない』とか『一貫して在日韓国・朝鮮人に対する社会処遇の向上や、積極的な戦後補償を行うべきである』とか『植民地支配反省の表現として、日本は独島《ドクト》（竹島の韓国名）を韓国領土として認める』とか平気で口にする、基礎科学に無知な馬鹿学者でした」

「そんな奴を国が面倒見ているんだからな……確かに学問は多様性が必要だが、そんな奴が集まったのが日本学術会議の人文学分野の連中なんだろうな。特に、法律学者にはロクな奴がいない。素人の俺が思うくらいだから、本気で取り組んでいる学者にとっては、イグノーベル賞を与えても笑えない連中だろうな」

「東大を見捨てた結果としてかどうかはわかりませんが、外務省には見捨てられました」

「いいんだよ。外務省なんて、日本国内では何の権限もないし、海外に行っても外交官特権があるのは派遣された国だけなんだからな。その点、警察はどこに行ってもだいたいの国家で『警察』が通用する。中国、ロシア、朝鮮半島くらいのものだな、日本警察を敵視するのは……」

「朝鮮半島ですか……もうボロボロですね。先ほどの学者も従軍慰安婦問題には夫婦で取り組んでいました」

「そんな連中は鶯谷《うぐいすだに》に連れて行ってやればいい。韓国人の売春婦だけで数百人はいるぜ。山手線鶯谷駅を中心に、そこら中で昼間から立ちん坊をしている。まるで、戦後の赤線地帯だ。この光景を太平洋戦争中に慰安婦にされたと言っている女性が見たら、何と言うか。そのうち、鶯谷の売春婦が『日本で売春させられた』とでも騒ぎ出すかもしれないな。日本政府は、あの頭がかなりおかしい大統領に、この鶯谷の実態映像を見せてやればいいんだ」

「日本人女性でも韓国人男性に抱かれたくて韓国に行く連中も多いですよ」

「そんな奴らは、向こうで男尊女卑の対象にでもなってしまえばいいだけのことだ」

香川が吐き捨てるように言うと、望月は二の句を継ぐことができなかった。

翌日の夕方、片野坂が若狭《わかさ》カレイの一夜干しと石川の銘酒手取川《てどりがわ》、さらに能登の千枚田の米を手土産に帰ってきた。

「やあどうもどうも、留守をしてしまいまして、何か変わったことでもありましたか？」

手土産を見て香川が言った。

「鯖寿司がないのが気になるが、小浜に能登か……北朝鮮の拉致現場でも見てきたのか？」

「さすがですね。そのとおりです。何事も基本に立ち返ると何か見えてくるかと思いましてね」

「それで、何か見えてきたのか？」

「まあ、それはおいおいわかることでしょうが、まずは警察庁のビッグデータを盗むんでしょう？」

「お前なあ、盗むという言葉を使うなよ」

「でもまあ、似たようなもんでしょう。早速入りますよ」

片野坂はデスクに着くとあっという間に接続を完了した。

「どうぞ、お好きなように」

片野坂が香川に言うと、望月が「それでは私が……」と言って、片野坂のデスクに座った。

「おっ、なかなかいい連係プレーですね。終わったら、ちょっとここで飲みましょう。石川も独自の感染拡大警報発令で酒が飲めなかったんですよ」

「それで小浜までわざわざ戻ったのか？」

「決してそういうわけではありませんが、まあ美味かったですよ」

その間に望月は警察庁のビッグデータから次々にデータの写しを取っていた。

「香川さんのPCにもデータを転送しておきました」

「さすがに早いな。それで反社会的勢力との関連で繋がるところは出て来たかい」

「結構一致しますよ。それと各地の結婚紹介所なんですが、怪しいところもかなりありますね。バングラデシュ人が経営しているところや、中国人も多いんです」

「バングラデシュ人か……さっきネットでロシアンパブ情報をみていたんだが、ぼったくりをやる店のオーナーにバングラデシュ人が多いと書いてあったな。これも要チェックだな」

二人の会話を聞いていた片野坂が訊ねた。

「ロシアンパブのホステスを反社が国際結婚でもさせているのですか？」

片野坂が三人分のグラスと紙皿、箸を持って自分のデスクに戻ってきながら訊ねた。

「その可能性が高いんだ。しかも、相手は全員地方公務員で、地方小規模都市の市役所職員なんだ」

「市役所ですか……都道府県や国の機関のサーバーに直接入り込むことができますね」

「都道府県はわかるが、国の機関にも入ることができるのか？」

「各省庁は直接データを求めますからね」

「そうか……そういう時代だよな……今回のような新型コロナウイルス対応を見ると、国と地方の格差が如実《にょじつ》に表れるからな。地方の中でも首長がしっかりしていたり、できる専門官がいる所は先手先手を打っているが、多くの所は首長の資質が問われている……」

「しかし、東京、大阪と島根や岩手を一緒にはできないと思いますよ」

「まあ、そりゃそうだろうけどな……緊急事態宣言が発出される都道府県には一極集中都市があるからな。北海道は札幌、福岡県は福岡といったように。そうは言っても、緊急事態宣言の解除を要請しておきながら、すぐに蔓延《まんえん》させて、再び宣言要請をした知事もいただろう？」

「それは市民の心理を理解しているようで、単に上から目線の発想だった……ということです。日本国民はそれほど賢くもないし、若者に限って言えば中国並みに利己主義が進んでいるんです。特に、一応大学生という、本来行かなくてもいい連中が学生ぶっていますからね。ろくでもない大学の経営者というのはＩＯＣ貴族と同じで、単なる金の亡者《もうじゃ》が多いんですよ」

「そうか……しかし、今回のコロナのばら撒《ま》きも国、地方自治体ともに学習能力がないと思うがな」

「新型コロナウイルス感染症対応地方創生臨時交付金のことですね」

「よく、そこまで正確な名称を記憶しているものだ。そういうところは本当に感心するよ」

「今の総理の政治の師匠が、竹下政権で行われた『自ら考え自ら行う地域づくり事業』の時の旗振り役で自治大臣でしたからね」

「ん？『ふるさと創生事業』もしくは『地方創生事業』じゃなかったか？」

「それは略称ですよ。地方創生大臣なんていう新たな閣僚も生まれましたけどね」

「まあいいや。そうか……それで今の総理は師匠を参考にして、自治省が省庁再編で総務省になった後の総務大臣の時にふるさと納税を考えたわけか……」

「そうだと思います。納税者にとっては、ある意味での目的税ですから良い政策だとは思いますが、これもまた地方自治体の首長の資質が問われる事態になっていますね」

「返礼品か……しかし、納税者は見返り欲しさだからな。さきほどの片野坂の意見ではないが、日本国民はそんなに賢くないんだよ。そして今回もまた『地方創生』名目でばら撒きをして、結果的にはあまり成長しているとは思えないな」

「最初の交付金は一九八八年から翌年にかけてのことでした。バブル真っただ中で一億円でしたが、今回は、一つの町でも八億円ですからね……受け取った方も、もらうのは嬉しいけど、コロナ対策としての使い道に頭が回らなかったのかもしれません。最初の交付金の時もこれを効果的に使った地方自治体は半分もなかったはずです。酷《ひど》い例としては村営キャバレーなんてところもあったくらいですから」

「ほんとかよ。そういえば純金を購入したところもあったようだが、今、まだ持っていれば五倍近くになっているんだがな」

「純金等に替えたところは、ほぼ失敗していますね。その後売却して利益を出したところは一か所くらいだと思いますよ。盗まれたところもあったようですから」

「盗まれた？　信じられんことも起こるもんだな。所詮、地方自治体に余計な金を与えてはダメだということなんだろうな」

「地方分権と言っている間は無理な話なのでしょうが、せめてその気があるのなら『地方在権』と銘打って本気で人材の確保と育成ができる体制を組むべきです。残念ながら、そのような体制ができている地方自治体は皆無と言っても決して過言ではありません」

「それは労働組合が悪いのか？」

「昔よりはましになってきているようですが、あの潰れそうな政党を未だに支持しているようでは、将来はありませんね」

「労働組合はどこも組織率の低下で大変なんだろうが、ナショナルセンターになって、右も左もごっちゃ混ぜだと、決して上手くはいかないだろうな」

「そんなことよりも、ロシアンパブのホステスと結婚を勧められている地方自治体を早急にチェックしないといけませんね」

「そうだ。お前と話していると、いつも話題が横道に逸《そ》れるからな」

香川の言葉を聞いて望月が笑い出した。

「さっき、首長の話題に話を持って行ったのは香川さんの方だったように思いますが……」

「そうか？　ま、いいや。それで、おそらく今、望月ちゃんがやってくれただろう、ロシアンパブと結婚紹介所と地方自治体のデータを白澤の姉ちゃんのところに送って、ハッキングしてもらおうと考えているんだ」

「なるほど……彼女も今は新型コロナウイルス対応で大変でしょうが。彼女は今、ドイツにいるはずですが、ドイツでは、一日あたりの新規感染者数の平均が三週間で九千八百件以上減少して、前回のピーク時から四割近く減少しているようです」

「三週間じゃわからないな、一日にどれくらい感染しているんだ？」

「ちょっと待ってください。ロイターが毎日報告をあげているはずですから」

望月がパソコンのキーボードを操作して答えた。

「一日で約一万人の新規感染で、死者はおよそ一五〇人です」

「日本よりもまだ多いのか……」

「ドイツはヨーロッパでは一日の新規感染者数、死者数ともにワーストスリーに入っているんですよ」

「どうして姉ちゃんはそんなところにいるんだ？」

「ドイツではパンデミック開始以降、三百万人以上が感染し、七万人近い死者を出しているんです。それから見ると、ピークは過ぎている……と言えるのでしょう」

「そうか……日本だと、七十万人と一万二千人だからな……国民が持つ恐怖感が違うだろうな……」

「そこなんです。ＩＯＣ貴族の連中も、日本が戒厳令さえ出さず、罰則さえない状況で、しかもワクチン接種さえも進んでいないのに、ここまで抑え込んでいることが不思議で仕方ないのだと思いますよ」

「そういえば、最近白澤の姉ちゃんの声を聞いていなかったな……望月ちゃん、電話してやってよ。向こうはもう朝だろう？」

「後ろにある世界時計を見れば彼女がいる所の時間が自動でわかるようになっているでしょう？」

「えっ。あれは姉ちゃんの居場所の時間なのか？　初めて知った」

「彼女のスマホの所在地とリンクしているんですよ。本当に知らなかったのですか？」

「全く知らなかった。じゃあもう午前十時半か。電話して」

片野坂も呆気《あっけ》に取られていたようだが、望月に対してニコリと笑って頷《うなず》いた。

望月が片野坂のデスク上の電話から短縮ダイヤルを押した。

「はい、白澤です」

卓上電話のスピーカーを通して白澤香葉子《かよこ》の元気な声が届いた。

「白澤さん、お元気ですか？　望月です」

「ああ、望月さん。こちらは何とかやっています。ワクチンも早いうちに打つことができて、ドイツ国内でも店の外でワインを飲むことができるようになりました」

「それはよかった。日本、特に東京は緊急事態宣言で都内の店舗での酒の提供が禁止されているんですよ」

「そうらしいですね。先日、父親から連絡があって、日本は大変だ……と申しておりましたが、こちらのピーク時を知っているだけに、日本の安全ぶりがよくわかりました」

「それが、全然安全じゃないんですよ。ワクチン接種もいつになることやら……です」

「警察官は優先的ではないのですか？」

「今のところ、まったく除外されていますね。最優先の医療従事者への接種がまだ半分にも届いていない状況です」

「日本は感染者が少なかった分、治験が進まなかったようですが、それだけ安全ということですよ。イギリスのエージェントなんて親族、友人だけで十人近く亡くなっていたんです。彼女も日本勤務の経験があって、日本の実情をよく知っているので『日本人は日頃から手洗いやマスクに慣れているから感染者が少ない』と言っていました」

「手洗いに関してはレストルーム以外では、欧米人にはほとんど習慣がないからね」

「そうなんです。私が自分の部屋に帰ってうがい手洗いをしているのを見て、大笑いしていた彼女が、コロナが蔓延し始めた時に、私に手洗い用の除菌石鹸を分けてほしいと懇願したくらいですから」

「珍しいものなんでしょうね。特にイギリス人にとっては」

「そうなんです。あ、ところで、みなさんはそこにいらっしゃるのですか？」

「みんな、白澤さんの声を聞きたくて、ここに集まっていますよ」

「まあ嬉しい。こういう会話は実家や友人相手ではできませんから」

それを聞いて片野坂が口を開いた。

「白澤さん。お元気そうでなによりです。もう、冷えた白ワインが美味《おい》しい時期になってきたでしょう」

「あ、片野坂部付。ご無沙汰しております。定期的に連絡をしていなくて申し訳ありません」

「友達の輪は広がっていますか？」

「はい。主要国にはだいたい友達ができました。エージェントも何人か確認しました」

「白澤さんの身分は大丈夫ですか？」

「はい。東京都の特別職職員ということと、私がハノーファー国立音楽大学で音楽を学んでいたことで、警察と結びつけて考える人は誰もいないようです。ときどき、こちらのパブでピアノやオルガンを弾かされます」

「本格的だからびっくりされるでしょう？」

「ある程度弾く方もおおいのですが、私の場合は恩師が厳しい方だったので、やはり一般の方が聞いても練習量がわかるようです。音楽家の方からジョイントコンサートのお誘いも受けています」

「そういう方面もどんどんやって下さいよ。得意分野の人脈、それも高尚な音楽となれば、その周辺の人たちもそれなりの人が多いでしょうから、その輪が広がれば、さらにいい情報に触れることもありますからね」

「なるほど……そういう考え方もあるのですね」

　そこでようやく香川が口を開いた。

「ハッカーの香葉子ちゃん。ピアノばかりじゃなくてパソコンもいじってるかい」

「あら、香川さん。コロナに感染していませんか？」

「感染してたら、ここにはおらんだろうが」

「新型コロナウイルスに関して言えば、香川さんだけが心配だったんです」

「俺だけ？　どうして？」

「アルコールあるところ香川あり……でしょう？　相変わらず六本木や恵比寿あたりで飲んでるんじゃないかと思っていたんです」

「ギロッポンとスビエか……アメ横やションベン横丁じゃないだけまだいいが、最近は部屋と家でしか飲んでねえよ。片野坂部付と違って、北陸日本酒ツアーなんてできる立場じゃないからな」

「北陸で何かあったのですか？」

「まあ、これから何か起こるんだろうな……二週間も温泉巡りをしていたくらいだからな」

「えっ？」

白澤が驚いた声を出したところで、望月が電話を替わった。

「実は白澤さんにお願いがあるんです」

「はい、何でしょうか？」

「これからいくつかのデータを送ります。関連付けしたデータと、その前の三つのデータなのですが、その中に役所のデータがあります。その役所の人事記録からターゲットをピックアップしていただきたいのです」

「個人情報調査……ですね」

「そう。全てが市役所ですから、そこの住民基本台帳の中から市職員をピックアップしてもらって、婚姻状況を調べてもらいたいのです。詳細はデータに添付しておきます」

「住民基本台帳がオンライン化されているとは思えないのですが……」

「いえ、今、住民基本台帳は全てオンライン化されています。住基ネットというものがすでにできていて、今はコンビニからでも住民票を取得できるんですよ」

「住基ネット……確かにありましたね。私は使ったことがありませんでしたが……」

「そう。ですから簡単なはずです。私がこちらでやってもよかったのですが、万が一のミスがあった時に、こちらの素性《すじょう》が割れてしまっては元も子もありませんからね」

「なるほど……よくわかりました。ちなみにターゲットはどちらなのですか？」

「今のところロシアンマフィアなのですが、これにウクライナのシンジケートが入っている可能性もあります。さらには、これらと裏で繋がっているであろう、コリアンマフィアとチャイニーズマフィアも絡《から》んでくると思われます」

「相変わらず大きな仕事をされていらっしゃるのですね」

「香川情報です」

「香川さんか……なんだかんだ言っても、さすがですよね」

「こら、香葉子姉ちゃん、なんだかんだ言って……は余計なんだよ」

「あ、聞こえていたんでしたね。でも褒《ほ》めてたでしょう？」

「半分はな」

香川が苦笑いしていると、片野坂が言った。

「白澤さん。それからもう一つお願いがあるのですが、北朝鮮とロシアの極東に配置されている潜水艦の動きを知りたいんです」

「軍関係……ですか……」

白澤の声のトーンが下がったのに気付いた片野坂が穏やかな声で言った。

「無理はしなくて結構なのですが、北朝鮮の潜水艦は原子力艦ではありませんし、艦の表面に特殊塗料が塗布されているわけではありません。ただし、厳しい訓練を受けているはずですから艦内は極めて静かなはずなのですが、本国との交信は無線しかないのです」

「なるほど……」

「彼らは間もなく、潜水艦からの弾道ミサイル発射実験を予定していますから、その訓練をするはずなのです」

「訓練場所はどの辺りなのでしょう」

「太平洋とベーリング海の境あたりが有力です。日本の調査衛星もそのあたりを中心に調査していますが、北朝鮮の潜水艦基地の周波数をいくつか伝えておきますから、チェックしてみて下さい」

「やってみます」

電話を切ると香川が片野坂に訊ねた。

「そんなことをやりに北陸に行っていたのか？」

「当面、日本の安全保障において日本海ほど危険なところはありません。特に朝鮮半島がどうなってしまうかわからない状況で、押さえておかなければならない場所だと思っています」

「なるほど。お前の本気度がわかったよ。なにはともあれ、まず、無事ご帰還の乾杯でもしようじゃないか」

三人とも酒席の準備をするのはめっぽう早かった。片野坂は若狭カレイを炙《あぶ》る準備までしていた。

「若狭カレイ、こちらでは笹カレイなんだが、これが美味いんだよな。しかも手取川の純米大吟醸か……実にいい組み合わせだ」

「これもひとえに香川先輩のご指導の賜《たまもの》です」

片野坂が真顔で言うと、香川は満面の笑みを見せて乾杯の発声を自ら行った。

警視庁公安部では勤務時間外にデスクで飲酒するのが伝統である。なぜなら、外で飲酒した際に仕事の話が出ることを極端に嫌ったからでもある。このため、各セクションには必ず、常にビールが詰まった冷蔵庫が置いてある。

「そういえば、今週中に石川県警から酒が届くと思いますよ」

「おっ、いい仕事をしてくるじゃないか。さすがだな」

「それよりも先輩、先ほどの国際結婚問題なのですが、奴らの本当の目的は何だと思いますか？」

「俺は二通り考えている。一つは単純に女と組織の金稼ぎ。もう一つは日本国籍の取得と新たな土台人設定だ」

「土台人……ですか……」

「公務員の中でも市役所職員は警察とは違う意味で住民の個人情報を扱うからな。特に、金や個人に関しては税務署や警察以上の情報を持っているだろう？」

「確かに住民票や戸籍台帳を調べれば、どこまでも調べることができますからね」

「国会議員や芸能人でも、その出自《しゅつじ》を知られたくない連中はたくさんいるが、もしこれを使って脅そうとすれば結構なことができると思うぜ」

「なるほど……国会議員でなくとも、地方議会にも結構いますからね。公安が知っているのは氷山の一角かもしれません」

「公安の場合は、何か表立った事件でもない限り六親等までは調べないが、たった六親等でもかなり出てくるからな」

「これまで、警察が主としてターゲットにしていたのは朝鮮半島と中国くらいのものでしたが、これから国際結婚が進んでくると、どこまで辿《たど》ることができるか……ですね。特に、中国やロシアの場合は戸籍が完全に抹消された時期がありますからね」

「そこなんだよ。今後、そういう前がよくわからない連中が警察、防衛組織にゾロゾロ入ってくることを考えるとゾッとするぜ」

「最後の防衛線を張っておく必要がありますね……」

第二章　ハッカー

片野坂のパソコンから送られてきた複数の暗号化データを解除して、本来のデータを目にした白澤香葉子は、望月が作成したとされる統合データを見て唖然とした。

「なに、この国際結婚データは……それも東欧諸国ばかり……」

さらにデータを自分なりに詳細に分析しながら、白澤は最初に気になった個人情報を探るため、ある地方自治体の戸籍課のサーバーに侵入していた。

「こんな男がどうして狙われたんだろう……」

次に白澤は結婚相手となったウクライナ国籍の女性の入国記録とパスポート情報を調べるため、出入国在留管理庁が一括管理している在留カードデータと地方自治体の住民基本台帳の外国人欄を調べ始めた。

「もう家族を呼び寄せているのか……おまけに七人……おかしいな……」

白澤はウクライナから呼び寄せられた七人の家族の調査を始めた。

「これは税務調査が必要だな……」

呼び寄せられた七人のうち両親以外は別居し、男二人女三人の兄弟姉妹全員は異なった地方自治体に居住、その土地に住民票を移しているものの、その収入が確認できなかったのだ。

在留カードデータを見ると、三人姉妹は皆、いわゆるロシア美人の類《たぐい》に入る透明感のある白い肌が特徴の美しさだった。

「本当に綺麗なんだ……これじゃあ香川さんはいちコロだわ……」

白澤は独り言を口にしながら笑ってパソコンのキーボードを打っていた。

「なに、これ」

五人の兄弟姉妹は全員がそれぞれの居住する地方自治体から生活保護を受けていた。

生活保護法の第四条には「保護は、生活に困窮する者が、その利用し得る資産、能力その他あらゆるものを、その最低限度の生活の維持のために活用することを要件として行われる」と定められている。さらに適法に日本に滞在し、活動に制限を受けない永住、定住等の在留資格を有する外国人を対象に、国際道義上、人道上の観点から、予算措置として、生活保護法が準用されている。

「これって、入管法違反になるのでは……」

出入国管理法では「生活上国又は地方公共団体の負担となるおそれのある者」は入国を拒否することとなっている。今回のケースでは日本に入国して二か月で兄弟全員がほぼ同時期に連絡をとりあったかのように生活保護を申請していた。

白澤はすぐに香川に電話を入れた。

「白澤の姉ちゃん、どうした？　もう解析が終わったなんて言わないよな」

香川のご機嫌な声に、白澤が言った。

「もう、飲んでいるんでしょう？」

「もう？　あったり前じゃん。午後七時だぜ。片野坂が遊んできたお詫びに北陸の味を届けてくれたからさ。三人で事件検討会を開いているんだよ。ところで、姉ちゃんもワイン片手にパソコンいじっているんだろう」

「えっ、どうしてわかるんですか？」

「やっぱりか。とんでもない奴だな。それよりもどうした？」

香川がご機嫌に訊ねると、白澤が生活保護の件を伝えた。

「それくらいのことはするだろうな。生活保護の方が最低賃金よりも高い逆転現象が起こっているような国は滅多にないだろうからな。働くのが嫌になる気持ちはわかるよ」

「いいんですか。そんなことを言って」

「生活保護にしろ最低賃金にしろ、実生活とは乖離《かいり》している現実を直視しなければならないんだ。これには、政府や関係団体も関与している。数字のマジックなんて言っている場合じゃないんだ」

「どういうことですか？」

「最低賃金は低く算定され、生活保護基準は高く算定されるように仕組まれているからだ」

「どうしてそんなことをするのですか？」

「最低賃金というのは経営者を救う手立てであって、生活保護は最低限度の生活を営む権利を守る手段だからだ。ただし、この生活保護には多くの抜け穴があり、これが現代の社会問題と言われている『８０５０問題』や『９０６０問題』にも大きな影響を与えている」

「８０５０問題」とは「80」代の親が「50」代の子どもの生活を支えるという社会問題で、この背景にあるのが子どもの「ひきこもり」だと言われている。このひきこもりが長期化、高齢化することで、現在は「９０６０問題」になりつつある。

「どうして、生活保護がそうなるのですか？」

「例えば、去年の都内の生活保護受給者で十八歳、十九歳の合計が約二千人、二十代の合計が七千五百人いるんだが、合わせて約一万人が働かずして、生活保護を受けている……ということになる」

う?」

「その中には病気で働くことができない……という人もいるかもしれないが、最も多いのが好きな仕事に就くことができない……という理由なんだよ。ふざけているだろう?」

「ひきこもり……ってそんなに多いのですか?」

「数年前の内閣府の実態調査では、ひきこもり状態の人が全国で五十四万人と公表されているんだ」

「えっ……」

白澤は二の句が継げない様子だったため香川が続けた。

「ひきこもりもまた生活保護と似たようなもので、病気が原因の人もいるのは確かなんだが、これには甘えと甘やかしの二重構造に、秘匿主義が加わって三重苦になっている場合が多いのも事実なんだ」

「秘匿主義?」

「家庭内にひきこもりがいることを他に伝えない……家庭内だけで処理しようとする親の考え方だな。社会的地位が比較的高い親に多いようだ」

「そうか……それから三重苦……誰にとっての三重苦なんですか?」

「それは親と子だな。ただし最近は親子無理心中や親の子殺し等で警察も迷惑を被っている」

「そういうことですか……情報が氾濫《はんらん》し過ぎると、そこから逃げようとする人たちが出てくるのも確かなことですね」

「情報や人との接触から逃れるのは自分の勝手だが、自分自身が生きるために何をすればいいのか……を考えた上で逃げればいいことなんだ。ただ衝動的に逃げて、そのまま逃げ果《おお》せるほど世の中は甘くない。そこを甘く見て、それでなんとかしていこう……と考え、そうさせてしまったのが、いわゆる８０５０問題なんだ」

「でも、それって悲劇ですよね」

「悲劇だな。ただし、その劇は自作自演でしかない……ということだ」

香川がため息交じりに言うと、白澤が悲しげな声で訊ねた。

「それは個人責任……ということですか？」

「なんとも言えないが、俺は、人に起こりうるさまざまな障害の責任は結果的に個人にあるのではなく、社会にあると考えている。障害者に対しても、これを受け入れるのは個人ではなく、社会に課せられたある種の義務のようなものだと思うんだ。ただし、これを受ける立場の人が権利を主張し過ぎると社会の反発を受けてしまうけどな」

白澤は香川の話を自分の中で反芻《はんすう》しているようで、少し間《ま》を置いて言った。

「香川さんって、真面目な話をする時は、ほんとうにいい人なんですね」

「何？　余計なことをいうんじゃない。ところで……だ。先ほどのウクライナ人一家のことだが、奴らは生活保護だけが来日目的ではないはずなんだ。もっと大きなことを組織的にやっているはずだ」

「もっと大きなこと……ですか？　例えばなんでしょう？」

「一番考えやすいのは北朝鮮産の覚醒剤拡大ルートだろうな」

「覚醒剤……ですか……」

白澤がうんざりしたような声を出した。

「ロシアンマフィアにしてもチャイニーズマフィアにしても、一番欲しいのは金だ。しかも覚醒剤を自分で作る必要がなくて、北朝鮮に貸しもできるんだ」

「北朝鮮は運ぶルートがないのですか？」

「北はボロ船しか持っていないだろう？　途中で沈没してしまうのが一番つらいんだよ。その点、ロシア船は覚醒剤を一旦北海道に持って行って、海産物や木材に隠せば簡単に運ぶことができる」

「なるほど……そうなると、日本側にこれを受け取るルートを作っておかなければなりませんね」

「北海道にはロシア系企業も入っているし、現実問題として、経済産業省北海道経済産業局は、道内中小企業による高度外国人材の採用拡大を目的として、ロシア・シベリア地域在住の人向けにオンラインセミナーを開催しているほどだ」

「人材までロシアに求めているのですか？」

「それもシベリア地域だからな……シベリアの首都と言えばノヴォシビルスク。俺の大叔父がシベリア抑留で最後に連れて行かれたところだ」

「その方は軍人さんだったのですか？」

「いや、終戦当時、たまたま満州を訪れていた学生だった。しかも昭和二十年八月十六日に行われた日本軍とソ連軍の戦争で、その場から逃げただけだったそうだ」

「終戦の後……にですか？」

「極東のソ連軍は軍というよりも、規律もなにもない犯罪者の群れのようだったそうだけどな。文字も数字もかけないような奴が多かったらしい」

「大叔父さんは何年くらい抑留されていらっしゃったのですか？」

「帰国が昭和二十七年と帰還者記録に記されていた」

「七年間……本当にご苦労されたのですね」

「今の中国もそうだが、共産主義の底辺にいる人たちは、おおよそそんな程度だ。帝国大学の学生だった大叔父の目から見ると、シベリアのロシア人は、今でいうアマゾンの熱帯雨林に住む先住民のようだったそうだ」

「でも、今のシベリアはもう当時とは大きく違うのでしょう？」

「であればいいんだが、未だに日本との貿易に、堂々とロシアンマフィアが介入してきていることを考えると、たいした違いはなさそうだな」

香川がため息交じりに言うと、白澤が驚いた声を出して訊ねた。

「マフィアが貿易に介入しているのですか?」

「ロシアンマフィアは、メンバーを日本に行かせる金はあっても、日本外務省からビザがおりない危険性がある。そこでロシア船に出漁準備金を貸し付け、メンバーを『にわか船員』として日本に連れて行かせるんだ。漁師はカニを売った金でマフィアに返し、マフィアは日本の港に着いた時に返金された金で日本車を買ってロシアに帰る……というわけだ」

「その日本車は誰のための車なのですか?」

「それなりの富裕層向けだな。日本車でも北海道は寒冷地仕様になっているからな」

「寒冷地仕様の車……ですか?」

寒冷地仕様車とは、マイナス十度以下の寒冷地での使用に耐え得る仕様を備えた自動車のことである。高い保温能力や積雪による荷重への耐性を持ち、低温環境が素材に与える影響への厳重な対策が施されるなど、様々な点で温暖な地域での使用を想定した自動車と異なる。代表的な仕様として、バッテリーやオルタネーターの容量が大きく、スターターモーターが強化され、エンジン冷却水が摂氏マイナス三十度になっても凍結せず、ドアミラーにヒーターが内蔵される、といったものがある。最近では、ガラスに貼った熱線でワイパーに付着した雪や氷を除去するウインドシールドデアイサーという装置や、霧や雨、雪などで視界が悪い時に点灯させて後続車に車両の存在を知らせるリヤフォグランプも装備されている場合がある。

香川の説明に白澤が驚いたように言った。

「本当に日本車は至れり尽くせりですからね。しかも、全ての装置が高水準ですよね」

「そうなんだ。しかもシベリアは雪が解けると道路が酷い状態になる。まるで泥んこのラリーコースのようになるからな。日本車の四輪駆動のレベルは世界一であることは間違いない」

「相当儲かるのでしょうね」

「中古車でも、あまり性能や値段が落ちないのが日本車の特徴だから海外でもてはやされるんだな。これは中東やアフリカの砂漠地帯で、砂地仕様の日本の四輪駆動車が圧倒的なシェアを誇っているのと同じだ」

この話を横で聞いていた望月が口を挟んだ。

「昔、ＩＳＩＬが使用していた四輪駆動車が日本製だったことで、アメリカの一部の政治家が『日本がＩＳＩＬを支援している』と公言していたことがあったようですが、中東のスーパー富裕層でも日本の四輪駆動車を持つことは、一つのステータスであるとともに、必要最小限のことでもあったのです」

「なるほど……一つのステータスか……。漁船にただ乗りして、シャブを売って、さらに車を買い付けか……ロシアンマフィアにとってはいい商売だということなんだろうな」

香川が言うと望月が頷きながら訊ねた。

「そのシャブを人身売買で売り飛ばした女性に捌《さば》かせるという手口ですか？」

「まさにマフィアだな……白澤の姉ちゃん。他の連中ももう少し調べてくれや。もっと違う犯罪が出てきそうな気がするんだ」

「わかりました」

第三章　中国企業の地下銀行

　片野坂はベンチャー企業を立ち上げて海外進出を考えている大学時代の同期生の打田《うちだ》直明《なおあき》から相談を受けていた。

「日本の大手商社は海外の支店との決済をどうやって処理しているんだ？」

「ついに海外進出か……お前ならいつかやると思っていたが……」

「親父が経営していた中小企業の形を変えただけだ」

　打田の実家は都内の蒲田《かまた》で、彼の父親が設立したベアリング関連では有名な中小企業だった。

「精密機械部品ではトップクラスになっているようじゃないか」

「心臓血管外科や脳神経外科用医療機器の部品がメインだったんだが、最近はＦ１エンジンにも使われるようになってな」

「才能だな……モノづくりができる能力を持っているのが素晴らしいよ」

「法学部政治学科とは全く関係がない分野だけどな。ただ、人脈は活かすことができたと思っている」

「それもまた能力さ。ところで、海外進出はどこの国を狙っているんだ？」

「アメリカだ。スタンフォード大学とジョンソン・エンド・ジョンソンからオファーが来ている」

「大学は超有名校、企業はトップだな……新たなハイテクと組み合わせるんだろうな……」

「俺もそうしたいと考えている」

片野坂は打田の幅広く、かつ深い能力に感心していた。

「ところで、アメリカ進出の件だが、支店なのか子会社なのかで対応が違ってくるんだが……」

「うちのようなベンチャーの場合には、税制上どちらが有利なんだ？」

「海外支店の場合、当面赤字が続く可能性がある時には、その赤字は日本の本店の利益と合算されるので、会社全体の所得を減らすことができて節税になる」

「そうか……子会社の場合はどうなんだ？」

「海外子会社は、日本の親会社とは別法人格になるため、海外子会社が稼いだ利益には、進出先の外国で税金がかけられる。ただし、タックスヘイブン税制が適用される場合は日本の親会社と海外子会社の所得を合算することができるけどな」

「タックスヘイブン……オフショア金融センターか。メリットとデメリットがあるんだろうな」

「タックスヘイブン税制という租税回避を防ぐ制度もできてはいるが、国際課税の目的が二重課税の排除にあることから、海外の著名な政治家が関わっていないところにペーパーカンパニーを設立すれば、案外簡単だ」

「警察のお前がそんなことを教えていいのか？」

「僕は公務員として税金の無駄遣いをいやというほど見てきている。まず、会社を大きくして、儲けることができるようになったら、お前の裁量で世のため人のためになる寄付をすればいい」

「キャリアの国家公務員の発言とは思えんな。俺も早急に勉強してみよう。政治学というのは本当に潰しがきかない学問であることが、この職業に就いてよくわかったよ」

「それでも、最初は大手電機会社に就職していたじゃないか。あの時は経営学を学ぶつもりだったんだろう？」

「技術を如何《いか》に金にするか……それればかりを考えていた」

「それは特許の問題か？」

「それもあるが、国内では実用化に至らなかった製品化されていないアイデアを売ることも考えていた」

「なるほど……様々なアイデアを複合化することによって一つのものができ上がることだってあるからな。警視庁の捜査管理システムなどはその代表だった」

「システムというのは往々にしてそういうものだ。俺も横のネットワークをとおして新たな製品を作ったことがあったんだが、その中で俺の文系のアイデアで生まれたのが、現在の医療機器に取り入れた特許だったんだ」

「そういうことがあったのか……そういう技術ならば、中国からのオファーもあったんじゃないか？」

「ああ。もの凄い金を積まれたよ。何しろ、中国国民が自国で最も心配するワーストスリーが、一に食品、二に医療、三に環境だからな」

「だろうな……なんでも金でカタを付けようとする国だからな。それで、どうしたんだ？」

「一度、中国に招待されて、至れり尽くせりの大接待だった。向こうが提供してくれるという工場予定地も深圳《シンセン》の一等地だったし、会社だけでなく、政府の高官も来ていたようだった」

打田が懐かしそうに言った。

「何年前のことだ？」

「十年になるかな……ちょうど、香港特別行政区基本法の解釈が全人代と香港政府の間で揺らぎ始めた時期だったな。香港の隣にある深圳では『香港は間もなく中国一国に吸い込まれる』と言われていた。俺も一応政治学を学んだから、共産主義者の虚言はよく知っている。俺たちが学生の時にも、中国かぶれの出来の悪い教授がゴロゴロいたからな。自分の目で中国の企業家と中国の役人を見て、この国を信用してはいけない……という気持ちになったよ」

「なるほど。それは正解だっただろうな」

　それから二か月後、打田はアメリカのシリコンバレーの中心である、カリフォルニア州スタンフォードに支社を、さらにイギリス領ヴァージン諸島にタックスヘイブンのペーパーカンパニーを設立した。


　その間、香川と望月はドイツの白澤から送られてくる解析データの検証に追われて、国内出張を続けていた。

「こんなにデータの量が多いとは思わなかったな」

　香川と望月は一週間ごとに電話や警察専用のネットで相互に状況を確認し合っていた。

この日は二週間に一度の酒を酌《く》み交わしながらの、香川が命名した「反省検討会」だった。

「兵庫県の日本海側でこういう飯を喰うのもいいだろう?」

「そうですね、城崎《きのさき》温泉も好きですが、こういう漁港の町というのは実に穴場ですね。しかし、よくご存じですよね。香川さんの博識には本当に驚かされます」

望月が真顔で言うと香川が嬉しそうに答えた。

「博識と言われるほどのものではないんだが、幅広い常識と深い良識というのが危機管理の基本だという話を聞いたことがあってな。その中で、酒と食は喧嘩をしない話題としてより多く知っておいた方がいいと言われて、なるほど……と思ったんだ」

「しかし、酒や食というのは案外好みが分かれるのではないですか?」

「それはあるが、食の好みは食材に対するアレルギー等がメインで、これはお互いの立場を理解できるんだな。また酒も種類が多いし、酒の種類によっても味が変わるが、食材を活かす酒はだいたい似ている。例えば、生牡蠣を食べる時、以前は海外では白ワインが主流だったが、現在では日本酒と日本の焼酎が主流になってしまっているからな」

「そうですね。ニューヨークのグランドセントラル駅にあるオイスターバーでも日本酒と焼酎を置くようになりましたからね。フランスでも一流店では今や日本酒が主流になっていますね」

「だろう? 今どき、生牡蠣にシャブリなんていうのは過去の組み合わせ方になっている。そう考えると、結局は食材次第……ということなんだよな。その食材をいかに大事に育てたか……さらには、その食材を育てる環境をどう守ってきたか……が問われることになる」

「そこまで考えますか？」

望月が呆れた顔つきになって訊ねると、香川が笑って答えた。

「そこまで考えるのはプロの世界だが、それが文字や映像となって広まることによって、食が好きな者はそれを参考にするようになるだろう。そうすると、相手の好みよりも食材やそれを巧みに活かす料理人の腕に興味がいくんだな。そうなると褒めることが第一になってきて、自《おの》ずと一緒に食事をする相手の立場も考えるようになる。ちょうど、同じステーキの肉を食べるとして、レアが好みの人とウェルダンが好きな人がいてもそれはそれでいいと思うのと同じだ」

「なるほど……確かに喧嘩することじゃないですよね。それにしても日本海の海産物は、海藻から魚介まで、こんなにおいしいんですね。特に、この蝦夷《えぞ》アワビは素晴らしいです。北海道以外で蝦夷アワビを食べたのはハワイだけでしたから」

「あのアワビは、東日本大震災の一週間前に宮城県で獲《と》れた貝が運ばれて飼育・産卵し育ったものなんだよな。ビッグアイランド、ハワイ島近くに湧き上がる冷たく不純物の少ない海洋深層水で育った関係で美味さが凝縮していただろう」

「本当に何でもよく知っていますね」

「アメリカ唯一の蝦夷アワビの養殖場で育ったものだからな」

「特にこの肝の美味さが素晴らしいですよね……よく、千葉の外房で黒アワビを食べましたが、どうしても肝にジャリジャリした食感が残るんですよね」

「この店の大将が言っていたように、このアワビ養殖は二次的なもので、本来は美しい海の環境を守ろうと磯焼《いそやき》防止や海水浄化のために昆布養殖を始めたところ、その昆布がアワビのいい餌《えさ》になったということらしい。海藻には海水に含まれる余分な栄養を吸収する働きもあるからな」

「実はアワビの養殖については以前、中国でも日本企業が指導したことがあったのですが、結果的に水がダメで事業が成り立たなかった経緯がありました」

「それは種貝《たねがい》を日本から持って行ったからだろう？　日本では産卵、浮遊幼生、付着幼生、稚貝《ちがい》というように、一から始めている。ちょうど近大マグロの完全養殖と同じようなシステムを作っているんだ。最近は鰻《うなぎ》の完全養殖も研究が進んでいる。日本の養殖技術は世界をリードしていることを忘れてはいけない」

「このアワビを食べてみて、養殖の概念が私の中でもはっきり変わりました」

「いいことだ。それにしても、アワビ三昧のうえ、香住《かすみ》ガニと呼ばれる香住で水揚げされた紅ズワイガニまで味わえるなんて、俺も何年ぶりかの感動を覚えている」

二人は地酒の香住鶴《かすみつる》をぬる燗《かん》ですでに一升《いっしょう》近く飲んでいたが、二人とも全く酔った素振りはなかった。

美食を堪能した二人はホテルに戻り、望月の部屋で再び飲みながらの検討に入った。望月が先に口を開いた。

「これはまさに犯罪組織ですよ。しかも、ほとんどの市役所の市民課のデータベースにアクセスされているのに、その事実さえ市役所側は知らないのですからね」

「市役所は市民税だけでなく、自動車税や固定資産税も管理徴収《ちょうしゅう》しているのに、このザマとはな。ここまで管理が杜撰だとは思わなかった」

「市役所内でコンピューターやシステムの専門分野の人材を育てようという意識が希薄なんでしょうね。結果的には国からアドバイスを受けて、それに見合ったことを業者に丸投げするだけなんだと思います」

「その点でいえば、警察は何でもよく自分たちでつくるよな。危機管理意識が一般の地方の役所とは全く違うんだろうね。多くの役所で使用されている、役所専用オンラインと呼ばれる通信網なんかは、ちょっとした工業高校の生徒でも数時間で突破できるようなセキュリティ対策なんだからな」

「それに、どこも同じ業者のソフトを使用しているのですからね。今どき『セキュリティ対策は万全』なんて言っている企業はハッカーの標的になるくらいの覚悟が必要なんです。しかも、今回の役所専用オンラインで交換される情報は中国と朝鮮半島にダダ洩れですからね」

「そんな地方自治体に税金は払いたくないものだ」

「東京都も一緒ですよ。首相官邸も同罪ですけどね」

「官邸ね。経済産業省所管の独立行政法人情報処理推進機構や自分の所でやっている内閣官房のサイバーセキュリティセンターも注意していたんだけどな。特に後者の方は、データを韓国国家情報院が収集・分析していることを認め、通信回線から直接データを傍受するワイヤータッピングは『通信の秘密』を守る法律が無い韓国では違法ではないと韓国側が主張している……とも報告していたのだからな」

「そんなこともありましたね……官邸というのはおかしなところがありますからね」

「何か変なところがあるの？」

「官邸には官邸事務所職員という職員がいるんです」

「そりゃいるだろう。職員がどうしたんだ？」

「その採用については、一般公務員試験ではなく、総理大臣官邸事務所が独自に採用しているんです」

「ほう。しかし、公正な採用試験があるんだろう？」

「それが……縁故採用が多いようなんです」

「本当か？　官邸内は秘文書だらけなんだぞ」

「実はそこを心配しているんです。内閣総務官室は内閣官房に所属しているので、採用者は内閣官房長官になるのですが、総理大臣官邸事務所の場合は所長名で採用されているというのです」

平成十二年八月二十一日内閣総理大臣決定による、内閣総務官室に総理大臣官邸事務所等を置く規則によって、総理大臣官邸事務所は設置されている。

「身体検査くらいはしているんだろう？」

「それがなんともいえないから困っているんですよ」

「困っている？」

「官邸事務所だけでなく内閣官房には多くの臨時職員がいるんです」

「望月ちゃんはどうしてそんなことを知っているの？」

香川が訊ねると、望月が笑いながら答えた。

「実は私、以前、内調（内閣情報調査室）の国際部に二年間出向していたことがあるんです」

「えっ、初めて聞いたな」

「聞かれませんでしたから……でも片野坂部付はご存知でしたよ。私が出向当時の国際部主幹が片野坂部付の上司だったそうです」

「いろんなことしてたんだな……とどのつまりが傭兵《ようへい》だからな」

香川がからかうと、望月が答えた。

「無駄飯もいいものですよ。新たな発見がたくさんありましたから」

「それはお前さんをみているとよくわかるよ。外務省の異端児も警察に来ればスーパーポリスになるわけだ。地頭《じあたま》がいいというのはそういうことなんだろうな」

「地頭ですか……学生時代にもう少し努力を惜しまなかったらよかったのかもしれませんね」

「いいんだよ。これから結果オーライにしていけば、誰もできなかった組織を創ることができるかもしれないじゃないか」

「それは片野坂部付がやっていますよ」

「これはまだ片野坂の実験段階なんだ。完成させるのはお前さんの仕事だと、前にも言ったことがあっただろう」

「そうは言っても、私も部外者のようなものですからね。おまけに警察学校も経験していませんし」

「警察学校？　あそこは単なる職業訓練校だ。望月ちゃんはすでに職業訓練を現地で行っているし、今更、調書を取ったりすることはないんだから、あとは捜査指揮さえできればいいんだ。警察学校や警察大学に行って優秀な成績で出てきたとしても、肝心の捜査指揮ができなければなんの意味もない、ただの事務屋で終わってしまう。そんな野郎が突然公安部の上司として来て、組織が短期ではあるが完全な機能不全に陥った現場を何度も見てきているからな」

「そういう人事が実際になされるものなのですか？」

「情実人事は人を不幸にして、組織も弱体化させるものなんだよ」

情実人事とは、能力のない者を、能力以外の理由で私情を交えて引き立てることをいう。

「外務省には結構ありましたけどね。セクハラ大王と呼ばれていた男がアメリカのある場所の総領事になったのですが、やはりそこでも、利用していた航空会社のCAから苦情が来て、辞めざるをえなくなったんです」

「どこにでもいるんだよ。警察キャリアの中にも何人もいたよ。結局クビになるんだが、それでも天下り先を見つけてやる長官官房総務課には恐れ入ったよ」

「結果的に数年前に流行語になった『忖度《そんたく》』なんですかね」

「『損得』だろうな。警察組織といっても負の遺産も多いんだよ。そんなことより、さっきの話の中に出てきた役所専用オンラインなんだが、そこから情報が抜かれている裏を取ることはできないのか？」

「抜かれたデータがどこに保存されて、どこでどのように利用されているのか……をチエックする必要がありますね」

「お前さんもできるんだろう？」

「それは簡単ですが、足がつかないようにやるとすれば、海外の方がいいかと思います」

「また、白澤の姉ちゃんのところに行くのか……」

「彼女も喜んでいますよ。きっと、もの凄いスピードで解析してしまいそうな気がしますけど」

「だろうな……ロシアンマフィアが使っている可能性は低そうなんだよな」

「おそらく中国に流れているのだろうと思います」

「やはりな……考えることは同じだな……日本で動いているロシアンマフィアのうち、表に出ている連中はチャイニーズマフィアとつるんでいると考えた方がいいだろうからな」

「そう思います。ロシアンマフィアの中で、本当にアンダーで動いているのはロシア対外情報庁に雇われている連中だけだと思います」

ロシア対外情報庁はロシア連邦の諜報機関である。国家保安委員会（Комитет Государственной Безопáсности）の頭文字КГБ《カーゲーベー》を翻字した日本での略称ＫＧＢにおいて、対外諜報を担当していた第一総局があるが、ロシア対外情報庁はその後継機関である。

ＫＧＢはソ連の情報機関・秘密警察で、軍の監視や国境警備をも担当していた。東西冷戦時代にはアメリカの中央情報局（ＣＩＡ）と一、二を争う諜報組織とされていたが、ソ連邦の崩壊により、現在のロシア連邦保安庁、ロシア対外情報庁に権限を移行している。

「ロシア対外情報庁はセルゲイ・ナルイシキンがトップだよな……奴は親日家だったのが災いして、ポスト・プーチンの座から落ちたようだな」

「ナルイシキンはプーチンのお友達のイワノフと競わざるを得なかったのが不幸だったですね」

「セルゲイ・ボリソヴィチ・イワノフか……プーチンとイワノフは同郷でレニングラード大学同窓だし、なによりも、ポール・マッカートニーが赤の広場で行ったコンサートの際にもプーチン大統領とともに来場していたくらいだからな。そういう関係なのかとも思ってしまったことがあったよ」

「ありそうだから怖いところですけど……ただナルイシキンの頭脳は極めて明晰《めいせき》で、プーチンが一目も二目も置いていたことは事実のようです。ロシア最大の国営石油会社でもあるロスネフチの役員を任されていますからね」

「それは北極海とシベリアの油田、ガス田対策と極東のパイプライン対策も兼ねている……ということだろう」

「ナルイシキンは未だに北方領土問題でも二島返還を口にしているようです」

「両刀使いが来た……ということか……そうなると、その筋から日本に送り込まれるロシアンマフィアは相当な親玉……ということになるな」

香川が言うと、望月も頷いて答えた。

「チャイニーズマフィアと組んでいるロシアンマフィアの連中は、北朝鮮からの覚醒剤を金に換えてやる代わりに、北朝鮮のウランやレアメタルの採掘権を得ているのでしょうね。所詮は他人の物を横流しして、しかも自分の所からは女性を持ち込んで商売……、まるで悪徳総合商社のような立場にあるのではないか……と思っていますね」

「なるほど……相手さんはウィンウィンで損をするのは日本だけか……」

「それでも、国際結婚できた男は、結婚生活がいつまで続くのかはわかりませんが、つかの間の幸せを感じているのでしょう?」

「まあな……役所のデータが盗まれたところで、当の本人は痛くも痒《かゆ》くもないだろうからな……。知らず知らずのうちに情報流出に手を貸しているだけのことかもしれない。そう考えると、手強《てごわ》い相手だな。徹底的に裏を取って、奴らに対する攻め口を探すしかないが、これは案外大変かもしれないな……」

「そこは香川さんの動物的勘に頼るしかありませんね」

「勘か……片野坂の勘も獣のようだけどな……」

望月も思わず頷いていた。

部屋呑み用の酒が切れたのに気付いた香川が、小銭が入った布袋を持って同じフロアにある自動販売機に向かった。数分で五百ミリリットルの缶ビールを四本と、濃いめのハイボールを二本買って戻ってくるなり、香川が言った。

「話は変わるけどさ、俺、今年からこのロイヤルサルート二十一年の布袋を持ち歩いてんだ」

「小銭用のようですがどうしたのですか？」

「俺は、自分に最初の子どもができた時から小銭を貯めて、毎年、正月明けに一年分の小銭を銀行の子ども名義の口座に入れていたんだ。だから、数十年の間、小銭を使ったことがなかったんだよ」

「そうすると、結構な額になるのではないですか？」

「年間五、六十万にはなったな」

「もうやめてしまったのですか？」

「日本の銀行が舐《な》めたことをしやがるから、そこの銀行の預金を去年、全部解約したんだ」

「香川財閥がそんなことをしたら大変でしょう？」

「大口はメインバンクに入れているからたいしたことはないんだが、それでも、四千万近くあったな」

「銀行がやった舐めたこと……というのは、どういうことだったんですか？」

「両替の手数料だ。俺たちがガキの頃は、じいちゃん、ばあちゃんや、親父から十円、五十円の小遣いをもらうのがうれしくて、いろんな手伝いをしたものだった。そして、もらった小銭を貯金箱に入れて、お年玉と一緒に銀行に持って行くと、銀行のお姉ちゃんが、何かしらのおまけと一緒に褒めてくれたもんだった」

「懐かしい光景ですね。今、百万円預金しても、ティッシュペーパー一つくれませんよ」

「それが、去年から手数料を取るようになって、五十数万円の小銭を預金しただけで、五千円以上の手数料を取りやがったんだ。今どき、普通預金で五千円の利息が付くにはどれだけの預金をしなきゃならないか……。機械に入れてカウントするだけの作業で、時間にして十分くらいなものだぜ。時給換算すれば三万円の手数料だ。『ふざけるな！』と思うだろう？」

「確かに、所詮、人の金を動かしているだけですからね。銀行もゼロ金利時代が長いだけに、やりくりが大変なんでしょうね。投資も結構失敗しているようですから」

「相場だけはプロでもわからない……ということか……最近さらに銀行も株屋になりつつあるからな」

「中小企業が銀行から金を借りなくなりましたからね……その点、日本にある中国企業も、ほとんど日本の銀行を使わないようですね。本国からの監視も厳しく、外為《がいため》も使わない」

「未だに堂々と地下銀行を使っているということか？」

「それがあたり前の世界のようですよ」

　地下銀行とは、正規の銀行では扱わない海外への不正送金を代行する、銀行法等に基づく免許を持たない非合法の私的金融機関のことである。利用者の本人確認が必要ないため、不法滞在の外国人が不法就労や犯罪等で手に入れた資金を母国に送金するのに利用されており、社会問題となっている。

「地下銀行というのはもっぱら個人の送金等に使われるものですから、企業間ではいくら同じような形態をとっていたとしても、それは合法的なコルレス契約と基本的には同じです」

「コルレス契約？」

「Correspondentの略で、日本語では対応を意味する言葉です」

「コレスパンデント……習ってないな」

　外国為替取引においては、仕向《しむけ》や被仕向《ひしむけ》の送金や外国為替の決済を行うために、その条件や事務手続きを予《あらかじ》め決めて契約を結んでおく必要があり、これをコルレス契約

（Correspondent Agreement）という。このような契約が結ばれている銀行を互いにコルレス先またはコルレス銀行と呼ぶ。コルレス銀行間では、互いに決済のための口座を持っており、送金などの取引ができる。一方の地下銀行には外国為替取引という概念自体がなく、送金については業者が手数料を取って送金処理を行っている。

「それなら中国企業同士で相互に行っている相互相殺のような取引は合法なのか？」

「いえ、中国独自の見解では『合法』ということになっているようですが、世界共通の外国為替の観点から言えば立派な違法取引といえると思います。例えば、中国企業同士の決済に関しては、コルレス銀行の代わりに中国企業専用の為替管理を行う闇銀行とも言われているシャドーバンキング（Shadow Banking：影の銀行）が存在するのです」

「シャドーバンキングか……俺の記憶では二〇一三年頃に理財《りざい》商品問題と一緒に話題になっていたと思うが、まだあるのか？」

「一時期は日本円にして八〇〇兆円とも言われる規模でしたが、最近は四〇〇兆円と半減しているようです」

「それでも四〇〇兆円もあるのか……」

理財商品とは、中国で販売されている高利回りの資産運用商品である。債券型、信託型のほか、海外に投資する適格国内機関投資家型などがある。理財とは現代中国語で「資産運用」の意味である。日本のバブル期に雑誌などを賑わせて流行した「財テク商品」に相当するものである。

元本保証がないのが本来の形だが、損失補塡《ほてん》されるケースも多く、運用者のモラル・ハザードが指摘されている。また集めた資金は地方政府が絡む不動産開発等に投資されることも多く、中国国内のバブル経済を引き起こしているとされている。

「ただ、去年、初の元本割れ商品が登場して、中国巨大市場の変革が迫られている……という情報もありました」

「初めてか……よく誤魔化し続けていたものだな……」

「当局が本土のウェルスマネジメント市場の変革を後押ししている時期に、ここ十年で最悪の中国債売りがぶつかったためということですが、裏では、成金潰し……という政策的な背景があるとも言われています」

「国家が個人の財産を潰してしまう……というのか？」

「都市部に不動産バブルの小金持ちが増えすぎたことで、地方の農民たちのフラストレーションが爆発しそうだということでした」

「百姓一揆か……面白いじゃないか」

香川の言葉に呆れたように望月が言った。

「面白がっている場合じゃないようですよ。習近平にしてみれば、来年の北京《ペキン》冬季オリンピックが終わるまでは何とか持ちこたえておきたい国内事情なのですから」

「オリンピックねえ……俺は全く興味がないけど……。昔よく言っていた『運動選手』でよさそうなものなのに、英語を使うとカッコいいと思うのか、自分のことをアスリートと言っている連中が多いが、俺には『明日がないエリート』にしか聞こえないんだよな」

「厳しいですね」

「オリンピック種目がある競技選手はアスリートで、そうではない運動選手は違うのか……例えば俺たち警察官に多い、子どもの頃から剣道をやっている者をアスリートという人はいないだろうし、相撲なんかもそうだろう」

「剣道はともかく、相撲は大相撲というプロの世界を目指している人が多いのではないですか？」

「プロと言ったたって、誰もがプロになることができるわけじゃないだろう？　一般論として、プロスポーツ競技者の職業人生は、他の一般的な職業と比較して非常に短期間だよな。例えば、日本のプロ野球選手の場合、平均選手寿命はわずか九年で『平均引退年齢』は二十九歳だそうだ。また、Jリーガーと呼ばれるプロサッカー選手の五十パーセント以上が入団三年以内に引退しているらしい」

「日本のプロサッカー選手の九割が『引退後の人生に不安を感じている』という話を聞いたことがあります」

「そんなものだろうな。世の中そんなに甘いもんじゃない。だからこそプロと言えるんだ。オリンピックだって、かつてはアマチュア選手の大会だったのが、それでは金を出してまで見に来る客がいなくなるから、プロの参加を認めるようになったわけだろう？　さらにはスポーツ関連企業の意向を受けて、金になるスポーツはどんどんオリンピック競技に入れているが、客が入らない競技は外す動きがあるだろう？　これはＩＯＣが各国のオリンピック委員会に支払う給付金の競技ごとの額を見ればわかることだ。日本のメダル候補が多い柔道やレスリングも、いつオリンピック競技から外されるかわからないようだからな」

「レスリングは近代オリンピックのスタートからある競技なのに、やはり金の問題ですかね……」

「レスリング選手がプロレスに行っても使えないからな。柔道も同じだ。柔道だって、オリンピック競技から外されると、日本国内でも衰退の一途を辿るんじゃないのかな。近代オリンピックなんて、所詮、白人至上主義のクーベルタン男爵《だんしゃく》が、自分たちが見て楽しむものとして始めたわけだから、その伝統は脈々と残っている。現在のＩＯＣ幹部やオリンピック貴族と呼ばれている連中の顔ぶれを見ればよくわかることだ。今回の東京オリンピックに関連した多くの発言や現状を見て、ようやく日本人に、オリンピックの金儲け主義が認知されたのではないかと思う。今後、日本でオリンピック招致という場面に遭遇する可能性は極めて低くなったような気がするんだが……如何《いかん》せん、日本人は忘れやすいからな」

「今回の新型コロナウイルス感染症も忘れられてしまうのでしょうか？」

「第二次世界大戦の敗戦だって、ほとんどの日本人は忘れているだろう。そんなもんさ」

香川の言葉に望月も唸《うな》らざるを得なかったようだった。

「そんなことよりも、中国企業の外国為替回避の問題ですが、どう対策を練りますか？」

「証拠を摑むしかないだろう。特に不動産関連企業は要注意だな」

「不動産ですか……。まだまだ日本国内の土地を買い占めているようですからね」

「これは国の政策も全くなっていないからいけないんだが、さらに火に油を注いでいるのが地方自治体だ。目先の税収に目がくらんで、まさに中国企業に『加油《ガーヤウ》』しているようなものだからな」

「加油……新型コロナウイルス感染症の本拠地である武漢に『加油』と言って大量のマスクを送った企業や自治体がありましたね」

「結果的に新型コロナウイルス感染症の火に油を注いだだけのことだった。加油を、『頑張れ』と訳した学者かマスコミに問題があるんだろうが、中国共産党らしいマッチポンプ政策に踊らされただけのことだったわけだ」

望月は再び話題が逸れようとしたことに気付いたのか、香川に言った。

「酒のせいかもしれませんが、今日は、バンバン話が飛びますね」

「酒のせいだけでなくて、片野坂と話す時も一緒なんだが、話が飛んだり横道に逸れたりするのではなくて、話を展開しているんだ。現状が逼迫《ひっぱく》している時にはそうはならないが、話題の展開は高所、大所から事案を考える時に、相関図を作るのと一緒で、どこかで繋がりが出てくることがあるから面白いんだ」

「相関図ですか……そこまで考えていませんでしたが、確かに片野坂さんと話をする時に、片野坂さんも何かを一つ一つ確認しながら話題の展開を図っていたような気がします」

「そこでだ。中国人による不動産買収を調べる時には、奴らの真の目的を探るところから考えなければならない。例えば、北海道のニセコ町で一時期大規模な中国人による土地買収があったが、その時の奴らのターゲットは三つあったんだ。一つが北海道という自然が豊かな土地でリゾートとして転売利益が出そうだったこと。二つ目がオーストラリア人の観光客が多いこと。そして第三が日本海の北端に近く、海を望むことができる場所であることだ」

「第二のオーストラリア人観光客……というのは何を狙っているのですか？」

「今でこそ、中豪両国の関係は冷え切ってしまっているが、一時期は中国人の受け入れにオーストラリア政府は積極的だったんだ。しかし、オーストラリアに移住した中国人の質があまりに低すぎたのが最初のトラブルだった。そして移民二世としてオーストラリア国籍を獲得した子どもに対する福祉問題と土地購入問題が大変だったんだ」

「やはり土地問題ですか？」

「それが一番大きかっただろうな。オーストラリアの移住先はシドニーやメルボルンという大都市周辺の、オーストラリア全土の中でも特に環境のいい場所だっただけに、現地住民との確執が生まれたようだ。特にメルボルンは歴史的に民族連鎖が顕著な都市で、先行移民が出た後に新たな民族が居住するという連鎖が起こっているらしい。その結果、現在増えているのが中国人で、最初から居住していたイギリス系オーストラリア人は街を離れざるを得ない状況になっているようだ」

「そういう実態があるのですね……反発を買いますよね……」

「しかも、オーストラリアで亡命申請を行う中国国籍の人数が四倍に急増していたことが明らかになり、亡命申請の理由も多岐《たき》にわたっているという。通常の移住ビザの取得が難しくなるなかで、亡命申請制度が悪用される懸念も出てきている」

「亡命……ですか……これは国家間の問題になりますよね。今日の豪中関係の悪化はこういう点も原因の一つに挙げられるのでしょうね」

「根が深いのは確かだが、オーストラリアへの中国人留学生の増加はスパイ活動目的……という見方をする当局幹部がいるとも伝えられている」

「留学生をスパイとして活用するわけですか……中国らしい発想ですね。スタンフォード大学やシリコンバレーに留学生や研究員として渡り、知識や技術を習得して帰国した海亀と同じですね」

海亀とは、海外留学から本国に帰国した中国人のことである。中国語で海外から戻るという意味の「海帰」と、「海亀」の発音（haigui）とが似ていることに由来する。先進国の高度な知識・技術を身に付けた海亀は、中国の急速な経済発展を支えてきた。

「しかし、中国の若い世代が留学して学ぶ姿勢は評価しなければならないと思う。それに比べて、日本の学生で留学を希望する者があまりに少なすぎるのは、情けない話だ」

「先輩はどうして留学しなかったのですか？」

「頭が悪かったからだ。しかし、俺の高校時代の同級生の中で、知っているだけでも二桁は留学していたな。学士入学して大学在学中にフルブライトでアメリカに行った奴もいた」

「先輩の母校ならばそうでしょうね」

「しかし、お前だって東大辞めて留学したんだからな……」

「私は前に言ったように、見切りをつけただけです。それでも日本に帰ってきたのは、このままでは母国がなくなってしまう……という危機感を持ったからに他ありません。

何だかんだ言っても愛国者だったわけですよ」

「何が愛国者だ……とは言え、まあ、今ここにいるわけだから、国を憂える精神はさらに研ぎ澄まされてきたのかもしれないな」

「今の日本は年長者と若者の間に世界観や国家観で乖離が生じています。団塊《だんかい》の世代が前期高齢者から後期高齢者の域に近づいてきてからは、その傾向が余計顕著になっているようです」

団塊の世代とは、日本において、一九四七年（昭和二十二年）から一九四九年（昭和二十四年）に生まれた、第一次ベビーブーム世代を指す。

「そうか、もう団塊の世代が後期高齢者になる時代か……学生運動とバブル時代の中心的役割を演じた人たちだな……警察官でも、その世代の人たちは手強かったなあ」

「そうなんですか？」

「そりゃそうだ。警察という世界はどちらかと言えば右的発想だろう？　しかし、団塊の世代は革命政党やそこから派生した極左暴力集団、さらには新左翼を目のあたりにした世代だからな。団塊の世代の大学進学率は二十パーセントに満たず、警察官も高卒が大半を占めていたはずだ。それでも警視庁の場合には全共闘等の左翼大学生に馬鹿にされないように、新卒の警察官に対しては積極的に夜学で学ぶことを奨励していたそうだ」

「そういう時期だったのですね」

「夜学を四年で卒業した人たちは、自分の給料で学費を払っていた分、本気で勉強していたらしく、優秀な人が多かった。今でも高卒で警察官になる人は多いが、その中で夜学に行く者の多くは、同時期に採用された大卒をすぐに追い抜いていくから面白いんだ」

「素養の問題でしょうか？」

「いや、本気度の問題だと思う。最近の新型コロナウイルス感染症対策の中で、緊急事態宣言発出中にもかかわらず、道路や公園で立ち飲みするような知能程度が極めて低い大学生がいるが、そんな学生は世の中が必要としていないことを自覚するべきなんだな。何のために大学に入るのかが全くわかっていない。これは日本だけでなく、中国や韓国にも顕著に見られるんだが、どこの大学に入って、学生時代にどれだけ学んだか……によって完全に将来が決まってしまう」

「でも、最近の日本企業の多くは出身校を記載しないところが主流ですよ」

「何のために企業訪問があって、企業にリクルーターがいるんだ？　コネも推薦してくれる先輩もいない者が入社できる企業は、ベンチャー企業でもないぜ」

「なるほど……言われてみればそうですね。意味のない平等主義なんか必要ないですよね」

「何でもかんでも平等で、競争主義を失った初等教育が日本の教育を歪めてしまっているような気がするな。これは団塊の世代が創り出した負の遺産じゃないかな。その点で警察、それもノンキャリの階級社会は年功序列を排した下剋上《げこくじょう》ありの世界だから面白いんだ」

「香川先輩の言葉にしては、あまり説得力がありませんね」

望月が笑って言うと、香川は表情を変えずに答えた。

「警察は確かに階級社会だが、それは制服警察官の話だ。私服警察官は如何に仕事ができるか……に掛かっている。その証拠に私服には階級章が付いていないだろう」

「まあ、確かにそうではありますが、香川さんは特殊ですからね」

「それは自負心の問題だ。片野坂がキャリアの警視正で、俺がノンキャリの警部補だからといって、俺の片野坂に対する接し方に誰も文句を言わないだろう」

「だから香川さんが特殊だと言っているんです。というよりも、公安警察という特殊性もあるのかもしれません。私も外交官として海外勤務をした際に、二等書記官や警備官として赴任してくる警察官を多くみてきました。彼らは同じ警備警察出身の警察官でしたが、階級には敏感でしたよ」

「警備警察は特殊な警衛、警護に従事するSPを除けば、原則として制服だろう？　現場での瞬時の判断だけは自己責任だが、日頃はチームとして動いている。しかし公安は違う。原則として単独プレーだ。特に協力者獲得作業となれば一対一の戦いだからな」

「確かにそうですね……公安以外の刑事の世界はどうなのですか？」

「刑事は、捜査会議で決められて、捜査方針に従って指定された事項だけで動くからな。自分の意思で情報収集できるのは捜査二課や組織犯罪の情報部門くらいのものじゃないかな。刑事の楽しさは如何にホシを落とすか……に掛かっていると思うな。これには刑事本人の人間性と経験がものを言う。よく『落としの○○』と言われる人がいるが、そういう人と話をするのは実に面白いもんだ」

「本当にそういう人がいるのですか？」

「ああ。昔、なんとか九兵衛とか言われた有名な刑事がいて、刑事の時はよかったが、その後に指揮官となった時には全く使い物にならなかったらしい。それはまさに資質の問題で、誰に対しても自分の考えを押し付けようとする悪しき性癖が残っていたんだな。まあ、公安部にもそういう奴がいないわけではないんだが、少なくとも情報部門にはいないな」

「やはり捜査二課と公安総務課は特殊な分野と言っていいんでしょうね」

「どちらも課長は絶対にキャリアポストだからな。警視庁内でも人事一課を入れた三課しかキャリアの課長指定ポストはないんだ。それだけ、国家と組織運営に直結した情報が集まるところはない……ということだな」

「そうですね。また話を戻しますが、ニセコにやってくるオーストラリア人というのは、ほとんどがスキー目的だと思うのですが、やはり富裕層が多いのでしょうか？」

「そうでもないようだな。オーストラリアでスキーと言うとニュー・サウス・ウェールズ州とビクトリア州がメインなんだが、雪質が悪い上に都市から距離がある。しかも、料金が馬鹿高いんだ。それを考えると、ニセコをオーストラリア人の会社が開発した関係で、言葉も通じるようになったし、さらに日本観光もできるということで、オーストラリア人の間で有名になった。本当の富裕層でスキーを好むものは北米のロッキー山脈に点在するスキー場に行くようだな」

「そういうことですか……」

「ただ、スキー場の客質は日本の方がはるかにいいし、アメリカやオーストラリアのスキー場では様々な犯罪が行われていて、これを避けるために日本に来るオーストラリア人スキーヤーも多いらしいな」

「中国人はそういうオーストラリア人を狙っている……ということなのですか？」

「日本人を受け入れるのならば、中国人も……という発想が最初にあったようだ。一九七〇年代の初めまで、白豪主義と言われた白人最優先主義とそれに基づく非白人への排除政策でオーストラリアは有名だったからな」

「移民法の問題ですね」

「しかし、この意識が国民の中から消えるにはまだまだ時間がかかりそうだ。そんな最中《さなか》に豪中貿易摩擦問題が発生しているんだ。この問題はまだ当分の間は続きそうな気配だな」

「日本人もアジアの中の妙な特権意識は捨てた方がいいと思うのですが……」

「人のふり見てなんとか……だな。差別を受けて初めて、自分たちがやってきた差別を知るわけなんだが、俺は未だに同和問題だけは理解できないんだ」

「関東人はあまり気にしないようですが、関西は未だに根強い地域があります。私も一度、同和の関係者と言われる女性と結婚した友人の披露宴に出席したことがあるんですが、その時に、新婦側来賓《らいひん》の代表が同和問題で有名な人で、新郎に対して『我がファミリーにようこそ』とマフィアのドンのような表現をしたのです。知らなくていい人に自分から教えているようなものでしたね」

「その後どうなった？」

「夫婦関係は上手くいっているようですが、来賓代表の方とは縁を切ったそうです。奥さんは実にいい人で、その話が出た時には『私も恥ずかしかった』と言っていました」

「ご両親は大丈夫だったのかな？」

「娘が過去のしがらみから抜け出すことができたのを喜んでいた……と言っていました。子どもの幸せを願ってくれていたのでしょうね。親御さんも立派だと思いますよ」

「なるほどな。日本国内で日本人同士の差別か……。日本人も外国人に何らかの差別意識を持っているんだろうか……」

「昔はあったと思いますよ。私たちが子どもの頃はインドに滞在していたスコットランド人のヘレン・バンナーマンの『The Story of Little Black Sambo』の海賊版の翻訳本が有名でしたが、人種差別との関連性が指摘され、各地の書店や図書館から姿を消しはじめ、出版社もこの本を絶版にした経緯がありましたから」

「でも、あの本は絶版本のもとになったアメリカ版原書を忠実に再現したものをまた出版して、まるまるカットされたり、切り貼りや左右反転といった形で流用されていたイラストも原型のまま掲載しているんだぜ。人種差別に関してヒステリックになる団体もあって、『白雪姫』『みにくいアヒルの子』などが差別的とまで言い出す始末だったからな」

「先ほどの私の友人の奥さん側の来賓だったマフィアのドンもどきと同じで、何でもかんでも差別に結びつける人がいるのも事実でしょう。しかし、第二次世界大戦前の日本人は中国や朝鮮半島の人々に対しては蔑視《べっし》していたのではないですか？」

「あれは幕末から明治初期に唱えられた『征韓論《せいかんろん》』に始まるものだったのだろうな。ボロボロになった清朝《しんちょう》とそれに朝貢《ちょうこう》していた李氏朝鮮《りしちょうせん》に対する憤りと、鎖国からの決別をはかる中で同じ東洋人としての焦りが、日本人にあったのは事実だろう」

「なるほど……それでもその後の日本国内でも中国人や朝鮮半島人に対して、決して友好的ではなかったのではないですか？」

「それは特に在日朝鮮半島人が敗戦のどさくさに紛《まぎ》れて、主要都市の駅前などの一等地を分捕って、さらに、治外法権のような在日特権まで得たからだろうな」

いわゆる在日特権とは、主に特別永住権を持つ在日韓国・朝鮮人、またはそれらの団体・組織向けになされる社会的・金銭的・法的に有利な扱いを指す言葉である。特に税務関係では、所得税・法人税・固定資産税が免除されることがあり、実際に大阪市では二〇一二年まで朝鮮総連に関連する施設への固定資産税など税金の減免がなされてきた。この案件は二〇一八年にようやく、大阪地方裁判所が朝鮮総連を「在日朝鮮人の一部のみに支持される政治的な性格が強い団体で、施設は在日外国人のための公民館的施設とは言えない」として決着をみている。

「そうでしたね。在日特権問題の切っ掛けになったのが、朝鮮総連所属の在日朝鮮人による脱税事件の摘発の際に起きた一九六七年の『同和信用組合事件』で、この時から在日問題と同和問題が関西でごっちゃになったと言いますからね」

「この時、朝鮮総連サイドの交渉窓口だったのが、今はなき日本社会党だったわけだ。まだその残党が国政に残っているのだから、つくづく日本という国は不思議な国だと思うよ。それを考えると、今日の多くの日本人が外国人に対して差別意識を持っているとはいいがたいのではないかな？」

「しかし、外国人技能実習制度を活用している企業の中には酷いところも多いようですよ」

「そんな企業に外国人を送り込む公益財団法人国際人材協力機構が悪いんだ」

「それはそうですが……」

「やるならとことんやれ。中途半端なことをやっているから海外からも信頼が得られないんだ。外国人技能実習生を、ただの労働力としか考えていないような企業は、国家権力を以てぶっ潰すくらいの発想がなければ、公益財団法人としての資格がないだろう」

「厳しいですが、それが外国人に来てもらうのに最低限必要なことなのでしょうね。ある優良な中小企業では、採用時に会社のトップが家庭訪問をして、採用する外国人の家庭環境を確認しているところもあるんです。そういうところは、来日外国人も辞めませんし、継続していい後任が来るようになるんです」

「何事も企業努力というか、トップの姿勢だよな。技能実習生になるために借金を抱えて来させるような制度では、最初から負の遺産を持たせて来日させるのと同じだからな。いくら門戸を開こうとしても、相手の立場を考えてやらないことにはどうにもならない」

「結果的にそういうところから差別が始まってしまうのかもしれませんね」

「金儲けに来るのか、技術を得に来るのか……その姿勢の違いで犯罪者に落ちてしまうのか、立派な技術者として祖国に帰るのか……に分かれるんだな。最近、ベトナム人の犯罪者が増えているのは、ベトナム本国のドイモイ政策に限界が来ているんじゃないかと思うよ」

ドイモイとはベトナムにおいて、主に価格の自由化、国際分業型産業構造、生産性の向上等の経済面と、社会思想面とで新機軸を目指すスローガンのことである。中国が目指す改革開放の流れに沿っているが、今日の習近平国家主席が行っているような専制主義的な政策とは大きく異なっている。

「しかし、中国からも多くの技能実習生が来ていますよね」

「彼らが日本の農業のいいところだけを学んでいってくれればいいのだけど、日本の農業団体がやっているような排他的な囲い込み政策だけは真似してほしくないな」

「海外から技術習得に来て、祖国の将来を担う青年たちのためにも、いい形になってもらいたいものですね」

「そうだ。だがその前に、まず自分たちの周りから差別をなくしてもらいたいものだ」

そこまで言って、ふと香川が首を傾《かし》げて笑い出した。

「どうしたんですか？」

「シャドーバンキングの話が外国人技能実習制度に行きついてしまったな……と思った

んだ」

「私は気が付いていましたけど、まあ面白いかな……と思ってました。話を展開しながら、スマホでシャドーバンキングの実態を見ていたんですが、私の友人が役員に入っている中国系企業の名前があったんですよ」

「ほう。何か話を聞くことができる関係なのか？」

「彼は外務省のチャイナスクールに属していた男なんですが、当時から商売気も強い奴で、中国関連で起業を目指す者に対するアドバイザー的なことをやっていたんです。それが、いつの間にか本業になってしまって、幅広い中国人の人脈を活かして、今は不動産関連企業の専務になっています」

「日本国内の不動産を中国人相手に売っているのか？」

「優良物件の多くを中国人に売っているようです。中でも最近は銀座で水商売を嫌うビルオーナーが増えていて、クラブの移転が多いとかで、夜の銀座も様変わりするかもしれませんね」

「銀座か……確かにここも情報の坩堝《るつぼ》ではあるんだが、最近、銀座の並木通りや御門通《ごもん》りあたりで呼び込みをやっている店のほとんどが中国人の店らしい。そんな店にはそれなりの人は行かないけどな」

「最近は接待で銀座の店を使う企業も減っているようですし、そうかといって、若い綺麗どころが多いキャバクラの一流店は接待向きではありませんからね……銀座に足を向ける若い世代が減っているのは確かでしょうね」

「銀座というステータスがなくなってしまうのは寂しい気がするが、これもまた時代の流れなのかもしれないし、今回の新型コロナウイルス感染症が最も影響を与えてしまった場所であり、業界なのかもしれない。俺としては寂しい気もするけどな」

香川があまりにしんみりと答えたので、望月が驚いたような顔つきで訊ねた。

「香川さんは銀座に馴染《なじみ》の店があるのですか？」

「銀座に三、四軒の馴染の店がなくては情報マンは務まらないだろう？」

「経費はどうしているんですか？」

「経費は情報と協力者の質に応じて警備局から予算が出ているだろう？　望月ちゃんは察庁《サッチョウ》採用だから、まだそのあたりのことが理解できていないかもしれないが、公安部の活動費には国費と都費があって、都費には領収書が必要だが、国費には求められない。これを判断するのがチヨダだからな。まあ、うちのセクションの場合には片野坂が長官官房と警備局から独自予算を取っているようだから、公安部の他の部署よりは恵まれているんだけどな」

「香川さんが毎月公安総務課から活動費を貰っている……というのは、そういうからくりだったのですね」

「からくりじゃあねえよ。その分の仕事もちゃんとやっているから、警備局からそれなりの活動費が出ているんだ」

「うちの仕事だけじゃないんですね？」

「俺がここに配属される時には、警備局と公安部が協議をしたうえでの措置だったんだよ。俺が取っている元々の情報が途切れると、全国の公安警察が困るんだ」

「そうだったのですか……だから全国に仲間がいらっしゃるんですね」

「警察庁が主催する全国研修や情報専科で一緒の道府県の仲間は、警部補の俺と違って警視と警部ばかりだが、俺が指導員をしてやらなきゃ、国政関係者や基幹産業幹部との情報交換もできないだろう？」

「なるほど……国会議員なんてまさにそうですね」

「地方出身国会議員の三回生クラスは、国会内ではようやく半人前扱いなんだが、地元に帰ると『先生、先生』だからな。さらには参議院議員で様々な団体の代表として出てきている議員には、地方警察ではなかなかコンタクトが取りにくいだろう？　だから、この十数年来、内調に道府県警から出向してくるようになったが、彼らは地元出身の議員ばかりを前任者から引き継いでいるだけだ。そんなことじゃ、新たな情報が入ってくる筈《はず》もないし、所詮、情報は人だから、引継ぎを受けたからと言って、その議員や秘書が前任者と同様の扱いをしてくれるかどうかもわからない。その逆もあるんだけどな。

その点で、警視庁出身者は議員の出身地だけでなく出身母体にも全くかまうことなく接触できる特権でもあるんだ」

「でも、香川さんは内調には出向されていらっしゃいませんよね」

「内調に行かなくても、公安部員として先方が会ってくれるからいいんだよ。そこが警視庁公安部の強みだな。警視庁公安部が話を聞きたいと言って、露骨に拒絶するのは革命政党や極左系政党の中でも出来の悪い連中だけだ」

「えっ？　極左系政党の国会議員とも連絡を取っているのですか？」

「あったり前じゃん。垣根越《かきねご》しに相手を見ていても何もわからないだろう。相手方だって同じさ。警視庁公安部が何を探っているのか、それが知りたいんだ。もちろん、向こうだって組織の意向を聞いたうえで俺と会うんだろうけどな。案外、面白いもんだよ」

「そうか……ある意味で命がけのような気もしますが……」

「情報収集は命がけに決まっているだろう」

香川があっさりと答えたため、望月が唖然とした顔つきで訊ねた。

「毎日が命がけなのですか？」

「お前さんが、シリアで傭兵として戦っていた時は毎日が命がけだっただろう？　同じだよ。そこに武器があるかないか……だけの違いだ」

「それが公安警察なのですね」

望月が感慨深げな顔つきで言ったので、香川は笑いながら答えた。

「俺も好きでこの道に入ったわけじゃなかったけど、いつの間にかズッポリはまり込んでしまった……という感じだな。公安情報の収集というのは、実に個人主義で、企画力と営業能力が問われる仕事だろう？　しかも徹底した実績主義だから、普通の公務員にはない面白さがある。しかも概《おおむ》ね、上司にも恵まれてきたからな」

「公安にもダメ上司はいるものですか？」

「そりゃ掃いて捨てるほどいるさ。ただし、管理部門以外の他のセクションよりはましだろうけどな。どこの部門にも警察ならではの悪しき伝統が残っているものさ」

「いつになったら払拭《ふっしょく》できるものですか？」

「難しい問題だな。頭でっかちも必要な部分があるんだが、それだけで上に来られても困るからな。相手がどんな立場の人、組織であっても、臨機応変な対応ができるかどうか……に掛かっている。それにしても中国はマニアックなほど他国の情報を集めているが、奴らの真の狙いは何だと思う？」

香川が真顔になって訊ねた。

「例えば、今の日本の道路事情は完全に中国に把握されています。特にタクシーの配車に関するデータは全国百パーセント管理されていると言っても過言ではありません」

「なるほど……」

「もし、中国が道路だけでなく、日本の交通網の全てをコントロールできることになれば、日本の経済は中国に身を任せるのと同じだということです。なぜなら、日本の流通を押さえられてしまうからです。もし、中国共産党内に強力なタカ派がいたとすれば、簡単な策略でこの弱点に何らかの攻撃を仕掛けてくるでしょう」

「その兆しでもあるのか？」

「今後、中国は緩急をつけた様々な手を日本に向けて打ってくると思いますが、それは来年の冬季オリンピックが終了するまでです。その後は緩急の緩がなくなり、強硬路線で迫ってくるはずです」

「そんなにオリンピックをやりたいものなのかね」

「日本だって、数年前まではそうだったでしょう？　多くの国民は忘れてしまっているようですが、『アンビルドの女王』と呼ばれていた設計屋と契約し、設計責任を負わないデザイン監修者として監修料十三億円を施主《せしゅ》である日本スポーツ振興センターが支払ったこともありましたしね」

「あのデザインを推したコンペ審査委員長の設計屋が会見で『建設費まで視野に入れる義務はなかったし、二千五百二十億円の最終試算額に驚いた』とのたまわった。アホかと思ったよ。予算を考えない設計をしていいのは、てめえの家を建てる時だけだからな。だいたい、日本スポーツ振興センター自体が、年度事業評価を発表し、五段階で最低評価の『Dランク』となった、全府省庁初の独立行政法人だからな。どこにどういう金が流れているのか、まさに闇から闇のイベント屋。そういう連中じゃなければIOCとはお友達になれないのかもしれないが」

「しかし、これでようやく日本人のオリンピック熱も冷めるでしょうし、オリンピックが『平和の祭典』なんて、馬鹿げたことを言う人も減ることでしょうね」

「そうあってもらいたいな」

「それで……ですが、香川さんは、中国は当面、何を狙っていて、そのために日本で何をしようとしていると思いますか？」

「今度はお前さんが切り返してきたか……。習近平の最大の目的は一帯一路《いったいいちろ》を本気でやって、ヨーロッパに対して中国の影響力を示そうとしているところだろうな。その手段の一つとして、世界的に重要な国際金融センターに格付けされ、低税率および自由貿易を特徴とする重要な資本サービス経済を有している香港を完全に支配下に入れる必要があったんだ。通貨の香港ドルは世界第八位の取引高を有するからな。だが世界第二位の経済規模となった中国は人民元決済を広げるため、特別引出権を得たんだが、前年に新中国建国以来最大規模の偽札事件が公安当局に摘発された。その内容は最高額紙幣の百元札で二億一千万元、日本円にして約四十億円分だったんだ」

「四十億円……ですか。北朝鮮のスーパーノートには及ばない額ですが、自国生産ですからね」

　スーパーノートとは、北朝鮮が印刷製造している、百米ドル紙幣の偽札のことである。朝鮮労働党作戦部４１４連絡所がその任務を担っており、超精密な作りは専門家でも本物と見分けをつけることが非常に難しいとされる。一九八九年、フィリピンのマニラで北朝鮮高官の荷物の中から初めて発見され、これまでの回収分だけでも四千九百万ドル（約五十七億円）相当にのぼっている。

　特別引出権（Special Drawing Rights: ＳＤＲ）とは国際通貨基金（ＩＭＦ）加盟国が通貨危機などで外貨準備高不足に陥った際に外貨を引き出せる権利のことである。ＳＤＲの価値はＩＭＦへの出資額に応じて計算され、その構成比は、米ドル四一・七三パーセント、ユーロ三〇・九三パーセント、人民元一〇・九二パーセント、日本円八・三三パーセント、英ポンド八・〇九パーセントである。

「しかし、その一方で、中国はデジタル人民元の本格的運用を国内で加速している。これが今後の世界経済にどれだけの影響を及ぼすかが問題になりつつあるだろう？」

「デジタル通貨はアメリカ連邦準備制度理事会（ＦＲＢ）もデジタル・ドルの発行を検討していることを議会で明らかにしていますからね。ただ、自由主義国家で政府主導の仮想通貨によって、通貨のすべての動きを追跡できるように設計されることへの反発は大きいと思います。例えば、誰がどこで何を購入したのか、その詳細を国が完全に把握できるようになるわけですからね。監視カメラによるプライバシーの侵害の比ではありません」

「そこなんだよな。人民元のデジタル通貨電子決済（Digital Currency Electronic Payment、略称：ＤＣＥＰ）は中国人民銀行（ＰＢＯＣ）が発行する中央銀行デジタル通貨になるわけだからな。ＤＣＥＰはブロックチェーン技術を利用して資金の移動を管理し、従来の紙幣と同様に中央銀行がその価値を担保することになる。しかし、クレジットカードには信用が、ＱＲコード決済には銀行口座の開設が必要であるのに対して、デジタル人民元は一定額までは国内外問わず誰でも利用が可能となる点で国家による金の流れに関する監視機能が強くなるんだな」

「ただし、中国が使用を規制している仮想通貨のビットコインなどと違って、中央銀行がその台帳を管理するため、データベースが分散せず合意形成が不要となり処理速度は速くなります」

「しかし、ブロックチェーンの根幹技術としては、台帳管理の仕組みにビットコインと同様のＵＴＸＯ（Unspent Transaction Output）が使われるんだろう？　世界で現在四パーセント程度のシェアしかない人民元が世界中に普及してそのパワーを拡大する可能性もあるわけだな」

「中国市場はすでにキャッシュレス決済が非常に進んでいます。路上生活者に渡す『お恵み』でさえ電子決済なのですからね」

「ホームレスでもスマホを持たなければ生きていけないわけか」

「そういうことですね。文字の読み書きはできなくても、スマホは必要なんです。現在、中国で最も人気のあるモバイル決済の形式は、いわゆるクイックレスポンス（ＱＲ）コードに依存しています。ユーザーはこのバーコードをAlipayまたはWeChatアプリに表示し、販売者がこれをスキャンします。ＤＣＥＰの場合も、この決済方式を踏襲するはずです」

「その気になれば一気に中国全土で本格導入することができる……ということか？」

「すでに深圳等のネット環境が整っている地域では半年前から実証実験を行っていますし、抽選方式で選ばれた七十五万人が、アプリを使ってオフラインとオンラインの両方でデジタル人民元を使えるようになっているといいます。また、スターバックスやマクドナルドといった外資系飲食大手も、この新通貨をいち早く受け入れているようです」

「そうか……時間の問題か……そうなると国際問題としての地下銀行の存在はどうなると思う？」

「それはまた別問題でしょう。中国国内の経済の二重構造の中で、デジタル人民元の運用を軌道に乗せることができるか……という点にかかっていると思います」

「党と政府、バブルと負債、衰退産業と成長産業という、中国経済が今抱える三つの二重構造か……その中で先ほど話した理財商品の問題も残っているんだな？」

「そうですね。ご存知のとおり、都市部の小金持ちのほとんどは不動産バブルによるものです。これに加えて高齢化と年金問題、医療問題、環境問題の三重苦が現在の中国経済には大きくのしかかっています。中国が世界第二の経済大国で、あれだけの覇権主義を採っていながら、いまだに『中国とは、四十パーセントのヨーロッパと、六十パーセントのアフリカ』と言われるように、北京や海沿いの上海などの大都市は先進国と変わりませんが、地方へ行くと、アフリカ諸国の田舎と変わらない状況ですからね」

「十年前は十パーセントと九十パーセントの比率だったが、この十年で地方も相当都市化が進んだ……ということか……」

「都市化……と言っても、高層建築物が増えただけで、地方の人の質はあまり変わっていませんね。そういう文化的な面は一朝一夕に変わるものではありませんし、地方で放映されているテレビ番組は昔ながらの中国共産党万歳のような番組ばかりです。この格差が経済の二重構造の大きな要因なのです。いくら、推定で延べ約一億五千万人もの国民が海外旅行を経験した……とはいえ、その海外には香港やマカオ、台湾が含まれている……という、中国にとっては不都合な事情もあるのですが、その人たちを出身省別で分析すると、内陸部の劣勢が顕著なのです」

「そうだろうな……俺も前回の中国出張でその格差を肌で知ってしまったからな」

「でしたね……しばらくは中国出張は無理でしょうからね」

「頼まれても行かないが、西安《シーアン》にだけは一度行ってみたいと思っているよ」

「いいところです。いつか、こっそり行ってみるといいですよ。食も北京に次ぐのではないかと思います」

「こっそり……な」

　香川が笑って言うと望月が話を戻した。

「デジタル人民元の流通は二層構造のシステムで行われるようです。まず中央銀行である中国人民銀行からデジタル人民元が商業銀行に配布されます。そして第二弾として、商業銀行はそれを消費者に届ける責任を負うことになるわけです。二層構造にすることで中央銀行と商業銀行が競合することなく、『金融部門における〝銀行離れ〟を回避』できるという認識です」

「なるほど……すると、すでに中国人民銀行と商業銀行の間のトレーニングは終わっている……ということなんだな」

「まだ完了するところまではいっていないようですが、実験の結果を見ながら試行錯誤を積み重ねていることは確かでしょう」

「中国との関係が深いアフリカや、中東諸国との間ではどうなんだ？」

「中東との取引も特に産油国との間で増えています。ここにもデジタル人民元の使用を申し込んでいるとの情報もあります」

「そうだろうな……ところで、中国の地下銀行の実態が少し変わってきている……という情報もあるようなんだが……」

「そこまでは私は聞いておりません。案外片野坂部付の方がお詳しいのではないかと思いますが……」

望月の言葉にハッと我に返ったように香川が言った。

「考えてみればそうだった。最近、片野坂よりも望月ちゃんと話す方が多いからな……しかも片野坂は外に出てばかりだが、何やっているんだろう？」

「ホワイトボードには北海道となっています」

「北海道と言ったって、稚内と根室と函館じゃえらい違いだ。まあ最近、北海道には日本酒の酒蔵《さかぐら》が多くできているらしいし、何か美味いものでも買ってくるだろう。それにしても、日本海側を相当気にしているようだな」

「ロシアと中国の潜水艦の動向が気になっていらっしゃったようです」

「北朝鮮ではなくて中ロか……また何かおっぱじめるつもりか？」

二人が話をしているところへ、片野坂のデスクに本人から電話が入った。

「香川さん、その後ロシアンパブのお姉ちゃんたちの動向はいかがですか？」

「ロシアンマフィアの連中が、まるで漁夫の利を得るかのように動き回っているな」

「チャイニーズマフィアとコリアンマフィアのせめぎ合いでもあるのですか？」

「まあ、そんなところだな。ところでお前は今、どこにいるんだ？」

「今は稚内ですが、明日、礼文島《れぶんとう》の蝦夷バフンウニを買って帰りますよ」

「ロシアの原子力潜水艦でも探しているのか？」

「まあ、その件は帰ってからお話しします。香川さんと望月さんのお二人にはシベリア鉄道に乗ってもらいたいんですが、日程の調整をしたいと思っています。香川さんの場合にはご家族もあるし、プライベートな問題もあるでしょうから。スケジュールの確認をしておいてください」

「シベリア鉄道？　そりゃ楽しそうな仕事だが、何か摑んだのか？」

「ロシアと中国が何かやりそうな気がしてましてね。香川さんはウラジオストクから、望月さんは北京からスタートしてもらいたいと思っているんです。任務終了後はドイツで白澤さんと合流して意見交換でもして下さい」

「お前は何をするんだ？」

「私はアメリカのワシントンＤＣ経由でドイツに入る予定です」

「どれくらいの日程を考えているんだ？」

「三週間前後は必要かと思っています」

「わかった。明日を楽しみにしている」

第四章　シベリア鉄道

翌日の午後、片野坂は大きめの保冷バッグを持ってデスクに現れた。

「どうもどうも。お元気そうでなによりです」

「片野坂、最近、美味いもの巡りが過ぎるんじゃないか？」

「それは日本海側ばかり回っている関係で、結果的にそうなってしまうんですよ」

「日本海って、日本海海戦でも始まるとでもいうのか？」

香川がやや挑発的な物腰で言ったため、望月が間に入った。

「片野坂部付の所在がわからないといって、香川先輩は寂しそうだったんですよ」

「いやいや、申し訳ありません。今、まさに香川さんが言ったとおり、日本海海戦の虞《おそれ》があるようなので、この数か月来動いていたのです」

片野坂が表情も変えずに言ったため、香川は驚いた顔つきになって訊ねた。

「どういうことなんだ？」

「お二人ともご存知のことなのですが、一昨年の七月に、我が国の領空である竹島上空を、ロシア空軍と中国空軍の編隊が侵犯した際、韓国空軍のF－一六戦闘機などが三百六十発の警告射撃をしたことはご記憶にありますよね」

「あったな……韓国側のパイロットや地上基地の司令部が未熟なあまり、ついつい勢い込んでやらかした結果だと、皆で爆笑したじゃないか」

　香川の言葉に望月も笑いながら言った。

「ロシア機には撃ったくせに、中国機には何もできなかったわけですからね……韓国の中国へのへりくだりの姿勢が露骨だったですよね」

　片野坂はニコリと笑って答えた。

「あの時のロシア空軍機はA－五〇空中警戒管制機とTU－九五爆撃機二機、中国空軍機はH－六爆撃機二機で中ロとも日本領空と、韓国の防空識別圏内を一時間半近く、編隊を組むように飛行したのです。このうち、韓国空軍が警告発射したのは攻撃能力が極めて低いA－五〇空中警戒管制機だったということなのです」

「なるほど……弱い相手には強く出る、お国柄が出たわけだ」

「韓国大統領府の国家安保室長は『ロシア機に連射された』旨の主張をしているようですが、ロシア安全保障会議の書記は反応していません。この時、三百六十発の警告射撃を受けたA－五〇空中警戒管制機ですが、この時が初めてではなく、ウラジオストク空港から何度も日本海上空に出撃しているのです」

「ほう？　空中警戒管制機が日本海で何を探していたんだ？」

「おそらく、中国と北朝鮮の潜水艦ではないか……と考えられます」

「潜水艦を空から探していた……というのか？」

「ロシアの六六七B型原子力潜水艦が、同海域をホバリングしていたようです」

「デルタ型がホバリング？」

潜水艦のホバリングとは水中停止を意味し、魚群・水塊に見せかけたり、海流に乗って移動することで探知されないようにするのが目的である。

「さすがに津軽海峡は通過していませんが、対馬海峡付近まで航行していることは確かです」

「なるほど……ロシアの潜水艦といえば、北朝鮮の新型潜水艦はどう見てもロシアのゴルフ型だったよな」

「そこも問題の一つと考えています。北朝鮮がどうやってゴルフ級潜水艦を手に入れたのか……北朝鮮の潜水艦技術は高度とはいえ、あそこまで一気に巨大化するのは難しいのです。ロシアが技術提供しているとすれば大問題です」

「船体の直径が大きくなるほど、より高い水圧に耐える技術が必要になるからな……これまでの千八百トン級から一気に倍近くの大きさになり、しかも射程が約二千キロメートルの新しい潜水艦発射弾道ミサイル・ＳＬＢＭを搭載しているとなれば、アメリカも迂闊には北朝鮮に手を出すことができなくなるからな」

「そうなんです。ＳＬＢＭは安全上、水深五十メートルより深い場所から発射する必要があり、そのためには三千トン級以上の潜水艦が必要ですからね」

片野坂と香川の会話を聞いていた望月が訊ねた。

「お二人はまるで軍事評論家のような会話を常識問題のように交わしておられますが、そういう知識はどうやって得られたのですか？」

これを聞いて香川が表情を変えずに答えた。

「直近の防衛を知らなくて公安警察が務まるはずがないだろう？」

望月は返す言葉を失っている様子だった。これを見て片野坂が望月に言った。

「望月さんもおわかりのとおり、日本はロシア、中国、韓国の三国と領土問題を、北朝鮮と拉致問題を抱えています。さらに中ロは社会主義国家、専制国家体制を残したままであり、この両国に追従する北朝鮮、しかも、この北朝鮮の同胞が韓国になるわけです」

「日米韓三国の同盟関係というのはまやかしに過ぎない……というわけですか？」

「まやかしではありませんが、これはあくまでもアメリカの太平洋、極東対策における希望的なものでしかないことは、ここ四代のアメリカ大統領はみな理解しています」

「韓国の軍人はどういう意識なのですか？」

「非常に悩ましいところでしょう。中国と闘う意思は全くなく、そうかといって北朝鮮の配下になることは許されない。ロシアは信用していない。それでも、日本と組むよりはまし……という感じですかね。ただし、韓国軍が使用している武器等はほとんどが米軍に頼っている現状から、アメリカは敵に回したくない……というところでしょう」

「韓国軍は日本の自衛隊をどう見ているのですか？」

「怖いでしょうね。これは中国も同様に考えているはずです。中国は日本に対して、挑発行為をどこまでやれば自衛隊が出てくるのか……を手探りしている状態なのです」

「中国軍は数の割には実力に欠ける……ということですか？」

「空軍の実力が、保有戦力の割に日米ロの三国に比べて低すぎるんです。韓国空軍のレベルは三百六十発の警告射撃を見れば素人でもわかる程度ですね」

「中国が戦力で日米相手に活路を見出すことができるとすれば潜水艦しかない……ということですか？」

「そうですね。韓国の潜水艦事情が実にお粗末なので、あとは日本の海上自衛隊の動きを牽制《けんせい》している状態なのでしょう」

「韓国は自前の潜水艦を持っていないのですか？」

「二〇二〇年に強力な攻撃力を持つＫＳＳ－Ⅲという潜水艦を自国で開発し配備したとの報告があります。その影響があってか、韓国海軍潜水艦司令部創立三十周年記念式で合同参謀議長が『最強の水中戦力で海洋主権を守護し、数多くの連合・合同作戦で輝かしい活躍を見せてきた潜水艦部隊の将兵の労苦を称えたい』という声明を出したようですが、これまで、韓国潜水艦の輝かしい活躍を一度も見たことがない韓国海軍幹部からも笑いが起こった……と伝えられています」

「韓国はこれまではドイツ製の潜水艦を購入していたと聞いていますが……」

「確かに二一四型潜水艦（U-Boote der Klasse 214）をライセンス生産していたのですが、あろうことか、この二一四型潜水艦の構造を輪切り画像とし、完成後どの部分になるかまでテレビ局に公開してしまうという大失態をおかし、世界中の軍関係者から大きく注目される結果を招いたんです。潜水艦は軍事機密の塊であり、その情報は秘匿とされています。外殻の厚さ、高張力鋼の種類で潜水可能深度が容易に想定されるわけで、これを請け負った現代重工のお粗末さのせいで『韓国には常識は通用しない』と、すっかり信用をなくしてしまいました」

「お隣さんは、アメリカ製のＦ－一五Ｋの機密であるブラックボックスを勝手にこじ開けて、タイガーアイ（暗視装置）を分解して技術を盗用しようとした過去がありましたからね。ｉＰｈｏｎｅをこじ開けてその情報を盗むのとはわけが違いますよ」

「そういう国と同盟を結ばなければならない日本も大変なんですね」

「ただ、アメリカも最近は韓国が味方でなくなった場合を想定して日米の共同訓練を行っているようです。一昨年、日本との軍事情報包括保護協定（GSOMIA）を破棄する姿勢を見せたことで、米韓軍事関係には大きなしこりが残ったと言っていいでしょうね」

「先ほどの、強力な攻撃力を持つKSS－Ⅲという潜水艦の件ですが、日本はこの存在をどう捉えているのですか？」

「使用目的がわからないのです。持ちたければご自由に……なのですが、攻撃対象が日本としか考えられない状況なので、動向には注目しています。韓国には日本と戦争をする意図はないはずなのですが、単に日本には『負けたくない』という一心なのでしょう」

片野坂と望月の会話をしばらく聞いていた香川がようやく口を開いた。

「困ったものだ。そんじゃ、シベリア鉄道の話を聞きながら、新鮮なウニでも食おうじゃないか」

片野坂が笑って保冷バッグを開け、中からいくつかの土産品を取り出しながら説明をした。

「まずは、昨日獲れたばかりの蝦夷バフンウニです。それから利尻《りしり》昆布出汁《だし》で漬けた筋《すじ》子《こ》と時知らずのハラスの燻製《くんせい》です」

「ワサビはあるのか？」

「利尻島のホースラディッシュと空港で買ってきた静岡の本わさびがあります」

「さすがだな。酒は？」

「一昨日送っておいた段ボール箱が、ここにあります」

「誰がここに運んだんだ？」

「公安総務課長本人が運んでくれたようです。この部屋には我々以外、公安部長と公総課長しか入ることができませんから」

「そうだった。先輩を使うとはいい度胸だな」

「公総課長にも同じものを送っていますから。彼もまた無類の酒好きです」

「そうなんだよな……ちょっと酒癖が悪いのが玉に瑕《きず》だけどな」

「そうなんですか？」

「俺たちにはいいんだが、できの悪い管理官は飲み会の度にガッツリやられているからな」

「それは仕方ないことでしょう。そのために階級があるのですから、ランク相応の仕事ができなければ存在意義がありません。世の中そんなに甘くないことを管理官の段階で理解してもらうことも大事です」

「副署長にもしてもらえない……ということか？」

「副署長には、そのうちになるでしょうが、三、四年は辛抱してもらうしかないでしょうね。警視庁は警視も多すぎますから」

「その割に人材が少ないのはどういう理由なんだ？」

「警視庁はまだましな方です。警部にツーランク、警視にはフォーランクあるわけですからね。中規模県では警部も警視もワンランクだけです。無能な警視ばかりで、どうしようもない県だってありますよ」

「お前も厳しくなったな」

「このポジションに来て、道府県を回るようになって本部長の苦労がよくわかってきました」

「なるほどな……さて、酒を開けようじゃないか」

香川の声で望月が片野坂のデスクの後ろに置かれていた段ボール箱を持ってきた。

「一升瓶と四合瓶が三本ずつか……いいパターンだ。ビールは冷蔵庫を満杯にしておいたからな」

「さて、シベリア鉄道の件だが、俺はウラジオストクから乗るんだったな」

シベリア鉄道とは、極東を含むロシア国内南部のシベリアとヨーロッパロシアを東西に横断する鉄道である。その全長は世界一で、一般的にはロシア連邦西部に位置する首都モスクワから、ロシア連邦東部のウラジオストクまでの総延長九千二百八十九キロメートルを指す。さらに広義では、第二シベリア鉄道と呼ばれる「バイカル・アムール鉄道」、モンゴル国のウランバートル経由で中華人民共和国の北京まで結ぶ「モンゴル縦《じゅう》貫《かん》鉄道」の三路線をシベリア鉄道と呼ぶ。

シベリア鉄道はロシアにとって重要な観光資源であり、外国からも毎年多くの旅行者が訪れる。一方で建設以来、最も重要な輸出路でもあり、ロシアの輸出に関わる輸送の実に三十パーセントはこの鉄道によるものである。さらに、国内の旅客輸送においても主要な役割を担っている。

ウラジオストクは、ロシアの極東部の都市で、沿海地方の首都である。ここに、極東連邦管区の本部が置かれている。ロシア極東部ではハバロフスクについで二番目に人口が多く、その人口は約六十一万人である。主要な産業は、造船業、漁業、軍港関連産業である。ソ連崩壊後は、極東における一大中古車市場となっており、日本からの輸入も多い。インフラ整備の遅れが問題となっていた時期もあったが、二〇一二年にこの地で開催されたＡＰＥＣに向けて大規模な公共事業が行われ、急速に発展した。

「いわゆる基本路線を香川先輩に行ってもらいたいと思います。まずは空路でウラジオストクに入って、空港でロシア空軍機、軍港ではロシアの軍艦の配備確認をお願いしたいと思っています」

「写真撮影は許されているのか」

「ネットにも結構氾濫していますので、中国ほど厳しくはないと思いますが、一応、秘匿で撮影していただいた方がいいかと思います」

「そうだな……公総時代、それも警部補に居座り昇任したおかげで行かされた仕事だったからな。中国では大連《だいれん》や青島《チンタオ》でもバシバシ撮ってやったもんだった」

「向こうの公安当局をさんざん撒いたうえでやってくるんですからたいしたものだと聞いてはいましたが、結局、あの時青島で撮って下さった潜水艦画像は非常に効果的な情報だったのですからね。FBIでも話題になっていたのですよ」

「あれはたまたまだったからな。青島ビールと張裕《チャンユー》ワインを見に行ったついでだったんだ」

「そうおっしゃっていましたね。お土産に頂いた張裕ワインは中国ワインの歴史を感じました。中国は唐の時代からワインを飲んでいたわけですからね」

「日本にはブドウがなかったんだろうな。遣唐使がワインを持って帰ってもよかったんだろうに」

「彼らにはそれほどの余裕はなかったのでしょう。日本史にワインが登場するのは室町時代後期ですから、スペインやポルトガルの宣教師が持ち込んだのが始まりとみられていて、当時は『南蛮酒』などと呼んでいたようですね」

「一五〇〇年代か……そのおかげで、日本の風土と社会で発達した『五味』の食文化が根付いたのかもしれないけどな……」

「五味の中には日本独特の『うま味』というものが入っていますからね」

二人の会話を聞いていた望月が、何を考えているのか、自分の右手の指を折ってカウントしながら訊ねた。

「それ以外の四味はなんですか？」

「甘味、酸味、塩味、苦味の四つだ」

「辛みはないのですか？」

「辛みというのは舌で判断するものではないらしい。確かに中国の四川では山椒の痺《しび》れるような味を『麻《マー》』、さらに唐辛子等の汗の出るような辛みを『辣《ラー》』と呼んでいるが、本来辛みというのは脳が神経刺激を危険なものとして判断する結果らしい」

「そうだったんですか……勉強になりました。それよりも青島で撮った潜水艦というのは、何隻ほどだったのですか？」

「六隻だったな。商型原子力潜水艦・長征七号と晋型《しんがた》原子力潜水艦・長征十一号を中心に、通常動力型潜水艦の明型《みんがた》潜水艦・遠征六十三号だったかな」

香川がよどみなく答えると片野坂が笑顔で言った。

「何だかんだ言っても、ちゃんと覚えているのが素晴らしいですね。この時の原子力艦二隻は北海艦隊ではなく、南海艦隊でしか確認されていなかったのです。さらに、この時の長征七号は尖閣諸島（沖縄県石垣市）の接続水域を潜没航行した潜水艦でもあったのです」

「なるほど……香川先輩は潜水艦の違いもある程度はわかるのですか？」

「最近のはわかるな。しかし、さっきも言ったとおり、あの時は酒に目がくらんでいただけだったからな。中国のワイン生産技術に驚いたものだったよ。だから潜水艦の写真はたまたまだったんだ。ただし、大連の空港で撮ったミグを始めとする戦闘機を見た時は、中国の末恐ろしさを感じたもんだったが、現実の問題になってしまったな」

香川の言葉を聞いて片野坂が生真面目な顔つきになって言った。

「習近平がここまで専制的になってしまった背景を考えてみると、今後の中国の姿が見えてくると思います」

望月が訊ねた。

「今日の彼の姿の原型は、文化大革命時代に紅衛兵《こうえいへい》によって十数回も批判闘争大会に引き出され、四度も監獄に放り込まれ、さらに下放された時代に遡るのですか？」

「そうですね。権力闘争の恐ろしさを身に染みて知っているだけに、新たな権力を得る度に、その地位を利用して巧みに大義名分を立て権力闘争を行ってきた……というところでしょう」

「その最たるものが『反腐敗キャンペーン』だったわけですね」

「その当時の中国が如何に酷かったか……を物語っているのですが、二〇一三年からの三年間に規律違反で処分された党幹部は、約六万五千人ですからね。しかも、習近平自ら唱えた『大トラもハエも一緒にたたけ』のスローガンどおり、二〇一二年には盟友だった薄熙《はくき》来《らい》を放逐しています。ただ、この薄熙来は妻の殺人事件が発端となった不正蓄財事件があったのも確かでしたけど……」

　これを聞いていた香川が口を挟んだ。

「習近平は党幹部だけでなく、官僚を監視して自動的に腐敗を防止するＡＩシステムを中国科学院と中国共産党中央規律検査委員会に開発させ、二〇一二年から七年間にわたって約八千七百人以上の汚職官僚をも処分したんだ。いかに当時の中国という国が酷い役人世界だったか……中国共産党という一党独裁がどれほど歪《いびつ》さを抱えていたか……ということだ。まず、この連中を外してしまわなければ全ての改革が上手くいかないと習近平は考えていたんだろうな」

　これに片野坂がやんわりとした口調で言った。

「中国共産党の二大派閥と呼ばれている太子党の習近平と共青団派を中心とした新たな政治体制がどうなるか……ですが、習近平が行った反腐敗キャンペーンは、ドイツ・ベルリンに本部を置く腐敗、特に汚職に取り組む国際非政府組織のトランスペアレンシー・インターナショナル（Transparency International）から、『政敵の追い落としを目的にしている』と指摘されていることを忘れてはならないと思います」

「それは習近平だけでなく、同じ共産主義の教育を受けてきたプーチンも同じだろう。その二人が裏で手を握るとなると、こちらも心して対処しなければならないな」

「ウラジオストク空港では総領事館から職員を迎えにやります。パスポートはグリーンの方がいいかと思いますが、いかがですか？」

「そうだな……しかし、逆に動きにくいんじゃないか？　それに加えて中国からロシアに俺の情報が伝わっていなければいいんだが……」

「今回は中ロ朝の三国関係も背景にあるので、パスポートで保険をかけておくのもいいかと思います。それから、あの件は中国にとっても恥ずかしい事案ですから、中国外交部としても漏らしたくないでしょう。情報では、あの上海空港発砲事件後、公安当局と外交部関係者数十人が処分されているそうですから」

「そうか……俺もいい仕事をしてきた……というわけだな。パスポートの件はお前に任せるよ」

「警備局長も感心していましたよ。それよりも、ウラジオストクは概ね何日くらい必要ですか？」

「ロシアの警察や情報機関の連中が動かなければ三日あればいいかな……」

「現地の情報では、ウラジオストクは非常に親日的で、日本語学校まであるそうです。現地日程はもう少し時間をかけても大丈夫かと思います。ついでに、日本人向けロシアンパブの実態も見ておいて下さい」

「そんな美味しい仕事は、警察官になって初めてのことだな……お前がそんなことを言い出すということは、ロシアンマフィアの巣窟《そうくつ》でもあるんだろうな」

「イグザクトリーです。日本のヤクザも出入りしているかもしれませんから」

「そんなことだろうと思ったが……まあ、いいや、マフィアもホステスも品定めをしておいてやろう。しかし、そうなると国内は空っぽになるわけか……情報の共有はどうする？」

「画像データは全て白澤さんに送った後に消去して下さい」

「まあ、そうだろうな」

そう答えた香川は、プラスチック製のコップに注がれたお土産の日本酒を飲み比べながら訊ねた。

「上川大雪酒造《かみかわたいせつしゅぞう》の『十勝《とかち》』純米吟醸の第一号か……帯広畜産大学内に蔵があるんだな……」

「何でも四十年ぶりに十勝にできた酒蔵らしいです。これは道警の警務部長からの差し入れです」

「なるほど……切れがあるな」

　これを聞いた望月が笑いながら言った。

「仕事の話から酒の話への切り替えがあまりに早すぎます」

「仕事とはそういうものだ。いつまでも同じことを考えていても仕方ないだろう。それよりも目の前の大事な案件こそ、早めに結論を出しておかなければ先に進まない」

「それは酒の話ですか？　それとも、今、手を伸ばしたつまみの話ですか？」

「酒とつまみは一体のものだから、その組み合わせを考えるのも大事なんだ。そういう点が、お前さんは生真面目過ぎるんだよ」

　香川が笑顔で言うと、望月も笑って答えた。

「生真面目……確かに以前はそう言われた時期もありましたが、自分ではそれを脱したつもりだったんですけどね……持って生まれたものかもしれませんね」

「それはそれでいいのかもしれないけどな。俺のように一度も真面目と言われたことがない者にとっては、ある意味羨ましいものなんだ。ところで片野坂、望月ちゃんが北京から乗るのはどういう理由なんだ？」

　香川の問いに当の望月も片野坂に顔を向けた。

「同時期に中国海軍の北海艦隊の動きを知っておきたいのです」

「そうです。それに北朝鮮の潜水艦の動向も気になります。北朝鮮の潜水艦はすでにスパイ衛星がキャッチしていますので、その動きに合わせて海上自衛隊の潜水艦も動くことになると思います」

「中ロ合同演習か……」

「なるほど……四国の潜水艦が日本海に集結するわけか……まさに新たな日本海決戦の前哨戦のようだな」

「将来そうならないことを祈っているのですが……望月さんには一般のパスポートで中国に入ってもらって、大連経由で北京入りしていただき、中東研究の専門家として、中国のその筋のアナリストにも会ってもらいたいと思っています」

「中東……ですか？」

「大連空港には在大連領事事務所の職員が出迎えます。その後、北京から青島に向かって下さい。その前に、香川さんではありませんが、中国ワインでも嗜《たしな》んできて下さい」

片野坂の提案に望月が思わぬことを言った。

「中東研究の専門家……というのであれば、日本人として中国に入るよりも中東人としての方がいいのではないかと思うのですが……」

「それはどういうことですか？」

片野坂が怪訝な顔つきで訊ねた。

「部付もご存知だと思っていたのですが、私がシリア国内で反政府組織に入っている時、アフガニスタンの反政府組織の連中が私のパスポートを作ってくれていたんです。名前も彼らが勝手に創ってくれたものですが、パスポートそのものは偽造ではなく正規のものなのです」

「特殊な二重国籍……ということですか……」

片野坂が笑いを押し殺したような顔つきで言った。すると望月は笑いを浮かべながら答えた。

「中国は監視社会ですから、入国時から監視カメラでデータ化されてしまうと思うんです。それならば、それを逆手に取るのも面白いかな……と思います」

「実に面白いですね。正規のパスポートが全く他人として使えるわけですからね……いいなあ」

この会話を聞いていた香川が呆れた顔つきで二人に向かって言った。

「ここだけの話だが、それは偽造の疑いが極めて高いが、正規のものである以上、善意取得……ということになるんだろうな」

「まあ、反政府組織にとっては協力謝礼……というところでしょうか……仮にシリア政府に身柄を拘束されたとしても拉致された外国人……ということになりますし、最終的には日本政府にお願いすることだってできたわけですから」

「いいなあ、何でもやりたい放題じゃないか」

「私も一生の記念に取っておいたのですが、眠らせておくより利用するのも悪くない……と思いまして……」

「お主《ぬし》も悪《わる》よのう」

香川が笑って言うと、望月が片野坂に訊ねた。

「ところで、今回の私の使命は大連から北京経由で青島……ですか？」

「はい。大連と言っても同じ遼寧省《りようねいしよう》の南西部にある葫芦島《ころとう》市という都市に行ってほしいのです」

「葫芦島市……聞いたことがありますね……あ、そうだ。満州から日本への引揚船の出発地となった都市ですね」

「さすが元外務省ですね。第二次世界大戦の終戦時は引揚船の出発地として有名でした。その後は中国最大級の造船所・渤海造船廠《ぼつかいぞうせんしよう》が置かれ、国産潜水艦の建造が早くから行われ、中国初の原子力潜水艦もここで生産されました。それゆえ中国人民解放軍海軍北海艦隊の重要な原潜基地になっています」

「そうすると、うかうか近づくことはできませんね」

「軍事上の理由から港湾部は立ち入ることができない場所が多いのも事実なのですが、目的地は葫芦島市の東側に位置する葫芦島港の渤海造船廠南側にあるいくつかの埠頭《ふとう》です。現在も江凱型《ジャンカイがた》フリゲート艦と晋型原子力潜水艦が停泊しているのが確認できます」

「撮影ポイントはあるのですか？」

「葫芦島には中国最大の海洋油ガス田企業をはじめ、シーメンス、中石油、中海油、中船重工などの大企業が集まっているだけでなく、現在は伝統産業から新産業へ転換するイベントが積極的に推進されています」

「ヨーロッパで習近平が夢見る一帯一路の最大支援企業のシーメンスですか……こんなところに拠点を持っていたのですか……石油ガス部門からの接近もできそうですね。やりがいがありますます」

「二百三十七キロメートルにおよぶ海岸線と八千七百ヘクタールと言われる広大な干潟《ひがた》が広がり、貝やエビなどの漁業も盛んです。さらに海岸部は新たなリゾート・観光資源としても開発が進んでいます。ドバイ等の観光資源も参考にしたいのではないかと思います」

「打つ手はたくさんありそうですね」

望月の顔を見ながら香川が言った。

「シーメンスの名前が出たとたんにやる気満々になったな……ＩＯＣ会長のバッハの古巣でもあることだしな。善良な日本人のオリンピックに向けた感情を一気に壊した張本人だ。この下部組織のＪＯＣもまた『お・も・て・な・し』で話題を広げたが、結果的に『表なし』の『裏ばかり』『金ばかり』という実態が露見したからな」

「日本人の意識改革には損害が大き過ぎましたが、今後、オリンピックを目指すスポーツ選手に対する不必要な圧力だけは避けたいものです」

「そうは言うが、スポーツの世界にはワールドカップや競技ごとの世界大会だってあるわけだろう？　別に全部いっしょくたにする必要なんてない。おまけに今後はストリートダンスまで競技に入るっていうじゃないか」

「ブレイキンですね」

「他のダンスはどうなってしまうのか……だな。まあ不思議な世界だ。俺には関係ないけどな」

　香川が笑って言うと、片野坂は望月がゆっくり頷いたのを見て言った。

「望月さんは北京から内モンゴル自治区経由でモンゴル縦貫鉄道、ウランバートルへ向かい、ロシア連邦ブリヤート共和国ウラン・ウデでシベリア鉄道に合流するルートでモスクワに進んでください」

　望月はユーラシア大陸を頭の中に浮かべながら、点と点を結び付けているようだった。

「ウラン・ウデ……イルクーツクの手前ですか？」

「そうですね。シベリア抑留で犠牲になられた方の墓地もあります。かの地のミル設計局のヘリコプター製造工場であったウラン・ウデ航空機工場は、現在では独自にＭｉ－

一七の派生型等を開発・生産・輸出しており、ロシアの航空産業の大きな柱となっているところです」

これを聞いた香川が反応した。

「ミルのヘリといえば、かつてオウム真理教がロシアから購入して、サリンを撒こうとしていたやつだな」

「そうですね。結果的に操縦できる者はいても整備できる者がいなかった……というオウムらしいお粗末さでしたけどね」

「そうか……そこは俺もチェックしておかなければならない場所だな」

「はい、そこも香川さんには確認していただきます」

「ほう。俺は何か所チェックすればいいんだ？」

「ウラジオストク、ウラン・ウデ、ノヴォシビルスクを確認していただきたいのです。そして、望月さんにはノヴォシビルスクとエカテリンブルクをお願いします」

「ノヴォシビルスクで合流するわけか？」

「いえ、別々で結構です。合流するのはモスクワもしくはドイツ国内でお願いします」

「シベリア鉄道だけで何日間を見積もっているんだ？」

「通常、途中下車なしで七日間を要するわけですが、今回は途中で三か所降りていただきたいので、倍の二週間を考えています」

「結構長いな……」

「ベニス・シンプロン・オリエント・エクスプレス（ＶＳＯＥ）の、イスタンブールからパリまでよりははるかに長いですが、ドレスコードの必要もありませんし、気軽と言えば気軽です」

「片野坂、その情報をどこで仕入れたんだ？」

「イスタンブールで購入したタキシードのカード、間違えて使われたでしょう？」

「ん？」

慌てた香川の様子を望月が笑いをこらえて見ているのに気付いて、香川が言った。

「望月ちゃん。何がそんなに面白いの？」

「香川さんでも、そんなチョンボをするのかと思いましてね」

「そうか……道理で請求が来ないな……と、あの頃は思っていたんだが、トルコの小さな店だったから忘れたのかとも考えた。しかし、タキシードだけでよくわかったな」

「イスタンブールのシルケジ駅が始発の特別運行列車は滅多にありませんからね。乗車名簿を調べたら、一等の個室の一人使用で香川先輩の名前を発見したんですよ」

「さすがにＦＢＩで学んだだけのことはあるな。まあ、仕方ない。今回はエコノミーでも我慢してやるよ」

「ワインの飲み放題はないようですが、ウォッカならいくらでも飲めますよ」

「ウォッカねぇ。嫌いじゃないが、さすがに生《き》では飲まないからな」

片野坂と望月は香川の過去を酒の肴《さかな》にしながら、片野坂が買ってきた利尻昆布出汁で漬けた筋子と時知らずのハラスの燻製に手を伸ばした。

「この筋子は初めて食べる味だが……こういう食べ方があったのか……」

「元々は新潟の村上あたりで始まった食べ方のようですが、新鮮な筋子でしかできないらしいですね」

「そうだろうな……筋子というと、普段は塩漬けしか食べないからな。礼文島の利尻昆布……最高級品だな」

「えっ、利尻島じゃないのですか？」

「それが素人の赤坂見附というやつだな。『利尻昆布』というのは品種の名前なんだよ。対馬海流とリマン海流がぶつかる栄養分豊かな美しい海だからこそ育つ昆布なんだ。その粘りととろみの強さが筋子を包みながらも、クセのない爽やかで上品なダシが筋子の塩味を壊さないんだな」

香川の口上を片野坂が嬉しそうに聞きながら言った。

「素晴らしい食レポですね。さすがに灘《なだ》のボンボンだけのことはありますね」

「余計なことを言わなくていいんだ。それにこの時知らずのハラスの上品な脂がいいなあ。燻製にするところが憎い……ウィスキーオークで軽めにスモークしているんだな」

「そんなところまでわかるんですか？」

「イロハのイだよ」

香川が満面の笑みを見せて二本目の一升瓶を開けた。


香川と望月が出国したのはそれから五日後のことだった。

香川がウラジオストクに到着すると、総領事館の職員が笑顔で出迎えた。

「やっぱり香川先輩でしたか？」

「おう、石川《いしかわ》か。お前、ここに出向していたのか？」

「ウラジオストクは二年間で残りの一年がパリです」

石川祐司《ゆうじ》は元々警視庁の警部で、警備対策官として在ウラジオストク総領事館勤務をしていた。

在外公館警備対策官は、日本の在外公館に勤務し、主として在外公館の警備に関する事務に従事する外交官の官職、官名である。この立場は在外公館警備の他、在外公館の防諜についても管掌《かんしょう》している。警察庁からの出向者のほとんどは都道府県警から警察庁に出向し、そこから外務省に再出向している者である。期間は三年が多く、二年間は途上国で一年が先進国というパターンが多い。

「ここは何年目なんだ？」

「二年目です」

「外一希望なのか？」

「そういうわけではないのですが、海外勤務のチャンスは滅多にありませんから、三年目のご褒美がパリということもあって、三年目には女房も呼んでやろうと思っています」

「それは大事なことだな。家族にはいいところだけ見せてやればいいんだよ。ところで俺の今回の出張に関して何か聞いているか？」

「総領事から最大限の支援をするように言われています。香川さんは今、公安部のどこにいらっしゃるんですか？」

「公安部長付というセクションだ」

「部長直轄……ということですか？」

「そう。参事官も課長もいない。直属の上司はキャリアの警視正で、同僚は元外務省外交官とハッカーの女警《じょけい》だけだ」

「えっ？　実動三人なんですか？」

「いや、トップのキャリアも実動部隊なんだ」

「キャリアで実際に動くことができる人がいるんですか？」

「いるんだよ。天才なのか変人なのかわからないが、ＦＢＩでも現場で動いていたらしい」

　石川が、ホウ……という顔つきになって訊ねた。

「面白いですね……大学は東大ですか？」

「そうだな。それに加えて警察庁からイェール大学に留学して学位を取って、そのままFBIの公安部門と言われるNSB（National Security Branch：国家保安部）に三年いたようで、未だにCIAとも連絡を取っているようだ」

「CIAとも……まさに天才なのかもしれませんね」

「ただ、このキャリアが見習時の指導担当に付いたのが俺だったわけだ」

「そういう関係だったのですか……。さぞかし厳しいご指導をされたのでしょうね」

「俺が教えたのは酒の飲み方だけなんだが、今では酒の方もすっかり俺の上をいくようになってしまったよ。もともと強かったんだけどな」

「するといい教え子だったわけですね」

「その『教え子』という言い方は好きじゃない。いい縁だったかどうか……だけだ。俺にとっては実にいい縁だったと思っているよ」

「香川先輩がそうおっしゃるのなら、そのキャリアの方のレベルも高いのでしょうね」

　香川はそれには答えずに言った。

「ところで石川、ウラジオストクの空港は飛行機の中から相当撮ったからもういいんだが、港の写真を撮りたいんだ」

「ウラジオストク国際空港で……ですか？」

「ミグはいなかったが、Ａ－五〇空中警戒管制機とＴｕ－九五（ツポレフ九五）はいたな」

Ｔｕ－九五はソビエト連邦時代に開発された戦略爆撃機である。

「ミグは最近、こちらでもほとんど配備されていません。海軍同様、空軍でもＳｕ－二七が主力として採用されており、ツェントラーナヤ・ウグロヴァヤ空軍基地に数十機スタンバイしていますよ」

「ミグは過去の存在になりつつあるのか……ところで、ツェントラー……なんとか？

そんな基地がウラジオストクにあるのか？」

「ウラジオストクの近くには、ベレンコ中尉亡命事件で有名になったチュグエフカ基地がありましたが、旧ソ連時代の山の中の秘密基地だったため、今は使われていません」

ベレンコ中尉亡命事件は一九七六年九月、チュグエフカ基地の防空軍パイロットだったヴィクトル・ベレンコ中尉がＭｉＧ－二五で日本の函館空港に着陸し、アメリカへの亡命を求めた事件である。その後、日本はアメリカと共同でＭｉＧ－二五の機体を分解調査し、西側はソ連の防空システムを解明した。日本ではこの飛来を地上レーダー網で認識できず、レーダー技術の脆弱性《ぜいじやく》、さらにはスクランブル発進した航空自衛隊Ｆ－

四のルックダウン、シュートダウン能力の低さが判明した。この二つの露見により、日本の対ソ安全保障は破綻を来すことになった。

ルックダウン能力とは、敵機が自機より下方にいる場合、機上レーダーから発信されたレーダー波の反射波を効果的に探知できる能力のことである。クラッター（乱反射による電子システム上の不要なエコー）を除去する技術を採用することで可能となり、以来シュートダウン能力と合わせて戦闘機の能力は大幅に向上した。シュートダウン能力とは、機上レーダーが下方の目標を探知した際、その目標に照準を合わせて空対空ミサイル等で攻撃する能力のことである。

「そうだったのか……そのツェントラーナ……なんとか基地はウラジオストクに近いのか？」

「ウラジオストク国際空港よりも街に近いですし、海岸近くなんです」

「そこには行くことができるのか？」

「軍の関係ですから極秘情報だとは思いますが、聞いてみましょうか？」

「誰に？」

「士官に友人はいるんです。私の立場もよく知っていますから、それとなく聞いてみることはできると思います」

「お前、凄いな」

「空軍はエリートですから、基地の内部くらいは極秘にはならないみたいですよ」

「もし可能だったら教えてくれ。それから港も見ておきたいんだが……」

「軍港の方ですね？　ただ、埠頭の総延長は四キロメートルに及ぶんですよ」

ウラジオストク港はウラジオストクのピョートル大帝湾に面した港湾で、金角湾《きんかくわん》北西海岸に位置するロシアでは数少ない不凍港《ふとうこう》である。港はシベリア鉄道のウラジオストク駅に隣接している。

「四キロか……」

「ウラジオストクには、乾《かん》ドック、浮きドック、通常弾頭倉庫が存在し、造船所『ダリザヴォード』では、艦艇の近代化及び修理が行われています。接岸施設の総延長は二十七キロメートルあるんですよ」

「二十七キロ？　それをどうやって見ろというんだ？」

香川が呆れた顔つきで訊ねると石川は笑顔で答えた。

「まず鷲《わし》の巣《す》展望台に行けば、そこから金角湾のほぼ全景を見る事ができます。またダリザヴォードの前は皇太子海岸通りという、ウラジオストク市の一番新しい海岸となっていて、目の前に停泊中のウダロイ級駆逐艦（一一五五型大型対潜艦）のマルシャル・シャポシニコフ、ロケット巡洋艦・ヴァリャーグ等を撮影できますよ。それから黄金橋のたもと辺りは、金角湾沿いにプロムナードがあり、間近に太平洋艦隊の軍船の往来を見ることができます」

ロシア艦隊の太平洋艦隊は太平洋上での作戦を目的としており、北方艦隊に次いで強力な艦隊である。その司令部はウラジオストクに置かれている。

黄金橋は別名・金角湾大橋で、金角湾にかかる斜張橋《しゃちょうきょう》（中央支間長：七百三十七メートル）である。ウラジオストク市内と金角湾を挟んだ対岸のチュルキン半島とを結んでいる。その名前は一九五九年当時、ソビエト連邦最高指導者フルシチョフが、ウラジオストクを「ソ連のサンフランシスコ」にするよう要求していたことに由来しているといわれている。

斜張橋は二つの巨大な塔から斜めに張ったケーブルを橋桁《はしげた》に直接つないで支える構造の橋で、日本では横浜ベイブリッジ（中央支間長：四百六十メートル）、多々羅《たたら》大橋（瀬戸内しまなみ海道上。中央支間長：八百九十メートル）が有名である。

「そんなに簡単なのか？」

「ビックリするほど容易に、見ることも撮影することもできますよ。ただし、潜水艦は別の場所に停泊しています」

「遠いのか？」

「ちょっと南に行きますが、ルースキー島連絡橋の手前にある、ブフタ・ウリッス……つまりウリッス湾の奥に五、六隻停泊しています」

ルースキー島連絡橋は、ムラヴィヨフ・アムールスキー半島とルースキー島の間の東ボスポラス海峡を跨《また》ぐ世界最長の斜張橋（中央支間長：千百四メートル）である。

「見られるか？」

「何とかしましょう」

石川が笑って答えた。

香川は今回の出張目的の中で最大の難関と考えていたウラジオストクの実態調査の大半が、いとも簡単に済みそうなので、小躍りしたい気分になったのか、石川に言った。

「石川。この案件を早急に切り上げて、若いロシアの姉ちゃんがいるパブに行かないか？」

石川が驚いたような顔つきで訊ねた。

「いいんですか？　そんなに浮かれて……ロシアで一番の美人都市はウラジオストクです。そしてウラジオストクのロシア人の多くは日本に対して良いイメージを持っています」

「そうなんだ……それで、日本に行きたがる女の子も多いのか？」

「多いと思います。確かにウラジオストクには日本人相手の店もありますし、日本語専門学校までありますから」

「そうか、そこにロシアンマフィアが関わっている店はあるか？」

「それは聞いたことがありませんね。マフィアはもっぱら女の子を地方から連れてくる役割をしているとは思いますが、ウラジオストクで店をやっている……という話は地元の警察からも聞いていません、もしかして、それも今回の仕事の一環なのですか？」

石川の問いに香川は笑って答えた。

「俺がロシア娘と遊ぼうとしているとでも思ったのか？」

そう言って香川は、日本の結婚紹介所をとおしてロシア人女性が公務員と結婚している実態について話した。

「そんなことが行われているのですか……」

「それも日本各地の温泉場でやられているからな。俺としても実態を知りたいんだ」

「なるほど……その実態ならば、ハバロフスクとノヴォシビルスクもしくはエカテリンブルクで聞いた方がいいかもしれません」

「その三つの都市にも調査に行くことになっている」

「凄いプランですね。香川先輩が計画を立てたのですか？」

「いや、キャリアのキャップだ」

香川の答えに石川が頷いて言った。

「ロシア連邦を知り尽くした選択ですね。中でもエカテリンブルクはロシア連邦の中央部に位置する大都市で、ウラル山脈のアジア側にある最初の大都市です。人口はノヴォシビルスクに次ぎますが、ウラルの首都と言われて、さまざまな人種が集まっていることで有名なのです」

「人種の坩堝か……確かにマフィアが活躍しそうなところではあるな」

「ロシアでも未だに残る悪しき人買いの最後の場所かもしれません。ウラル山脈の西側では行われていませんから」

「そういうことか……するとウラル山脈の西と東では経済格差が大きいのだな？」

「そのとおりです。ですからロシア人で日本に行きたがるのはウラル山脈の東側……つまりシベリア以西に多いのです」

「なるほどな。少し理解できたよ。ところで、ウラジオストクの飲み屋等にいるお姉ちゃんは、本当に日本人に対して悪い感情は持っていないのか？」

「まあ、観光客の中には、昔のフィリピンのジャパゆきさんではありませんが、それを目的に来る人がいないわけではありません。特に反社会的勢力の人は、なくなった小指の代わりに露骨に薬指を示す人もいますから」

石川が笑いながら言った。

「それは暗に売春を求めている……ということなのか？」

「需要と供給の問題ですね。ただ、売春はロシアでも犯罪です。ですから、一夜限り……というのは少ないようで、二日、三日と一人の女性と一緒に過ごす場合が多いようです」

「ほう……恋愛を装う……ということか……子供だましだが面白い構図だな」

「身体を売る女性にもいろいろな背景があるのでしょう。年上の男性と交際を考えてる女性達が多いのも事実ですし、その対象の中には日本人も含まれています」

「ほんとうにそうなのか？」

「多くの日本人には、白人コンプレックスがありますが、同じようにウラジオストクのロシア人女性には、ちょうど白人男性が日本人女性に憧れるように、日本人男性に対する憧れがあるようなんです」

「もっと早く知っておくべきだったな……日本人のどこがそんなにいいんだろう……」

「仕事でウラジオストクに来る日本人の多くが誠実だからです。しかも金払いが良く、酒の飲み方が綺麗だと言いますね。日本人相手に酒を飲むロシア人女性の多くが、酒飲み亭主の暴力で離婚しているという背景のせいもあるかもしれません」

「そうか……ウォッカばかり飲んでいると、そういう連中が増えてくるんだろうな……」

「今後はロシア人の日本ビザも廃止になる予定なので、交際女性を日本に招待するのは簡単になります。現在でも二週間もあれば簡単に日本への短期滞在ビザが取得できます。日本の自然や衛生的な街を知ってしまったら、日本に住みたくなる気持ちが生まれても理解できますよ」

「なるほど……そこに付け込むヤクザもんが出てきてもおかしくはないわけだ……ウラジオストクで表立った売春は行われてはいないんだな？」

「全くないとはいえません。小さな宿ではフロントを仕切っていそうな中年女性に依頼すると、外注してくれます」

「ホテルと一体……ということなのか？」

「外国人向けですから、明らかにロシア人とわかる相手には対応してくれないようです」

「日本人以外にも多いのか？」

「中国人、韓国人も来るようですね。オーストラリア人は仕事関係以外、滅多に来ないようです」

「ロシア人女性はオーストラリア人の好みではないんだろうな……彼らの多くはフィリピンやタイが好きみたいだからな」

「そうなんですか？」

「まあ、俺から見れば決して好みが競合しないような相手を選ぼうとするからな」

「ブス好み……というわけではないのでしょう？」

「似たようなもんだな……女性を二、三人まとめてペット感覚で連れまわすのが好きなようだ」

「それがロシアではダメなんですよ」

石川が笑いながら言った。香川は真顔で訊ねた。

「ロシアンマフィアと接点を持つことはできないのか？」

「だいたいの居場所はわかりますよ。いわゆる置屋のようなところがあるわけですから、そこに行けば下っ端でしょうがマフィアの関係者はいるはずです」

「下っ端か……会っても仕方ないな」

「今はまだハバロフスクがロシア極東部では最大の都市ですが、極東連邦管区の本部をウラジオストクに移転する大統領令がすでに出ていますから、今後主要な人物もウラジオストクに移ってくると思いますよ」

「そうか……ウラジオストクが名実ともに『ロシア極東部の首都』になるということか……」

「そう思った方がいいと思います。それだけプーチンもウラジオストクの重要性を考えているということですね」

「そう考えると、下っ端でも会っておいた方がいいかもしれないな」

翌日、香川は石川の案内でウラジオストク港を陸と海から十分に観察した。原子力潜水艦も五隻確認して写真撮影した。原子力潜水艦の撮影にはウリッス湾まで、石川の知り合いが船を出してくれたのだった。

その夜、香川は石川と観光客向けのナイトスポットに足を延ばした。

「それにしても日本車だらけだな」

「そうです。特に中古車が多いでしょう？」

「そうだな……新しくても五年落ち……という感じだが……やたら改造していないか？」

「ウラジオストクの若者の間では、日本の中古車を改造してオリジナリティを出すブームが続いているそうです。十数年前にロシア政府が国産車の販売に力を入れようと、中古車の輸入に高関税を課そうとしたらしいのですが、全国で大規模なデモが発生したことで断念せざるを得なかったようです」

「ロシア車はしょぼいからな……」

「真冬に止まってしまうと、そのまま棺桶《かんおけ》になってしまいますから、誰もロシア車には乗りたくないのです。その点で、日本車の寒冷地仕様車は安全、快適、長持ち……という最高の評価が付けられています」

「盗難車は以前ほど多くないんだろうな」

「最近日本国内で盗難にあった車の多くはＵＡＥやパキスタンに流れているようです。ＵＡＥには日本の中古車を専門に売買する街があり、そこを経由してアフリカ諸国などに再輸出されているらしいですね。四、五年ほど前は、ロシア人窃盗団が日本の反社会的勢力と組んで、石川県や北海道から大量の盗難車両をロシアに持ち込んでいたようですが、多くの日本車がロシアで流通したため、日本の自動車メーカーの生産拠点が多く存在するようになりました。このため最近、海外の盗難車市場で流行りのパーツ売りもロシアでは必要がなくなっているのではないかと思います。ただ、ロシア国内で盗まれている車の多くが日本製というのも事実のようです」

「しかし、ロシアでは右ハンドル車を禁止する法律があるんだろう？」

「さすがによくご存じですね。ただし、これも新たな輸入を禁じているだけで、すでに国内に持ち込まれている車両には適用されません。このためウラジオストクだけでなく、ロシア中で中古の日本車が大ブレイクしているのです」

「なるほど……そういうことか……」

香川は町中にあふれる日本車を眺めながら頷くと、話題をロシア人女性に戻した。

「日本でいうロシアンパブみたいな店はないのか？」

「ロシアには接待する……という風習がないので、日本のクラブやキャバクラ的な店はありません」

「なるほど……若いお姉ちゃんと接点を持つにはどうすればいいんだ？」

「目的によって違いますね。いわゆる、風俗的なものを求めるかどうか……ですね」

「なるほど……確かに、日本のロシアンパブも様々だからな……」

「そんなにたくさん行かれているのですか？」

「捜査だよ、捜査。どんな連中がどんなルートで日本に入って、日本人をたぶらかすのか……その本来の目的を知っておく必要があるだろう？」

「なるほど……結婚紹介所を通してたぶらかすわけですからね」

「その結婚紹介所もまた、大手ではなく地元密着型という盲点がある。そこは今、同僚がコンピューターを駆使して様々なビッグデータから解析している」

「そういうことですか……それならば、サウナに女の子を呼んで、併設されたベッドルームで遊ぶパターンがいいかもしれませんね」

「サウナ？　ウラジオストクまで来てサウナか？」

「ウラジオストクの風俗事情は大別してスリーパターンありまして、一つはホテルと密接に関係している置屋から呼ぶスタイル、次に、日本でいうデリヘルのようなもので、こちらでは『エスコート』というネットを活用した個人売春、そして最後がサウナです」

「一番、女の子のレベルが高いのはどれだ？」

「エスコートですね。ただし、こちらはあくまでも個人売春ですから、背後の組織が今一つわかりづらいと思います」

「なるほど……そうすると、その次がサウナなのか？」

「こちらのサウナは、北欧や日本とはちょっと違うんですよ。サウナ店舗に入り、店内で待機している女の子が順に挨拶にくるので、その中から気に入った子を指名して、サウナやプールで遊び、酒も飲めます。そして最後にベッドルームでお楽しみして、トータルで支払いをするシステムです」

「ほう。面白いな。料金はどれくらいなんだ？」

「ベッドルームはだいたい三十分単位ですが、三十分として、トータル一万五千円くらいですね」

「安いんだな……」

「ウラジオストクの相場は大体そんなものです。エスコートだってそんなものです」

「石川、お前は全部試したのか？」

「警備対策官としての最低限度の仕事ですから……阿呆《あほう》な国会議員はすぐお忍びと称して行きたがるんですよ」

「どうしようもない議員は与野党を問わず多いからな。お前、今度写真を撮っておけよ。いいネタになるぜ」

「まるで中国やロシアの諜報活動のようですね」

「それに引っ掛かった日本の総理大臣もいたのだから、遊んだ相手をきちんと把握しておくのも警備対策官の大事な仕事だろう」

「確かにそうですね……」

「プーチンがウラジオストクを極東連邦管区の本拠地にする目的の一つに、これも含まれるのかもしれませんね」

「迎賓館風俗接待……共産主義国家が資本主義のＶＩＰを落とすための伝統的な手法だからな」

「気をつけておきます。ところで香川さんはロシア語はどうなんですか？」

「あいさつ程度の基本は知っているが、そういう場所ではかえって使わない方がいいというのが、その道のプロの話だったが……」

「そのとおりですね。『スパシーバ（ありがとう）』だけ使えばいいんですよ。あとはチップですね」

「了解」

香川が笑って答えた。

その夜、香川は石川が教えてくれた『Goldenbay』という名前のサウナに出かけた。


「昨夜はいかがでした？」

「なかなかいい店だったよ」

「情報は取れましたか？」

「日本に行きたい女性の多くはサウナにいるようだ。しかも二十二歳以下という条件が付いていた。中には十八歳という子もいるそうだ」

「よくそんな情報を教えてくれましたね」

「チップの力だよ。最初からプレイ時間二時間で前払いしておいたからな。サウナの使用料と女の子の指名料を合わせると、日本円で約八千七百円だろう？　安いもんだよ。酒を飲ませて、話をして、チップを貰うだけだから、女の子にとって『初めて会った、いい客』だったそうだ。『本当に何もしないのか？』と、何度も聞かれたよ。彼女は日本語の専門学校に行き始めたばかりだったから、お互いにつたない英語での会話で、余計に一所懸命に話をしてくれた」

「なるほど……本当に何もしなかったのですか？」

「昨日はな……そのかわり、今夜もまた行くことになってしまった」

香川が笑って答えると石川が言った。

「かわいい子だったんでしょう？」

「白系ロシアの若い子というのは透き通るような肌なんだね。おまけに顔も美しいし、プロポーションもいい。それが五年もすればブクブクになるかと思うと、まさに詐欺だなと思ったよ」

「一口に『白系ロシア』と言っても人種は様々ですからね」

「そうなのか？」

「香川さん、失礼ながら、白系ロシアの『白系』の意味はご存知ですよね？」

「ああ……共産主義の象徴である赤に対して、これに反対する帝政を象徴する白の意味だろう」

「そのとおりです。ですから、必ずしもロシア人やスラヴ人というわけではなく、ロシア領内に居住していた諸民族の出身者も含まれているわけです」

「言われてみればそうだよな。つい、色白のロシア人を思い起こしてしまうな」

「白系を間違って捉えている人が多いのは確かです。それよりも、二日続けて会えば、また新たな情報が入ってくるかもしれませんね。相手の子にしても、お金だけでなく、香川さんを気に入っているからこそ誘ったのだと思いますよ」

「彼女自身、日本に行きたいという願望があるからなんだ。それにHistory hotelに投宿していて、さらにシベリア鉄道に乗ってモスクワに行くというと、羨ましそうな顔をしていたよ」

「それなら、ウラジオストクからハバロフスクまではオケアン号の、シベリア鉄道で最も格上のクラス『リュークス』に乗車すると言えば、もっと羨ましく思われるかもしれません」

「本当にそれに乗ることができるのか？」

「明後日の席をすでに予約しています。後ほどお持ちしますからチケットを見せてやればいいですよ。香川さんの仕事は何と言っているのですか？」

「コンサルティング業務だと言っている」

「それはいいと思います。危機管理に関して言えば公安警察はある意味でコンサルティング業務と一体ですからね」

「そういう捉え方もあるんだな」

香川が頷いていた。

その夜の情報活動は香川にとっても有益だった。

彼女は昨夜に続いて懸命に「日本に行きたい」と訴えていた。日ロ首脳会談の結果により、平成二十九年度からロシア国民に対する日本のビザ発給要件が大幅に緩和されていたためだった。

従来発給している商用の者や文化人・知識人に対する短期滞在数次ビザの発給対象者の範囲を拡大することに加え、最長の有効期間を三年から五年へと延長する一方、これまで一次ビザのみであった観光等を目的とする短期滞在ビザについて、新たに数次ビザの有効期間を三年、滞在期間を最長三十日とした。この緩和措置によって、商用や観光等の目的で訪日するロシア人の利便性が向上すること、訪日リピーターの増加、ひいては日ロ間の人的交流のさらなる活発化が期待されるようになった。

「香川さん、私の知り合いになって下さい」

「もう知り合いだよ。ただし、身元引受人にはなれないけどね」

「知り合いだけでいいんです。日本への渡航目的に『親族・知人訪問』という項目があるので、そこに名前を借りるだけでいいんです」

「そんなんで日本の総領事館が許可するのかな？」

「大丈夫です。できれば名刺を一枚いただけると嬉しいのですが」

「名刺くらい渡してもいいけどね」

そう言って香川は公安部が使用している「桜田商事・調査担当部長」の名刺を渡した。この会社は実際に法人登記されて営業実績もあり、租税も少ないながら支払っていた。

「部長は偉いんですよね」

「たいしたことはない。うちは部長よりも課長の方が上なんだ」

香川が笑って言うと、彼女は感心した顔つきになって言った。

「実際に働いている人を偉いと言うことができる香川さんは素敵です」

そう言うと彼女の方から懸命に本来のサービスを求めてきたのだった。しかし、香川は「続きは日本に来てから」と後ろ髪を引かれる思いを懸命に隠してやんわりと断っていた。

翌日、香川が入手した情報を白澤に送ると、片野坂からの伝言を暗号化された文書で受け取った。

片野坂は警察庁警察官として、グリーンパスポートを使用して北京に入り、数人の日本人の警察、防衛関係者と会って情報交換したうえでワシントンＤＣに入っていた。

香川は片野坂からの伝言を確認すると白澤に電話を入れた。

「最近の片野坂は動きがおかしいんだよな」

「そうなんですか？　片野坂部付の今回の出張は全て国家予算のようですよ。しかも、出張先の大使館、領事館等の警察庁出身の一等書記官との面談が多いみたいです」

「情報交換か……ちなみに今回、アメリカに行った理由はなんなんだ？」

「そこまでは聞いていません。香川さんこそ聞いていらっしゃらないのですか？」

「ワシントンＤＣ経由でドイツに入るとしか聞いていない。ＦＢＩ勤務が長かったから、向こうにはたくさんのカウンターパートや協力者がいることは知っているんだが……」

「それにしても、部付は香川さんのウラジオストクでの情報を激賞していらっしゃいましたよ。原子力潜水艦の配列や、艦船をドックで修理している状況は相当インパクトがあったようですし……」

「まあ、あれはたまたまだったし、情報と言っても伝えたのは画像だけだからな。それよりも、望月ちゃんは片野坂と一緒に北京に入ったのか？」

「望月さんは大連経由で、北京の日本大使館で落ち合っているはずです。ホテルはどこも盗聴されているし、監視カメラだらけなので一緒の場面を中国当局に知られたくない……ということでした」

「さすがだな」

「でも、望月さんも流石《さすが》です。大連で旅順《りよじゆん》保障基地の北海艦隊の画像を送ってくれています。原子力潜水艦の画像も含まれています」

「なるほど……望月ちゃんは、いつ北京を離れる予定か聞いているか？」

「昨日の話では、これから青島に行ってくるとのことでした」

「北海艦隊の本拠地だな……上手くやってくれればいいが……ただでさえ監視社会の中国だ。青島はウラジオストクのような緩さではないだろうからな」

「ウラジオストクはそんなに緩いところなんですか？」

「目の前でロケット巡洋艦のヴァリャーグが修理されているんだ」

「そんな修理工場のようなところまで入ることができるんですか？」

白澤が驚いた声を出して訊ねたため、香川は声色を変えずに答えた。

「ダリザヴォードという、旧ソ連時代からロシア太平洋艦隊の海軍工廠となっていた場所を、一般人が陸と海の両方から撮影できるんだからな。防衛意識がないのかと思うほどびっくりドンキーだったよ」

「そうだったのですか？　それにしても香川さんが撮った写真は、ほぼロシア太平洋艦隊の全稼働艦がいる状態だと片野坂部付が驚いていらっしゃいました」

「まあ、そうだろうな……俺は運がいいからな。それよりも、例のロシアの姉ちゃんたちの国際結婚問題の分析は進んでいるのか？」

「はい。現時点で把握している二百八十八人ほぼ全員がウラジオストクから日本に入国しています。入国時の身元引受人は、旧ソ連の通商代表部の職員だったウラジミール・ペトロフという男が経営している人材派遣会社になっています」

「ウラジオストクのルートだけで二百八十八人もいたのか……その男は外一で把握済みの奴なんだろうな」

「はい。定期的に視察を行っているようです」

「通信傍受はやっていないのか？」

「現在はやっておりません。彼が現在もなおロシア対外情報庁のエージェントであるという確認が取れていないようなのです」

「それを調べるのが外一の仕事のはずなんだが……仕方ないな……昔のタマに聞いてみるか……」

「ロシア関係にも協力者がいらっしゃるのですか？」

「一人や二人はいるさ。そいつも元通商代表部にいて、ＫＧＢのエージェントだった男だからな」

「本部登録されていらっしゃるのですか？」

「当時はやっていたが、ロシア対外情報庁に移行して数年後に帰国してしまったため保留になっていると思うけどな。上層部が勝手に抹消していなければ……の話だが、チヨダもしくは、うちの公安第四課にはデータが残っているはずだ」

「帰国しても連絡は取れるのですか？」

「情報屋としてはあたりまえのことだな」

香川が平然と答えると、電話の向こうの白澤が素っ頓狂な声で訊ねた。

「相手はロシア対外情報庁のエージェントでしょう？」

「そうじゃなきゃ、とっくに切っているさ」

「今はロシアにいるのですか？」

「いや、ドイツにいるはずだ。プーチンとメルケルの間に入って動いているようだ」

「大物なんですね」

「大物というよりも、最低でも五か国語をネイティブに使い分けて情報分析する能力があるからな。双方から信頼はされているだろう」

「今でも、コンスタントに連絡は取っているのですか？」

「ロシアのことは聞かないが、中国、トルコの情勢に関しては情報交換している」

「そうだったんですね。香川さんの情報網の一端を知ることができて嬉しいです」

「普通は直属の上司以外、誰にも言わないんだけどな……お前さんには言っておいてもいいかなと思ったんだ」

「ありがとうございます。信頼に応えられるように努力いたします」

白澤がしおらしく答えたため、香川は笑って言った。

「お前さんのことは、最初にアメリカに研修に行った時から信頼しているよ。ところで先ほどの人材派遣会社の件だが、雇っている女たちのビザはどうなっているんだ？」

「全員がコンピューター関連技術者としての就労ビザを取得しています。外務省のホームページに『ロシア国籍の方が短期滞在を目的として日本へ渡航する場合』という項目があり、ロシア人を優遇していることがよくわかります」

「コンピューターか……一番わかりにくい職業ではあるな……」

「どうしてですか？」

「ワードを打つだけでもパソコンを使うことになるからな。コンピューター関連技術の国際資格なんていうのは極めて少ないだろう？」

「確かに情報処理技能だってピンキリですからね……そうか……そういう抜け穴があったのですね」

「日本の外交の甘さだな。中国にしてもロシアにしても、領土問題を抱えている国家で、しかも両国に共通するのは共産主義国家の思想を今なお残している専制国家という点だ」

「そうですね……前の首相はプーチン大統領と二十回以上も首脳会談を開いておきながら、何の利益も得ていないのですからね」

「二十七回だったかな。プーチンにとって前首相は単なる『スパシーバ』と言えるだけの間柄だったわけだ。そして、その関係も『一時代の終わり』となって振り出しに戻ったに過ぎない。UN安全保障理事会の常任理事国の二国が世界の平和だけでなく、我が国の安全を一番脅《おびや》かす存在だというのにな」

「北朝鮮は入らないのですか？」

「あんな国は、はなから相手になどしていない。現在の金王朝など、叩《たた》き潰そうと思えば瞬間芸で終わらせることは可能だが、その後のことを考えているだけの話だ。中ロ両国に漁夫の利を与えてしまってはなんの得にもならないからな」

「そうですね……香川さんや望月さんがロシアや中国の原子力潜水艦の写真を撮影した理由が何となくわかってきました。日本海を舞台にした、まさに水面下の戦いが始まっているのですね」

「そういうことだな。中国の空軍はたいしたことはないが、海軍、それも潜水艦部隊だけは要注意だ」

「現在、日本はロシアや中国の潜水艦の動きは把握できているのですか？」

「これは極秘案件なんだが、七割は把握している」

「そうなんですか」

白澤が思わず驚いた声を出した。これを聞いて、香川が笑いながら言った。

「ただ、残りの三割が大事なんだ。そのために望月ちゃんと俺が動いている……ということだな」

「ありがとうございます。ところで香川さんから私に何かご下命《かめい》はないのですか？」

「同僚に下命はないだろう。潜水艦の動向に関しては、今後依頼することも多くなると思う。それよりも今はロシアの姉ちゃんたちの動向だ。彼女たちの中で、実際に日本人、それも公務員や防衛関係者と婚姻関係を結んだのは何人くらいいるんだ？」

「入籍は五十七人で、地方公務員は三十八人です。残りの十九人の相手は様々ですが、大手企業も八人います。さすがに防衛省や自衛隊関係者はいませんでした」

「防衛にはいなかったか……それはよかった。自衛隊内では一時期、国際結婚が流行っていたらしく、その七割が中国人という状況だったんだ。しかもその中には保秘性の高い職務についていた海自職員がいたという情報もあったからな」

「自衛隊は警察ほど厳しくはないのですね」

「警察だって、原則は結婚の自由は保障されていることになっているんだが、まず結婚前に辞職に追いやられるからな」

「ですよね……でも、今回のロシア人女性が含まれていなかったのは、よかったことになるのでしょうか？」

「まあ、結果オーライだな。水面下でせめぎ合いが続いている中で、獅子身中《しししんちゅう》の虫がいては後ろ向きの余計な仕事が増えてしまうからな。ところで大手企業の方はどうなんだ？」

「各企業の人事記録を確認したのですが、一人だけ気になる対象がいます。四井《よつい》重工業神戸工場勤務で、人事記録上では潜水艦担当なのです」

「なに。それはいかんな……。その件は片野坂には速報したんだろうな？」

「まだです」

「そういう事案は要速報だ。直ちに連絡してくれ。俺は一旦電話を切るからな」

少しきつい言い方だった……とも思った香川だが、緊急性の判断を白澤に理解させる必要があったのは事実だった。

この頃、望月は北京で片野坂と別れ、単身、青島に向かっていた。

北京に入る前、望月は大連で新たな海軍基地を発見し、膨大な画像を撮影して白澤の元に送っていた。この海軍基地は、片野坂が指示した葫芦島市ではなく、大連市の南西にある西崗区《シーガワン》疏港路《シュウガワンルウ》に新たに建設された北海艦隊の新拠点で、多くのフリゲート艦や原子力潜水艦を見つけることができた。この基地の存在は片野坂も把握していなかった。

片野坂は望月からのその情報と地図、画像を見ながら言った。

「中国の軍備拡張は異常な速さで進んでいますね。しかも、この新たな基地は、北方艦隊の最重要拠点になる可能性が高いと思います。至急、日本だけでなく、アメリカにも伝えておく必要があります。大発見ですよ」

片野坂の素直な反応を望月もまた素直に喜んだ。

望月は青島の前に山東《さんとう》省でどうしても行っておきたい場所があった。山東省済寧《さいねい》市の県級市である曲阜《きょくふ》市の孔子の陵墓《りょうぼ》だった。

これには、片野坂と共に北京を訪れた際、片野坂が独自に捜査している中国による海外の諜報活動について、その拠点の一つとされている「孔子学院」に関する情報交換の場に立ち会ったことが関係していた。片野坂は二〇一七年、ＦＢＩ勤務していた際に、ＦＢＩが孔子学院の捜査を始めていることを知っていた。事実、翌年二〇一八年にはクリストファー・レイＦＢＩ長官が連邦議会上院の情報委員会の公聴会で、孔子学院がアメリカ国内で諜報活動やプロパガンダ活動といった違法行為を行っている疑いがあり、捜査対象となっていると証言している。

望月は北京で、片野坂がカウンターパートと思われる男性に対して、

「儒教の本質は否定しておきながら、孔子というグローバルブランドを活用する……これが中国共産党の巧みな宣伝であり潜入手法ですね」

と、鼻で笑うような口調で言ったのを真剣に聞いていた。望月は、宣伝だけでなく「潜入」という言葉を敢えて用いた片野坂の中国共産党に対する本意がどこにあるのかを考えていた。そしてその後、驚くべき歴史的事実を聞いて望月は愕然《がくぜん》としたのだった。

孔子の陵墓は元々、泗水《しすい》河岸にあった。かつては煉瓦製の基壇も存在し、その犠牲を奉納していたようだが、一九六六年十一月、「曲阜三孔《さんこう》事件」が起きた。この事件は、紅衛兵が「孔子討伐」と称し、孔廟《こうびょう》、孔府《こうふ》、孔林《こうりん》の「三孔」における扁額、石碑、古文書などの多くの文物を破壊した事件である。この時、紅衛兵は孔子の陵墓にも侵入、内部も徹底的に破壊し、衍聖公《えんせいこう》（孔子の直系の長男と孫の称号で、北宋から清王朝まで受け継がれた）である孔子の七十六代目の子孫・孔令貽《こうれいたい》の遺骨を引きずり出したが、彼らは人骨などの痕跡はなかったと平然と主張した。人道上最低の行為に当たる墓荒らしを、意図的、組織的に行ったのだ。これは毛沢東が自らの権力を固めるために仕掛けた大規模な権力闘争である「文化大革命」と称される、原理主義・教条主義的な闘争において、もっとも悪質な文物破壊事件の一つである。さらに紅衛兵は、獲得した大量の古書籍や古書画を焼き払い、古銅器は廃品として回収して製錬する暴挙《ぼうきょ》に出ている。

こうした行為によって、中国国民の中には、崩壊していた道徳的方向性がさらに失われたと実感する人も出てくるようになった。一方、その後の中国共産党も、道徳の基礎としての儒教を必要としてきた経緯がある。さらには一人っ子政策によって、若年世代は「何が善で何が悪か」という共通の感覚を抱けなくなっている、と指摘されるようになり、中国では「道徳の危機」とも言うべき状況が表面化した。これは、多くの富裕層が海外の先進国に団体旅行をするようになって、世界中で「世界屈指の拝金主義が跋扈《ばっこ》する国家」と認識されるようになったことにも繋がる。

このため、中国共産党は江沢民《こうたくみん》、胡錦濤《こきんとう》と連続して国家主席となった二人が孔子を再活用するようになる。中でも二〇〇〇年代の中国において、「八栄八恥《はちえいはっち》」という言葉は胡錦濤総書記が国民に提唱した、文明的な国家を建設するための道徳紀律《スローガン》であり、正式名「社会主義栄辱観《えいじょくかん》」として、現在も習近平が踏襲している。

望月は曲阜市への行き方を北京のホテルで訊ねると、ホテルマンが笑顔で教えてくれた。

「曲阜市は山東省済寧市に位置する県級市という小さな町だけど、京滬《けいこ》高速鉄道の駅があります。これも皆、孔子様のおかげでしょう」

「孔子のおかげ？　どういうことですか？」

「京滬高速鉄道は、我が国の二大都市である北京市と上海《シャンハイ》市を結ぶ、最大の高速鉄道プロジェクトの路線です。北京南駅、天津《てんしん》西駅、済南《せいなん》西駅、南京《ナンキン》南駅、上海虹橋《ホンチヤオ》駅など各省の省都クラスの都市に駅が置かれています。その中で、曲阜市は県級市クラスの街ですから、国家の特別な配慮があったと言っていいでしょう」

「特別な配慮ですか……」

「京滬高速鉄道の開通式典には温家宝《おんかほう》首相が出席したのですよ。国家が京滬高速鉄道に如何に国の技術の粋を尽くしたかがわかります」

望月はこれを聞いて、決して愉快な気分にはならなかった。なぜなら、中国の高速鉄道の建設に際しては、日本とドイツの技術が多く用いられていたからだ。しかも、日本の川崎重工業がＪＲ東日本等と組んで新幹線車輛《しやりよう》技術を提供した際の契約が杜撰だったとの指摘もあった。

その結果、「新幹線技術は国内のメーカーと国鉄の技術陣の長い期間にわたる汗と涙の結晶」であるのに、「中国側に国家ぐるみで新幹線車輛技術を盗まれ米国やアジア諸国への売り込みを許しているばかりでなく、契約の拡大解釈ないし詭弁《きべん》の類いで米国などへ国際特許出願までをも許してしまった」と報道されている。

中国への新幹線技術の売り込みに一貫して反対していたのは、国鉄改革三人組とも言われ、民営化を成功に導いた一人である。彼は「中国に新幹線のような最先端技術を売ることは国を売るようなものだ」とまで発言し、反対していたのだった。

「中国の独自開発というのは、どこまでを独自というのですか？」

かつて望月が香川に訊ねた時の香川の答えも印象的だった。

「奴らの独自は『盗人猛々しい《ぬすっとたけだけしい》』の一言に帰結する。ただし、日本企業、さらには知的財産権を専門とする渉外《しょうがい》弁護士は海外の特許申請に対してあまりにも無知すぎる。これは優れた研究者、技術者の流出につながる」

「独自のモノは何もない……ということですか？」

「最近は海亀連中が海外で学んだものを進化させながら、新たな発想を加える傾向にあるが、その中に独自といえるものがどれくらいあるのか……だな。世界知的所有権機関（WIPO）によれば、PCT（Patent Cooperation Treaty：特許協力条約）に基づく国際特許出願件数がアメリカを抜いてトップとなり、その多くが深圳にある華為技術（ファーウェイ）、広東欧珀移動通信（OPPO）、平安科技等の通信機器関連企業だったというのが気になるところだ」

「悪名高いファーウェイ……ですか……」

「ファーウェイの孟晩舟《もうばんしゅう》・副会長兼最高財務責任者は、イランとの違法な金融取引に関わった罪、米通信会社から企業秘密を盗んだ罪、米通信大手TモバイルUSが開発した携帯電話の品質管理ロボットに関する企業秘密をファーウェイの社員が盗み出し、司法妨害した罪で、二〇一八年に米加間の『犯罪人引き渡し協定』に基づいてカナダ当局に拘束されたからな。しかも彼女には拘束された時点で、過去十一年間に、母国中国の旅券が四通、香港の旅券が三通発給されていて、これとは別に中国政府の公務普通旅券も所持していたのだから、彼女が中国政府とつるんで何をやっていたかは自明の理だろう」

「女スパイの頭領……というところでしょうか……」

「まあ、そんなところだろうな。副会長とはいえ、創業者の娘だからな。そんな企業を日本の経済団体連合会は易々《やすやす》とメンバーに入れているんだから恐れ入る。ファーウェイと組んでいた日本の大手通信事業企業は広告宣伝費に莫大な金をつぎ込んで、たいした納税もせず、オーナーは税金逃れでアメリカに逃げたものの、日米裏協定で莫大な税金を取られてしまった……。まさに売国を目指して大チョンボをしてしまった感が強いな」

「ファーウェイの背後に中国政府があったことが露見してしまったわけですが、ここもアリババのようになってしまうのではないのでしょうか？」

「習近平ならばやりそうだな。一強は中国共産党だけで十分……というのが奴の考えのようだからな」

望月は反共産主義教育を徹底的に叩きこまれ、その正当性を実戦で学んできた香川の言葉に、自らの出身母体に巣くうチャイナスクールの面々が情けなくて仕方ない感覚が強かったようだった。

京滬高速鉄道の、日本のJR新幹線のグリーン車よりもはるかに乗り心地がよいビジネスクラスで望月は、北京南駅から曲阜東駅に向かった。

一昔前の東海道新幹線の岐阜羽島《ぎふはしま》駅を思い起こさせるような、ポツンと一軒駅の曲阜東駅から「三孔」までは、タクシーで十数分だった。孔子の墓は半球形の丘であり、前面に「大成至聖文宣王墓」と彫られた墓碑が立っている。先述のように元来は泗水河岸に設けられていたが、紅衛兵によって煉瓦の基壇は破壊されていた。

「遺骸もない形だけの墓か……」

軽く合掌した望月は、「孔子」という名前ばかり利用されている気の毒な聖人に対して、深く頭《こうべ》を垂れてその場を後にした。


青島は一八九八年にドイツの租借地となった。その産業振興策としてビール生産の技術移転を行い、ドイツの投資家がこの地でドイツの醸造技術を採用してビール製造を始めたことで、青島ビールが生まれた。

「青島市街で一番の料理を出してくれるところを知っていますか？」

望月は流暢《りゅうちょう》な北京語で青島駅の観光案内所の若い女性係員に訊ねた。

「青島は海鮮料理が多いですが、鮁魚水餃《バアユウシュイチャオ》と青島人のソウルフードである蛤蜊《グーリー》（アサリ）を食べて下さい。お店は美食街が最も有名で、この通り沿いには数多くのレストランが並んでいます。その中でも私のお薦めは『小漁村』か『怡情楼《イーチンロウ》』です。ただし、どちらのレストランにもメニューというものがありません。先ず海鮮類を店内の生簀《いけす》から選んで、調理方法を店員に伝えるシステムです」

「それは楽しそうですが、料理方法を伝えるのがむずかしそうですね」

「そんなに凝った料理は出てきません。それでも素材の味を上手く引き出す技はあります。海老は普通に茹《ゆ》で、白身魚は蒸し、貝類は野菜と一緒に炒める……そんな感じですね。ただ、蛤蜊はベルギーのムール貝料理のようにバケツで食べて下さいね」

「ベルギーもビールと一緒にムール貝を食べますが、青島もビールと一緒にアサリを食べるのですね……面白いなあ。土地は違えども貝とビールの最強の組み合わせか……」

「ここでは生ビール、それも原漿《ユアンジャン》と呼ばれる無濾過《むろか》ラガーを合わせてみて下さい。青島ビールの本当の美味しさがわかりますよ」

望月は地図を確認して美食街に向かい、教わった店に入ると、観光案内所の女性係員の親切な案内に従って、青島ビールの無濾過ラガーとアサリのバケツを頼んだ。山盛りのアサリを食べても数百円ほどだ。しかも、ビールが本当に美味い。

「中国でこんな美味いビールを飲んだのは初めてだ……」

日頃冷静な望月が思わず声に出すほど、咽喉《のど》越しも後味も素晴らしいビールだった。

翌朝、再び観光案内所を訪れた望月は昨夜の女性係員にお礼を述べて、新たに訊ねた。

「青島ではワインを出す店は少ないのですか？」

「そんなことはありませんが、ワインなら煙台《えんたい》で楽しんでください。中国ワインの発祥の地で張裕ワインがありますからね」

中国のワインの主な産地は山東省で、その中でも煙台は中国ワインの礎《いしずえ》を築いた張裕の発祥地である。煙台は山東半島の北部、渤海湾に面し、その東にあるのが威海衛《いかいえい》で有名な威海市である。

「中国のみで生産されている『蛇龍珠《シヤーロンジユウ》』という品種を使ったワインを飲みたいのですが、これに合う料理があれば教えていただけませんか……」

「あなたは相当ワインの勉強をしてきているのですね。北京の方には見えませんが……」

女性係員が笑顔で訊ねた。

「私は日本人で、世界中を回ってここにやってきました」

「世界を回った日本人ですか……日本は素晴らしい国のようですね」

「水と空気が綺麗で美味しいですよ」

「日本について、そういう表現をした人はあなたが初めてです。青島を訪れる多くの日本人はジェントルマンが多く、皆、文化人です」

中国で言う「文化人」とはマナーを守る者のことである。日本では当たり前のことであるが、未だに多くの中国人が自然に行うことができない。だから、「割り込みをしない」「道路に唾《つば》を吐かない」「街で大声を出さない」等の最低限度のマナーを、今もなお大々的に推奨しているのである。

女性係員が望月に対して好意的であることを認識したため、望月はさらに訊ねた。

「青島で見ておいた方がいい、地元の方が愛する場所はどこでしょうか？」

「そうですね……私が好きな場所は『青島啤酒《ピーチヨウ》』のラベルにもなっている『青島桟橋』かしら。青島は山東省最大の経済都市とはいえ、海に面していることから海洋性の気候が特徴で日本と同じ四季があるのです。海、山、川もあり、ドイツ租界時代の建物群もあり、大変綺麗な街で、たくさんの名所があります」

「ではまず青島桟橋に行ってみることにします」

望月はタクシーで市南《シーナン》区太平路《タイピンルウ》にある青島桟橋に向かった。この桟橋の突端にある建物が青島ビールのラベルの図柄になっているとは望月は知らなかった。桟橋公園という公園から青島湾の中に向かって造られた青島初の人工埠頭である「桟橋」は、青島のシンボルとなっているようだった。桟橋の長さは四百四十メートルで、桟橋の先端には二階建ての「回瀾閣《かいらんかく》」という八角亭があった。

望月は八角亭まで歩いて行って驚いた。なんとその目と鼻の先に二隻の夏級《かきゅう》原子力潜水艦が停泊していたのだ。

「なんとラッキーな……」

望月は周囲を窺いながら、スマホでその光景の動画と静止画を撮影した。二隻の原子力弾道ミサイル潜水艦の奥には、江凱型フリゲートが二隻、大老《ダーラオ》型（九二六型）潜水艦救難艦も一隻停泊していた。

そこに、大型カメラを構えて堂々と艦船を撮影している若い男がいた。服装から見て中国人のようで、年齢は三十代前半……というところだろうか。精悍《せいかん》で賢そうな顔つきだった。彼が使っているカメラも中国製のＰＯＬＯ　Ｄ七一〇〇　三三ＭＰフルＨＤデジタルカメラだった。

望月は笑顔を見せながら、その男に訊ねた。

「艦船を撮るのがお好きですか？」

男はちらりと望月を見て、無表情に答えた。

「中国海軍の偉大さがわかるだろう」

「確かに立派な戦艦だと思います」

「戦艦？　あんたは、戦艦と軍艦の違いも知らないのか？　あそこにいるのはフリゲート艦という軍艦だ。中国には戦艦はないし、必要ないのだ」

確かに、男の言うとおりで、戦艦とは、軍艦の艦種の一つに過ぎない。大規模な砲撃戦で強力な相手に打ち勝つことを目的に設計されたもので、軍艦の中でも最も強力な艦砲と堅牢《けんろう》な装甲を持つものが戦艦だった。

「それは知りませんでした。私は素人《しろうと》だから、軍艦と戦艦の違いがわからなかったのです」

「まあいい。中国海軍はそのうち太平洋を制覇するんだ」

「そうだったのですか……太平洋の真ん中にはハワイというリゾート地があるし、そこはアメリカの領土なのですが、アメリカと戦争にはならないのですか？」

「アメリカと海の上で戦争をしても意味がない。太平洋の覇権を握ることが中国の悲願なんだ」

「中国は一帯一路でヨーロッパに向かっているのではないのですか？」

男は、今度は望月の顔を正面から見て答えた。

「一帯一路というのは、ヨーロッパだけではない。アジア、ヨーロッパ、アフリカ大陸にまたがる経済圏構想で、その中で『一路』にあたるのは二十一世紀海上シルクロードなんだ」

「確かにそうでしたが、そうなると太平洋は関係ないんじゃないのですか？」

望月の言葉に一瞬ムッとしたような顔つきになった男が答えた。

「海上シルクロードだけでなく、北極海ルートも同時に進めながらヨーロッパを目指している。その一方で、これを妨害しようとするアメリカの喉元《のどもと》にも槍を突き付けておかなければならない。そのためには太平洋の覇権を握るのは大事なことなんだ」

「その手前にはアメリカの基地がたくさんある日本が存在していますが、そこはどうするつもりなのですか？」

「日本？　中国はもはや衰退する国を相手にしてはいない。あんな国はなくてもいい国だ」

「なるほど……しかし、そこにアメリカの基地がある以上、戦争にならないのですか？」

「アメリカは大統領選挙を見てもわかるとおり、国内が一つじゃない。しかも、犯罪も多く、新型コロナウイルス対応でさえ、ろくに出来ていない。自分たちは先進国だと思っているようだが、三千万人以上が感染して、六十万人以上が死んでいる世界最悪の国だ。そんな国が我が中国に対して何ができるというんだ。さらにその属国のような日本を相手にしている暇はない」

男の主張は、中国人にしては世界をよく見ているようだった。望月が訊ねた。

「あなたは学者ですか？」

「学者？」

そう言って大笑いした後、男が答えた。

「私はれっきとした中華人民共和国の軍人だ。しかし、自分自身が武器を持って戦うわけではない。ところであなたは流暢な北京語だが、あなたこそ学者なのか？」
「学者ではないですが、世界情勢を自らの目で見ながら様々な分析を行う仕事をしています」
望月の言葉に嘘はなかった。それが中国か日本の違いはあったのだが……。その堂々
とした口ぶりに男は頷きながら言った。
「政府なのか、どの機関なのかは知らないが、世界中の情報を正しく把握しているのは、
われわれ中国の軍隊だということだ」
「なるほど……今や世界最大の軍隊になりつつあるようですね」
「海軍と陸軍は世界一だろう。そのうち、宇宙も世界一になる。そうなると中国に歯向
から国は地球上からなくなるだろう。そして、世界は平和になるのだ」
「軍人が世界平和を望んでいるのですか？」
望月が若干の皮肉を込めて訊ねたが、男は全く意に介さない様子で答えた。
「誰も文句を言わなくなったら、争いそのものがなくなるだろう。これこそが真の平和
なのだ」
「しかし、戦争は常にどこかで起こっている。中国が世界を軍事力で制覇したとしても、
中国がアメリカやＥＵ、さらには中東のイスラム国家を制圧することは果たしてできる
でしょうか？」

「確かに宗教というものは敵を作る。中国共産党は宗教に関しては寛大に扱うことになるだろう」

この時の中国軍人の言葉にやや自信のなさが窺えたのを、望月は敏感に感じ取っていた。

「宗教の多くには、その根底に平等という思想が流れています。確かに資本主義国家やイスラム国家の多くには、とんでもない金持ちや王族がいて、経済的な平等という面は望むことができないかもしれませんが、共産主義のように、国民の一割にも満たない政党が国家、国民を完全に支配するのを、果たして他の国が黙って見ているでしょうか？香港の現状を見ると、何でも自分たちに都合のいいように解釈して、それを他に押し付けているようにしか見えませんが……」

「それは考え方の違いだな。ところであなたは、日系ですか」

「そうです。世界を転々としてきましたが、日本人の血が流れています」

「なるほど……日本人の中にもたまにディベートができる者はいるが、海外で育った日系人もユダヤ人と同じで、自己主張が強いようだな」

中国軍人は勝手に望月を日系の外国人と理解してしまった様子だった。そこで望月はからかい半分に言った。

「日系人にもいろいろあるでしょうが、日本人とユダヤ人の最大の違いは宗教観だと思います。ユダヤ人はユダヤ教という民族共通の宗教がありますが、日本人には日本国内に八百万《やおよろず》の神々がいて、よほどの宗教でない限り排他的な信仰をしません。正月は神道、クリスマスはキリスト教……という風にね。だから、日本人にはイスラム教徒が極めて少ないのです」

「その思想が、日本人独特の、常に曖昧《あいまい》な考え方につながっているのだろう。宗教なんざ所詮、人間が作った幻想、もしくは真実からの逃避に過ぎない。自然の摂理を否定して存在しない神や仏に頼っているだけだ。神や仏に直接会ったことがある者がこの世の中に存在するとでもいうのか？」

「まあ、私も極めて無神論者に近いのですが、祖先や亡くなった恩人、友人を思う時には、何かしらの感謝の念を持つし、死後の世界は知りませんが、穏やかであってもらいたいと思っています」

「なるほど……死者が穏やかか……考えたこともなかったが、面白い発想かもしれないな」

「生き物には生死があるからこそ、宗教の存在があるのではないかと思います。特に人間は、動物という生き物の中で唯一火を操ることができる存在です。あらゆる宗教に何らかの形で火が用いられるのも、そこに理由があるのだろうと思います」

「火か……考えてみれば火ほど怖いものはないだろうな……」

「人間は火を使い始めて初めて、自然界のヒエラルヒーのトップに立とうとしたのだと思います。それでも、猛獣や毒を持つ動植物には未だに多くの人間が敗れています」

「確かにそうだな……それで何が言いたいんだ？」

「人間は自然界のトップにはいない……ということです。ましてや、その中でトップに立とうとしても、何の意味もない。地震でも津波でも、雨による水害でも、現代人をもってしてもいとも簡単に敗れてしまいます。その自然を敬うところに宗教の基本があると思うのです。その宗教を完全に否定することは、自然の摂理そのものを否定するのと同じような気がします」

「あなたは心理学者なのか？」

「いえ、どちらかと言えば民俗学を学んでいます」

「民俗学……なるほど……中国共産党も国家に多くの民族を抱える中で、民俗学を学んでいる。しかし、それに迎合していては、真の社会主義国家は産まれない。何が正しいかを教えることこそ民俗学の目的だからだ」

「支配のための学問ですか……敵が増えるはずだ。マルクスもレーニンもこの世の中にコンピューターというものができることを想定していなかったのでしょう。もちろん、毛沢東《マオツオトン》もね」

「またわけのわからんことを言い始めたな」

そう言っておきながら、中国軍人は望月の話を真剣に聞き始めていた。

「所詮、人が人を支配することなどできない……ということです。為政者というものは、いかに人を活かすか……という点でその能力が試されるということです」

「全ての人間が役に立つとは限らないだろう？」

「いいえ、役に立たない人なんていませんよ。それは世の中を知らない人の、単なる悲しい思い込みに過ぎません」

「働くことができない者にもなにか価値がある……というのか？」

「その原因を知ることが先決です。どうして働くことができなくなったのか？　そこが重要です。その問題をクリアせずに排除しているのが、世界史上に現れては消えていった多くの共産主義国家だと思います」

「それは政策上の間違いだったのだ。共産党幹部の腐敗が国民に晒《さら》された結果だ。中国共産党は習近平大人《ダーレン》がこれらの腐敗を徹底的に断罪していったから、国民の多くの支持を得ているのだ」

「腐敗の排除なのか、政敵の排除なのか知りませんが、当の習近平本人だって、娘をアメリカに留学させていたし、タックスヘイブンで儲かっているのを報道されると、中国国内では閲覧できないようにしたりしていますよね」

「娘をアメリカに留学させたのは、敵国の実情を知るためで、いかに中国が素晴らしい国であるかを直接理解させるためだ」

「そういうことですか……実の娘も使ってしまうのですか……怖い人ですね」

「自ら手本を示しているんだ。アメリカには多くの若い優秀な学生や技術者が留学や研修に行っているが、あれも敵の手の内を知るための作戦に過ぎない」

「学んでいるわけではないのですか？」

「それも多少はあるだろうが、現在の中国がアメリカから学ぶものはほとんどないと言っていい」

望月は論戦をする価値がないと判断したのか、それ以上のことは訊ねず、

「世界平和のために貢献してくださることを望みます」

とだけ言った。すると中国軍人は笑顔を見せて答えた。

「世界平和？　中国の偉大さはこの青島を見るだけでもよくわかるだろう。その結果、中国が世界を平和にすることになると思うね」

これを聞いて望月はフーッと息を吐いて、再び、嫌味と取られても仕方がない言葉を吐いた。

「確かに、文化大革命という中国四千年の歴史の中でも最低最悪に近い犯罪行為に対する反省が、平和主義のリーダーになろうとする現在の主席に活かされているのだろうと考えると、それは偉大なことだと思いますよ」

「文化大革命は当時、毛主席が共産党の存在意義を示すためにやらなければならなかったことだ。それを犯罪行為というのは、あなたが歴史を直視していない証拠だ。中国では未だに毛主席は建国の父なのだからな」

「あなたと政治論議をしても仕方がない。私は中国の偉大さを、じっくりこの青島で観察することにします。そのためには、どこを見ればいいのか、何か所か教えてもらえますか？」

望月の態度にやや機嫌を直したのか、軍人の男が言った。

「まず、中国海軍の偉大さを見るべきだな」

「一般人が見ることはできないでしょう？」

「私が一緒にいれば極秘地域以外は見ることができるだろう。中国人民解放軍は秘密主義ではないからな」

男は笑いながら「俺についてこい……」と身振りを付けながら望月に言った。望月はスパイ容疑がかけられることがないように用心深く軍人の男の後に続いた。

男は自家用車で望月を青島市市北区《シーペイ》新疆路《シンジャンルウ》に新たに建設された原子力潜水艦基地に案内した。

七隻の原子力潜水艦が停泊している。これを見た望月は思わず訊ねた。

「ここは極秘地域に入るのではないのですか？」

軍人の男は笑いながら答えた。

「海軍基地にはおおよそ秘密はないと言っていいな。どうせ世界中の人工衛星が中国の港は全てチェックしていることだろう。今、目の前にあるのが中国人民解放軍海軍北海艦隊潜艇第一基地と海軍潜水艦第一基地だ」

望月は思わず息を呑んだ。そこに停泊している潜水艦は、中国で初の独自設計潜水艦として開発された〇三九A型で、ロシアの「キロ型」と呼ばれている八七七EKM型の技術を導入した「元型《げんがた》」であった。

「記念写真を撮ってはどうだ？」

「もし私がスパイ容疑でもかけられたら、勤めている会社に迷惑が掛かってしまう」

望月が言うと、軍人の男は笑って言った。

「人工衛星はとっくに写真を撮っているさ。私も珍しい潜水艦が停泊しているから撮るけどな」

そう言ってバッグからカメラを取り出して、バシバシと撮影を始めた。望月は呆れた顔つきで、笑いながら訊ねた。

「あなたは軍人だと言っていましたが、海軍ではないのですね？」

「本当は船に乗りたかったんだが、船は船でも宇宙船に乗ることになってしまった」

「えっ？」

思わず望月はファインダーを覗き込んでいる男の顔を見入るように眺めた。

「宇宙船に乗っているのも人民解放軍の軍人なんですか?」

「当然だ。他に、どんな職種の者が宇宙に行くんだ? だから私はこんなところでも平気で写真を撮ることができる。宇宙からはどんな船も丸見えだ。ただし、潜水艦が海に潜ってしまえば我々も全く無力になってしまうけどな」

「なるほど……そういう理由でしたか……でも、誰もあなたの身分を知らないのでしょう?」

「いや知られている。それで、海軍、それも北海艦隊の様子は先週からつぶさに見て歩いている」

「海軍と空軍の間に秘密はないのですか?」

「空軍? 宇宙に行っているのは空軍ではないのだよ。国務院の工業・情報化部に所属する国防科技工業局が、宇宙にかかる計画を策定・実施しているんだ。人民解放軍とはちょっと異なるセクションだな」

望月は思いがけない人物と話をしている自分を冷静に分析しながら質問をした。

「国防科技工業局……ですか……。初めて聞いたセクションです。ただ、先ほど、あなたはご自分を軍人とおっしゃいましたが、中国には人民解放軍以外にも軍人がいらっしゃる……ということなのですか」

「まあ、そうだな。私は大学在学中に中国共産党中央軍事委員会から推挙されて、現在の機関に入ったんだ」

中国共産党中央軍事委員会は中華人民共和国の事実上の最高軍事指導機関であることを望月も知っていた。

「軍を知らずして軍事指導はできないだろう。私も軍人としての教育を受けながら、宇宙工学という専門分野を勉強したのだ」

「すると、スーパーエリートなのでしょうね？」

「共産党員としての地位はまだ決して高くはない。自分の考えを国家の行動に反映させることができるようになるのはこれからだな」

男は自信にあふれた口調になっていた。望月が訊ねた。

「ところで、どうして海軍の船の写真を撮っているのですか？」

「宇宙から船を見ても、ほとんど上からしか見えないだろう。船というのは正面や横から見てこそ美しいものなんだ。そして、その船の持つ能力を判断することができる。さらにその乗員の能力をどこまで高めていかなければならないか……これも中に入っていれば案外わからないことが多い。大きな船になればなるほど、本来ならば乗員は機敏にならなければならないのに、見ればわかるとおり、あのザマだ。その点、日本の海上自衛隊員の動きは研ぎ澄まされている。米韓日の合同演習を見ても、日本の自衛隊の動きは圧倒的に卓越している」

「そうなんですか……私は海上自衛隊の観艦式も実際に見たことがありません。ただ、基地でカレーだけは食べさせてもらった経験があります」

望月が自嘲《じちょう》気味に言うと、男は真顔で答えた。

「日本の自衛隊を侮れないのは、食生活が充実しているところだろう。その点、人民解放軍は貧しすぎる。特に陸軍は自分たちの食料を確保するために副業で稼いでいるくらいだからな」

「人数が多すぎるからなのではないですか？」

「確かにそれもあるだろうが、要は教育だろうな。私はいつか、人民解放軍に対する徹底した再教育を行わなければならないと思っている。特に海軍はそうだ。海軍は人民解放軍の中心であり、誇りなんだ」

「それで海軍の写真を撮っているのですね。中国が海外に進出する際に最大の力量を示すのは海軍ですからね」

「中国が海外進出をすることはまずないと思うが……」

「しかし、日本の尖閣諸島や台湾海峡では、いつ何時、突発事案が起こるかわからないでしょう？」

「日本や台湾と戦争をすることにはならないだろう。日台とも自分の国力を知っている。

しかも、台湾は中国の一省だからな。台湾に行けば『台湾省』というナンバープレートを付けた車がたくさんあるからな」

「しかし、現在の情勢はそんなに甘くない……と思いますが……」

「あなたが世界情勢を分析した結果かな？　かつての日中戦争を見ればわかることだ。核を持たない日本が、数週間のうちに中国のどこを支配できると思っているのか？　中国は核を使わなくても二週間で日本を支配できる」

「シーレーン防衛の裏をかくつもりですか？」

望月の質問に男は珍しく敏感に反応した。

「その言葉をよく知っているな。漁船二百万隻に千隻の軍船を出せば、日本中の港は中国人でいっぱいになる」

「三十人以上乗ることができる漁船は二百万隻になりましたか……」

「宇宙から見ればすぐにわかることだ。単純計算しても十日で七千万人の中国人が日本に上陸することができる。だから、中国は日本を敵とも見ていない……ということだ。今さら日中戦争をして、どこに利益があるんだ？　アメリカが本気で日本を守るとは誰も考えてはいないさ」

男が声を出して笑った。望月は頷きながら話題を変えた。

「ところで、あなたはどうしてデジタルカメラのファインダーを覗きながら写真を撮っているのですか？」

「電子ビューファインダーを使わないのか……とでも言いたげだな。宇宙から地球を見る時も、常に大型パネルで詳細を見ているさ。ただし、それはあくまでも電子画面に過ぎない。自分のカメラを使う時は光学の目で見たいだけさ。その範囲内にあるものを自分の目で見ることが正しいと思っているからな」

望月は、この男を敵に回すことだけは避けたい……という感覚に陥ったようだった。

この男と一緒にいたおかげで、中国海軍の様々な情報を得ることができた。

青島の嶗山区《ラオシャン》にある原子力潜水艦基地は現在なお建設中で、ここを基地として使用するかどうかは不透明であること。青島市市北区新疆路付近にある基地が原子力潜水艦基地になりつつあること、さらに重大な情報は、山東半島の突端にあった北海艦隊の重要な基地の威海港はすでにもぬけの殻になって、大連と青島に分散している……という事実だった。

最後に望月は男に礼を述べながら訊ねた。

「あなたは日系人とわかっている私に、どうしてこんなに親切に、しかも、国家機密のようなことまで教えてくれたのですか？」

「中国のこれからの世代は、現在のように国内をほったらかしにして外ばかりに目を向けている者だけではないということを知らせるためだ。それなりの大学で本気で学び、海外留学をした若者の中には、本気で戦争をしようと思っている者はまずいないということだ。ただし、国を豊かにしたいという気持ちは誰もが持っている。日本のように豊かになり過ぎて、世界が見えなくなった若者が増えると、国家は衰退する。あなたはそれがわかっている人だと思ったに過ぎない」

男は笑顔を見せて望月に握手を求めた。望月も両手で握手を返して言った。

「これで本当に美味い煙台のワインが飲めそうです」

「張裕ワインのことかな？」

「中国のみで生産されている『蛇龍珠』という品種を使ったワインが飲みたいのです」

「よく知っていますね、羊料理と一緒に飲むと美味しいですよ」

男が初めて敬語を使って笑った。

第五章　地下銀行の変化

片野坂は北京経由でワシントンＤＣに入っていた。アメリカ合衆国の首都の通称「ワシントンＤＣ」の正式名称はコロンビア特別区（District of Columbia）で、首都としての機能を果たすべく設計された計画都市であり、州に属していないアメリカ合衆国・連邦政府直轄地であり、ジョージ・ワシントンが首都に選んだ所である。

片野坂が三年間籍を置いたアメリカ連邦捜査局（Federal Bureau of Investigation：ＦＢＩ）も、ワシントンＤＣの、合衆国議会議事堂とホワイトハウスを結ぶメインストリートであるペンシルベニア通り（Pennsylvania Avenue）にあり、通りを挟んでアメリカ合衆国司法省がある。

ＦＢＩの内局の一つである連邦捜査局国家保安部（National Security Branch：ＮＳＢ）はアメリカ合衆国の国内向け情報機関であり、ＦＢＩの公安警察と呼ばれている。

「ハイ、ロン」

「オウ、アキラ。相変わらず厳しい仕事をしているようだな」

片野坂が「ロン」と呼んだのは、NSB時代の同僚で、レイノルド・フレッシャー上席調査官だった。

「ああ、今でも現場に出ている」

「今のターゲットは中国なのか？」

「国境を挟んだ最大の共産主義国家だから仕方がないだろう。その国家の動きが怪しいから余計気になる」

「経済か？　軍事か？」

「両方だ。それはアメリカにとっても同じだろう？」

「そうだな。アメリカの場合にはそれに加えて、国家、企業等に対する知的財産権の侵害とサイバーテロが大きな比重を占めてきている。それにUNもな」

「UNか……それは日本も同じだ。日本では未だにUN神話のようなものがいろいろなところに残っていて、対中国問題にも大きな障害になっている」

「日本では未だに『コクサイレンゴウ』と呼んでいるようだな。敵国条項の中に置かれたままでいるのに、いつまで経ってものんきな外交しかできないわけだ」

「そう仕込んだのはアメリカだろう。それよりも、アメリカ国内の中国系企業の為替動向は捜査済みなんだろう？」

「ああ、アキラから指摘を受けて調べたんだが、不明な点が実に多いんだ」

「それは異なる企業間の相殺決算のことか？」

「そのとおりだ。これはどういう理由なんだ？　実はこちらの税務当局も頭を悩ませている」

「それは途上国からの出稼ぎ者の自国への送金に多く見られる地下銀行システムの運用というやつだ」

「シャドーバンキングのことか？」

「いや、中国の地下銀行は、銀行法等に基づく免許を持たず、不正に海外に送金する業者のことだ。銀行とは名ばかりだが、仕向や被仕向の送金や外国為替の決済を行うために、その条件や事務手続きを決めて契約を結び相殺決済をするコルレス銀行と同じようなものだな」

「なるほど……コルレス契約を勝手にやっている……ということか……」

「地下銀行が使われる背景には、犯罪などの不正な手段で入手した資金を母国に送金するのに、パスポートなどの本人確認がいらない裏ルートが必要とされているという事実がある。そうすれば、犯罪の温床も守られる……というわけだ」

「なるほど……根が深いんだな。それを大手企業も真似ている……ということになれば、そこにも犯罪の臭いがある……ということか？」

「日本では大手では不動産業、ＩＴ開発関連企業、中小では飲食業に多く見られる」

「それはアメリカも同じだ。中華料理店は世界中にあるからな……。日本では大手企業に関して、既に目星を付けているのか？」

「ようやく国税を巻き込んで、一網打尽を考えているんだが、そこに第三国を絡めた動きがあると困るので、ロシア、ドイツ、オランダも巻き込んだ捜査を行っている」

「ドイツ、オランダはわかるが……ロシアが協力するのか？」

「そこは闇の司法取引だ。進むも地獄、退《ひ》くも地獄という判断を本人にさせている」

「相変わらず……だな。私もＮＳＢの外事関連捜査部門ではナンバーツーだ。トップにはいつでも話をすることができるが、どのルートを叩けば一番効果があるのか……を知りたい」

「それはハッキングだな。企業の裏帳簿を管理する別会社を作っているはずだ。これをまず見つけることだ」

「すると、自国だけではダメ……ということだな……」

「表面上の取引先だけを調べても仕方がない。ただ、中国という国は人と人のつながりが重要だ。中国共産党内の序列や出身地、出身大学とその学部、党内での経歴、親の最終地位と、現在の居住地、そして子供の就職先等をトータルで見ていけば自ずとつながりが見えてくる」

「そうか……親の現在の居住地か……日本の公安はそこまで調べているのか？」

「ネットでも七割はわかる。幹部に取り入るためにはその親に近づくのが一番早いが、子ども同士のつながりも大きい。有力者のご学友というのは中国共産党幹部の伝統的なつながりだからな」

「そういうことか……習近平の娘がハーヴァードに留学していた時の交友関係は調査済みだが……」

「それはきっといい情報になるだろうな」

片野坂が笑って言うと、ロンが訊ねた。

「ＮＳＢは日本の公安とは違って海外の組織にハッキングすることは許されていないんだ。その代わりにＮＳＡならばそれができる。チームとして情報を共有しないか？」

「僕個人では判断できない。それにＮＳＡは未だにスノーデン事件を解決していないからな」

ＮＳＡは、地球上最後にして最強の砦《とりで》と言われる、アメリカ国家安全保障局（National Security Agency）の略で、アメリカ国防総省に属する情報機関である。

「それは抹殺していない……ということか？」

「そんなことは言っていない。ただ、僕がＮＳＢで研修中に、当時の大統領バラク・オバマがマニングに対し恩赦を与えたことには呆れてしまった」

片野坂が言ったアメリカ陸軍兵士のチェルシー・エリザベス・マニングは多くの機密文書を公開し漏洩《ろうえい》させた罪で、二〇一三年に軍事刑務所で三十五年の刑を言い渡されていた。彼女が漏洩した情報の中には、二〇〇九年のアフガニスタンのグラナイ空爆のビデオや五十万件におよぶ陸軍報告書があり、イラク戦争の記録、アフガニスタン戦争の記録等も含まれていた。

「三十五年の実刑が四年で恩赦……だからな……。この恩赦は多くの愛国者を裏切った行為に他ならなかった。特に、軍部、情報機関でも反オバマ、反民主党の流れが生まれたと言っても決して過言ではなかったな」

「そうか……トランプ登場の背景にはそういうこともあったのか……」

「オバマはアフガニスタン侵攻を早めに切り上げたかったのも事実だったからな。決して見た目は若い女スパイだったから……というわけではなかったんだろうけど」

「なるほど……」

片野坂は、アフガニスタンとの二十年にわたるアメリカ史上最も長い戦争から撤退することに深い感慨を覚えながら頷いていた。すると、ロンが言った。

「アキラはNSBにいた時の『ビッグヘッド・アレックス』を覚えているか？」

「三巨頭の一人だな」

「その『三巨頭』というニックネームを付けたのはアキラだったよな」

「そうだったかな……そのアレックスがどうしたんだ？」

「奴は今ＮＳＡにいるんだ」

「あんな優秀な奴が……いつからＮＳＡに行ったんだ？」

「アキラが日本に帰ったのとほとんど同時だったな。ＮＳＢにとって二人がいなくなったのは大きな損失だったんだ」

「僕はそうでもなかっただろうけど、アレックスのコンピューターに関する知識は確かに群を抜いていたな……いわゆるデータサイエンティストだったからな。ああいう天才的な人物をＮＳＡはヘッドハンティングした……ということか……彼が今、どこの勤務地にいるのか知っているのか？」

「去年までハワイにいたことは知っている」

「ハワイか……オアフ島のドールプランテーションにある、パイナップル・エクスプレス・トレインがＵターンするところのすぐ裏手だな」

「そんな場所までよく知っているな」

　ロンが驚いた顔つきで片野坂に訊ねた。

「ハワイは詳しいよ。休みの度に行っていたからな」

「日本人はハワイが好きだからな」

「東海岸のアメリカ人だって、一度ハワイの一流ホテルのホスピタリティを経験すれば好きになるさ」

「フロリダじゃだめなのか？」

「全くダメだな。メキシコのカンクンやカリブの都市でも、犯罪が多すぎるだろう」

「それが中米なんだから、ある程度は仕方がないだろう……」

「それよりもアレックスと連絡はつくのか？」

ロンがスマホを取り出して電話を架けた。

「アレックス、俺だ。今、珍しい奴が傍《そば》にいるんだが、お前はまだハワイにいるのか？なに、そうなのか。近々時間を作ることはできるのか？　こっちからだと車で行けばいいだけのことだ。誰かって……？　お前同様ＮＳＢを見捨てて行った奴だよ　暴れん坊？　そうだ。ちょっと待て、替わろう」

ロンが笑いながら片野坂にスマホを差し出した。

「アキラのことを暴れん坊と言って覚えていたよ」

片野坂は笑顔でスマホを受け取った。

「ハイ、アレックス。久しぶりだな」

「オー、アキラ。まだＮＳＢと縁が切れないような仕事をやっているのか？」

「日本の警察回線でも盗聴しているのか？」

「日本警察には借りがあるから、そこはやっていない」

「すると他の役所と国会はやっている……ということか？」

「日本の国会議員の電話を盗聴しても何の利益も生まれない。霞が関は別だけどな」

「まあ、そんなもんだろうな。ところで、ここから車で行くことができるところと言うとボルティモア近郊にいるのか？」

「お前の記憶力には感心させられるよ。ここに来たことがあるのか？」

「インターチェンジ近くの十階建てのビルだろう。隣の背の低いビルの屋上にある巨大なレーダーが目立ち過ぎだ。まだ、ハワイの方がレーダーを置いていないだけ感じがいい」

「ハワイも知っているのか？」

「ドールプランテーションから脇道に入ったら、入り口に軍人がいて追い返されたことがある。しかも、ハレイワまで尾行されたからな」

「ノースショアに観光でもしに行っていたのか？」

「日曜だったのでハレイワにフリフリチキンを食べに行っただけだ」

電話の向こうでアレックスの高笑いが聞こえた。横ではロンも呆れた顔つきで片野坂を眺めていた。

「ところでＮＳＢに行ったついでにＮＳＡに用があるとは、何か楽しそうな仕事をしているようだな」

「ＮＳＡの足元にも及ばないが、極東でコソコソと安全保障の仕事をしているだけだ」

「日本は安全保障まで警察がやっているんだから大変なことだな。防衛省の情報本部は未だに警察が握っているんだろう？」

「情報本部を警察が握ったことは一度もないな。その中の電波部は警察が運用しているけどな」

「その電波部が一番大事なんだろう」

アレックスが知ったような口ぶりで言ったため、片野坂がやや強い口調で返した。

「その電波部ではないが、同じような極秘任務に就いていた陸上幕僚監部調査部第二課別室の苦労を微塵もなくぶっ飛ばしたのがＢ級映画俳優出身のアメリカ大統領だったからな」

「そういえばその大統領も『ロン』だったな。大韓航空機撃墜事件のことだろう？　あれには当時のＮＳＡも日本の情報通信能力に驚いていたようだ」

大韓航空機撃墜事件は、一九八三年九月一日に大韓航空のボーイング七四七が、ソ連領空を侵犯したために、ソ連防空軍の戦闘機によって撃墜された事件である。乗員・乗客合わせて二百六十九人全員が死亡した。

陸上幕僚監部調査部第二課別室は当時、ソ連の戦闘機が地上と交信している音声を傍受し、「ミサイル発射」のメッセージを確認していた。この録音テープは後にアメリカがソ連の撃墜の事実を追及するために、首相判断で日本国政府からアメリカ政府へと引き渡された。ソ連はこの事実を認めていなかったが、国連安保理の会合で議場に設置された五台のテレビ画面に、この音声とテロップが流された。ミサイル発射後に「目標は撃墜された」という声が響くと議場は水を打ったように静まり返った。有無を言わせぬ証拠を突きつけられて、ソ連はようやく民間機撃墜を認めたが、テープの公開は同時に、その後のソ連軍に対する情報解析を困難にさせる結果ともなった。

「アメリカがやっていたオペレーション『アイヴィー・ベル』とは質が全く違うのさ」

アイヴィー・ベルとは一九七〇年代から一九八〇年代にかけてアメリカ海軍とNSAが協同して行っていた、ソ連軍の海底ケーブル盗聴作戦のコードネームである。ケーブルはカムチャツカ半島からオホーツク海を経てソ連本国につながっていた。この時使用された盗聴器システムは、ケーブルから外側に漏洩する電磁波を受信して内容を記録するもので、ケーブルに直接接触する必要がなく、受信した通話内容は盗聴器のテープに記録され、定期的にアメリカ海軍の原子力潜水艦ハリバット（SSN－五八七）がそれを回収するという方法が採られた。この作戦は多大な成果を収め、アメリカ軍が持つ最高レベルの情報源と位置づけられていた。しかし、この作戦も元NSA職員が金銭目的で盗聴器の存在をソ連側に知らせたため、ソ連が海底から盗聴器を発見・揚収《ようしゅう》して中止に追い込まれている。

「ＮＳＡ職員の機密漏洩か……確かにスノーデンと一緒だな……」

そこまで呟《つぶや》いてアレックスは声を潜め片野坂に訊ねた。

「アキラ、まさか日本警察は中国やロシアの原子力潜水艦の動きを摑んでいるわけじゃないだろうな」

「ＮＳＡがそれを知ってどうするつもりだ？」

「摑んでいるのか？」

「ノーコメントだ。今回は潜水艦の話を聞きたいんじゃない。中国国内の地下銀行とシャドーバンキングのつながりについて聞きたいんだ」

「地下銀行の銀行というのは、単なる呼び名で銀行とは全く違うものだろう？」

「これまではそうだったが、この地下銀行システムを不法就労の労働者だけでなく、中国系企業も活用していることで、その規模が大きくなったんだ。しかも、企業は国家にその利益の存在を知られたくないと思っている」

「なるほど……『アリババ』や配車サービス国内最大手の『滴滴出行（ディディ）』のように、独占企業扱いされて会社を乗っ取られたり、上場廃止にされたりしてしまうわけか」

「そういうことだな……企業として海外で金を稼ぐことが面白くない習近平の姿勢が見

え見えなんだ」

「海外で儲けるから企業として国家に貢献できるんじゃないのか？」

「全ての収益を中国系銀行で管理できなければならない……それが共産主義だな」

「なるほど……しかし、それでは海外での流通に支障をきたすだろう？　特にアリババのようなネット通販を手がける会社にとっては、世界中のクレジットカード会社と提携していなければ顧客は増えないだろう？」

「その辺が経済音痴の習近平にはわからないようだな。所詮、中国企業といってもそのほとんどが国営企業、もしくは国家管理企業に他ならない。だから、世界中の企業が合弁を嫌がって中国から撤退しようとしているんだ」

　片野坂の言葉にアレックスが興味を持ったようだった。

「アキラ、こちらに来るかい？」

「ああ。車なら渋滞さえなければ一時間もあれば着くだろう。確か、ボルティモア・ワシントン・パークウェイで、パタクセント・フリーウェイとのインターチェンジの前で降りるんだったな」

「まるで地元の住人のようだな。そのとおりだよ。俺のスマホ番号はロンから聞いて、近くに来たら電話をくれよ。これから来るんだろう」

「できれば早い方がいい」

片野坂はロンと別れてレンタカーでＮＳＡに向かった。約一時間で車はＮＳＡの広大な駐車場に入った。

「まるで浦安のディズニーランドのようだ」

呟きながら片野坂はアレックスのスマホの電話番号を押した。

「イエス」

さすがにアレックスは無登録の電話番号の相手に対して自分の名前を言わない。

「アキラだ」

「おう、もう着いたのか？　いくらフリーウェイといっても速度制限はあるんだからな」

アレックスの指示で本館の玄関で待ち合わせた。三分後に懐かしい大きな頭の金髪の白人が笑顔で現れた。

「アキラ。全然変わっていないな。セキュリティチェックを受けてくれ」

職員の出迎えがなければ建物の中に入ることができないシステムになっていた。入館に際して指紋と虹彩、静脈の照合も行われた。

「部外者に対してここまでやるのか？」

「日本の警視庁は違うのか？」

「職員の出迎えがあれば、ノーチェックだな」

「それだけ組織が職員を信用している……ということだな。まあ、アキラの人定はＮＳ

Bで登録されているから、今頃、コンピューターが照合結果をうちのトップに報告しているだろう」

正面玄関内のホールを歩きながら、二人は雑談のように話していた。

「アレックスの上には何人いるんだ？」

「直接の上司は二人だ」

「大幹部だな……」

「アキラにもそんなに上司はいないだろう？　今もNPAにいるんだろう？」

NPA（National Police Agency）は警察庁の略称である。

「いや、MPDに籍を置いている」

「MPD？　現場……ということか？」

MPD（Metropolitan Police Department）は警視庁の略称である。

「管理は得意じゃないからな。NSBから日本に帰って、そのままMPDに行ったんだ」

「それは自分の意思で……ということなのか？」

「NSBで学んだことを現場で活かすにはNPAではダメだと思ったからな。上司もそれを認めてくれたんだ」

「NPAもなかなか大人になったな……アキラがNSBでどれだけの仕事をやったのか

は国家機密だが、ＮＳＢのトップがＮＰＡのトップに残留を願い出ていたことは私も知っている。私もその直後にＮＳＡからお誘いが来たんだ。アキラのチームと組んでやった例の事件をＮＳＡが調べていたんだな」

「WannaCry（ワナクライ）の時か……」

二〇一七年五月十二日から、ランサムウェアを用いたサイバー攻撃が世界各国で発生した。翌十三日の時点で被害国は九十九か国、被害件数七万五千件にのぼっている。この大規模なサイバー攻撃で最終的に百五十か国の二十三万台以上のコンピューターが感染し、感染したコンピューターの身代金として二十八言語で暗号通貨ビットコインを要求するメッセージが送られる事件となった。

アメリカでは、世界最大の物流会社であるフェデックス・コーポレーション（FedEx Corporation）が攻撃対象となっていた。

ＮＳＢではアレックスを中心とするハッキング技術を持つチームと、過去のサイバーテロを分析してその特徴点を見出す片野坂のチームが共同で犯人像を追い、身代金要求の中国語の文章はネイティブが記述、英語は非ネイティブによる記述、それ以外の言語についてては英語版をGoogle翻訳にかけた機械翻訳であることを突き止めた。さらに、この時使われたランサムウェアが、メモリ上で動作し、仮想マシンやサンドボックスを検知して活動を停止する特徴から、北朝鮮とつながりがあるハッキンググループ「ラザルスグループ」が二〇一六年にバングラデシュ銀行の不正送金に関与した際と酷似していることを見つけ出した。

これだけ大掛かりなサイバーテロにもかかわらず、実質的な被害総額は、日本円にして約一千四百万円程度だった。

「NSAが懸命になって調べたが、結果的にこの時のこれらの攻撃ツールはNSAが開発したもので、NSAの一部と看做《みな》されている『イクエーション・グループ』から情報漏洩したことをNSBが見つけてしまったために、NSAは後ろ向きの捜査をせざるを得なくなったんだったな」

「そんなこともあったな……あの時、アレックスの天才的なハッキング技術を見て、僕も本格的にハッキングの勉強をしたんだよ」

「いや、あの頃アキラは既にハッキングには習熟していた。そこにテクニックを現場で学んだから、NSAが驚愕《きょうがく》するような結果を残すことができたんだよ。あの後、ラザルスグループに対して猛烈な嫌がらせの攻撃を加えたため、奴らは目標の数パーセントの成果しか挙げることができず、結果的に奴らの約半数が北朝鮮国内で処刑された……という情報が届いたよ」

「そうだったのか……そこまでは知らなかった」

エレベーターを二回乗り継いでアレックスのオフィスに入ると、アレックスが早速本題に入った。

「それよりも、アキラ、先ほどの電話の続きを話してくれ」

「わかった。このデータを君にも渡しておこう」

片野坂はスチール製のアタッシェケースの、回転式と鍵を刺し込む形の二つのロックを解いて開けると、中からＳＤＸＣメモリーカードを取り出してアレックスに手渡した。

「暗号化のプロテクトナンバーはAlexander & Slopeだ」

「嬉しいね。そこまで信用してくれて……ところでどうしてSlopeなんだ？」

「片野坂の坂は英語で言うとSlopeなんだ。昔の日本の怪談で『On the Akasaka Road, in Tokyo, there is a slope called Ki-no-kuni-zaka』というフレーズがあってな」

「オウ、東京の赤坂の紀伊国坂は知っている。迎賓館の近くの坂だな」

「そのとおりだよ。その紀伊国坂の坂と片野坂の坂が同じ漢字なんだ」

「そうか……なんだか嬉しいプロテクトナンバーだな。早速見せてもらうぜ」

アレックスは受け取ったＳＤＸＣメモリーカードを自分のパソコンの一台に刺し暗号化のプロテクトを解除してデータを確認すると、「ワオ」と一言発して言った。

「このデータはアキラが作ったのか？」

「いや、僕の同僚だ」

「するとＭＰＤの警察官なのか？」

「そうだ」

「日本人でここまでハッキングできる者はそうそういないはずだ。ＯＳＣＰを持っている部下もいるのか？」

ＯＳＣＰとはOffensive Security Certified Professionalの略称で、ベンダー資格である。ベンダー資格は、コンピューター、パーソナルコンピューター、ソフトウェア、ネットワーク機器などのＩＴ関連製品を製造・販売するベンダー（企業・メーカー）が、自社で開発した製品についてそのユーザーが適切な操作技術や管理技術を満たしていることを認証する、民間資格制度である。日本国内でこのＯＳＣＰ資格を持つ人間は二、三十人に過ぎないと言われている。

「部下というよりは同僚なんだが、人材が豊富なのがＭＰＤのいいところだ」

「なるほど……しかし、中国の四大銀行と主要省の財務データをここまで入手して分析した資料をみたのは初めてだ。こんなに貴重なものを持ち出して、アキラ、大丈夫なのか？」

「このデータの存在を知っているのは作成者と僕だけだから大丈夫だ。このデータで最も大事なのは各省のシャドーバンキングが出している理財商品のほとんどが回収不能に陥っていることだ。しかも、これを中央に対して虚偽の報告でごまかしている。その結果が現在の多くのゴーストタウンにつながっているということだ」

「習近平が知らないはずはないだろう？」

「いや、少しは知っているはずだ。しかし、彼はまだ地方の崩壊を深く理解できていないのだろう。それだけ彼は経済音痴なんだ」

「それにしても、理財商品の半数以上が不動産絡みというのはどういうことなんだ？中国の土地は国のものではない……ということなのか？」

「そこが中国経済の最大の闇の部分なんだ。十四億人を超えている中国人の中の富裕層は約六千万人といわれているが、その八割が不動産バブルで儲けた連中なんだよ」

「不動産バブル？　意味がわからない。共産主義国家だろう？」

「それは一九九二年の鄧小平《とうしょうへい》による南巡講話《なんじゅん》がスタートと言われている。詳しく説明すると時間がもったいないから省略するが、これを契機として、中国の改革開放に拍車がかかり、高度経済成長の軌道に乗るようになったと言われている」

「鄧小平か……習近平が今、最も意識している人物らしいな」

「器が違い過ぎるな……鄧小平の生きざまと習近平では、生きた時代が違うとはいえ、人としての魅力が違い過ぎる。中華人民共和国の歴史の中で正しく評価されているのは周恩来《しゅうおんらい》と鄧小平だけだろう」

「周恩来か……しかし、ダライ・ラマは彼を否定していたと思うが……」

「ダライ・ラマは中国に対してはやや学習不足だった。毛沢東を『革命の真の偉大な指導者』と評したくらいだからな」

「そうか……しかし、もう一方の鄧小平は天安門事件で武力行使をした張本人だろう」

「それは事実だ。しかし、当時彼が語ったとされる『二百人の死が中国に二十年の安定をもたらすだろう』という言葉は、ある意味で奥が深い。毛沢東時代の誤った政策を転換し、中華人民共和国を開かれた路線へと導いた先駆者といえるだろう。ただし、習近平は強硬姿勢ばかり真似をして、鄧小平の真の開放政策に逆行しているだけだ」

「なるほどな……それにしても、中国で未だに不動産バブルが起こっている理由だけ教えてくれ」

「中国では、省はひとつの国と考えられている。人口が五千万人以上の省が十一省あるのだが、そうなると一つの省が日本の半分ほどの人口を擁しているということだ。その中でも河南《かなん》省は第三位で九千九百万人の人口があり、日本のそれとあまり変わらないことになる。そうなると河南省の省都である鄭州《ていしゅう》は東京と同じ程度の都市であってもおかしくない……という発想が出てくるんだな」

「人口だけじゃ比較にならないだろう」

「そこが中国の強烈な自負と面子からくる発想の面白いところだ。一位の広東省、二位の山東省に次ぐ河南省は、黄河中流域の南に位置し、あたり一帯は中原《ちゅうげん》と呼ばれ、『中原を制するものは天下を制す』とか『中原に鹿を逐《お》う』などの言い伝えどおり、幾多の英雄、豪傑たちがこの地で覇権を競い、栄枯盛衰を繰り返してきた」

「なるほど……」

「しかし、鄭州の新都心を『中国最大のゴーストタウン』とアメリカのメディアに評されて以降、省の現実離れした都市計画が無残に崩壊しているんだ。現在、中国中に『鬼《グエイ》城《チョン》』と呼ばれるゴーストタウンが増え百を超えているらしい」

「すると、不動産投資の失敗を地方のトップは理財商品で穴埋めしようとしている……ということか？」

「まさにそのとおりなんだが、世の中甘くはない。そんなに儲かる理財商品なんてあるわけがない。そこで地方の役人が保身のために考えたのが、理財商品の相場を吊り上げるだけ吊り上げて、売り抜けと同時に潰してしまう、いわゆる仕手戦の真似事だったんだ」

「そんな小賢《こざか》しいことができるのなら、もう少し巧《うま》くやればいいものを……」

「そこに地方役人の焦りがあるんだ。奴らだっていつまでも一地方に残っているわけじゃない。見た目の実績だけ作って、中央から目をかけてもらうことに奔走しているわけだな。そのためには手段を選ばずに、手っ取り早くかき集めることができる美味しい資本を準備しなければならない。そこで奴らが目を付けたのが地下銀行という闇送金システムだったわけだ」

「裏社会の登場……というわけか……」

「嘘でもはったりでも構わないから、まず海外とのパイプが必要となる。どんな手を使ってでも海外で金を稼がなければならないからな。先ほどの河南省の省都の鄭州がやったのも、日本の大阪商工会議所を騙して、『河南省鄭州市投資環境・鄭東新区開発』なる構想をぶち上げて、鄭州市の東、鄭東新区に総面積百五十平方キロメートル、人口百五十万規模の新都市建設を計画したんだ。その国際設計コンペで日本の著名設計家を最優秀設計士として選んだ上で各方面との交流を更に深め、投資比率を大幅に引き上げた某自動車産業グループに、その進出体験と今後の中国戦略についての講演をさせたりもした」

「なかなか立派な作戦じゃないか。上手くいけば……の話だがな」

「それが、未だにゴーストタウンだ。不思議なことに中国のゴーストタウンにはサーキットトコースが多く造られている。しかもヘアピンだらけで、レースにも、走行テストにも向いていないような代物がね」

アレックスが笑い出した。

「住宅地にサーキットコースか。サーキットコースの五月蠅《うるさ》さも知らずに自動車に対する憧れだけの発想だったんだろうな」

「中国共産党の幹部と言ったって、海外経験のない連中の発想なんてそんな程度さ。世界を知らないからな」

　片野坂も笑って言うと、本題に入った。

「アレックス、次のデータを見てくれ。これがアメリカに存在する中国企業の地下銀行システムの実態だ」

「何！」

　アレックスが次のデータを開くなり、唖然とした顔つきで片野坂に訊ねた。

「このデータはどこから抜いたんだ？」

「緻密な計算と分析の結果だ。四大銀行に入金が多い地方銀行と不動産企業を調べ上げて、その収支をビッグデータと大型コンピューターを使って演算したんだ」

「しかし、短期間でそんなことはできないだろう？」

「丸一年以上かかっている。自分で考えるマルウェアを使うと、指定されたところからの入金をずっと追いかけてくれるからな」

「そんなことをしていたのか？」

「自国の金だけでなく不動産まで盗まれているんだ。そんな輩《やから》に土地を売ってしまう地主や、この契約に関わる地方の金融機関も一緒にぶっ潰してやりたい気分だったけどな」

「そのマルウェアに関して一つだけ聞いていいか？」

「何だい」

「どうやって、そのマルウェアを開発したんだ？」

「簡単だよ。投資信託の中にダブルブレインというＡＩを使った商品があるのを知っているかい？」

「私は親の遺言で博打と株はやらないんだ」

「そうか……。それでもロンドンに本社を置く世界最古で最大級のヘッジファンドのマン・グループ（Man Group plc：マン投資顧問会社）のことは知っているだろう」

「常識の範囲では知っている。そもそもヘッジファンドは一般的な投資信託《ファンド》と違って、機関投資家や富裕層から私募により資金を集めるファンドで、金融派生商品《デリバティブ》を活用して、より高い収益を狙うもののことだろう？」

「そうだ。その中には売りと買いを両建てにして『絶対収益』を狙うなどの運用手法もあるんだが、最近はそこにＡＩを利用して、リスクの軽減に努めている商品があるんだ」

「なるほど……株屋も馬鹿になるな……」

「しかしいくらＡＩと言っても、情報を入れてやらなければ意味がないけどな」

「ビッグデータと絡めればいいわけだろう？」

「虚偽の情報を流して短期の売り上げを狙う輩のターゲットにもなりやすいのは事実

だ」

「そういうことか……それで、そのダブルブレイン……というファンドに使われているAIを利用しているのか？」

「お知恵を拝借しているだけだ」

片野坂の答えにアレックスが驚いた声を出した。

「何？　マン・グループのデータをハッキングしたとでもいうのか？」

「一切、金儲けはしていない。ただ、そのシステムの動き方を研究させてもらっただけだ」

「それで、どうなったんだ？」

「中国のシャドーバンキングの趨勢《すうせい》が摑めるようになってきた。奴らも生き延びるのに懸命だからな。そして何よりも大口の資金が必要だ」

「そこに世界中で行われている地下銀行システムを絡めている……ということなのか？」

「そう。地下銀行システムといっても、所詮、その仕組みは合法的な銀行で行われているコルレス契約と基本的には同じで、しかもガードが極めて甘い。なにぶんにもチンピラヤクザがやっているような素人集団の手口だからな。一発スパイウェアを打ち込めば芋づる式に契約先が出てくるんだが、その数があまりに膨大なので、第一級行政区画の大手金融機関のみをチェックしたんだ」

中国は人口の四割が農村に居住する巨大な領域国家である。このために地方を四層の垂直構造に分けて統治しており、その最上層を第一級行政区画と呼んでいる。それには二十二の省、五つの自治区、四つの直轄市、二つの特別行政区が含まれている。厳密には香港、マカオの特別行政区は第一級行政区画には当たらないが、実質的には同等に扱われている。

「なあ、アキラ、お前の所にはそんなに優秀なハッカーがいるのか？　ＯＳＣＰの資格も当然持っているんだろう？　この資格を持っている者は限られているから調べればある程度はわかるだろうが……日本から積極的なハッキングをしているという情報は聞いたことがないな……」

「日本からではないよ。ただし、中継拠点は日本国が持っているから、足跡を探すのは困難だろうな。おそらく中国人民解放軍のハッカー集団も懸命に探しているだろうが、第五ポイントにもたどり着いた形跡がない。こちらの組織にもプロ中のプロが揃っているし、身内の行為は相互に守る仕様になっているからな」

「そうか……中国人民解放軍のハッカー集団と言えば中国人民解放軍総参謀部第三部二局中国人民解放軍六一三九八部隊か海南島基地の陸水信号部隊だろう？」

「それに加えて、最近は中国の精鋭ハッカー集団『ＡＰＴ一〇』という海亀軍団を上手く使っているようだ。奴らはハッカー集団というよりも、むしろ組織犯罪集団なんだけどな」

「自前で教育するよりも海外経験者の知識の方が質が上……ということなのか？」

「そういうことになるな。ただし、中国のＡＩ教育のレベルは極めて高い。残念ながら小中学生のレベルでは日本もアメリカも中国にはかなわないだろう。その中から極めて優れたエリートだけが中国国内の有名大学や海外留学で学び、さらにその中からコンピューターの専門知識や英語などの語学に精通した人材を集めたのが人民解放軍六一三九八部隊だ。人員は数百から数千人規模といわれている」

「なるほど。ある程度の能力を身に付ければハッキングやウイルスの作成は可能だからな。コンピューターの世界も料理と一緒で、素材は限られているが、その組み合わせや、ちょっとしたスパイスを巧く加味することで、驚くようなものに仕上がる。一流のハッカーは一流の料理人のようなものだ」

「面白いたとえだが、まさにそのとおりかもしれない。うちの職員も音楽大学を出た音楽家からの転身だった」

「何？　音楽家？」

「それがあっという間にコンピューターを習得してしまった。天才的な指揮者がオーケストラの全ての楽器の譜面を覚えているのと一緒なんだろうな。おまけに幾つかの楽器もこなすため、その楽器でどのような音の出し方をするかまで知っている」

「その部下はコンダクターだったのか？」

「いや、金管、木管、弦、オルガンをやっていたそうだ」

「打楽器以外はやっていた……ということになるな……確かに日本の音楽家のレベルは高いからな……どこの交響楽団にも、必ず日本人がいるような気がする」

「それは少し大げさだろう」

「いや、ジュリアード音楽院だけでも、日本人留学生は二十人を超えている」

「そうなのか……まあ、音楽はいいとして、今はコンピューターの話だ」

「それよりもアキラ、お前自身が最前線で活動をしていると、部下の管理をするのは大変なんじゃないか？」

「部下というよりも、同僚なんだが、僕を含めて総勢四人だから、どうってことはない」

「何？　四人？　それで何ができるんだ？」

「現に、今、こうしてデータを持ってきているじゃないか。そして残りの二人は今、中国とロシアに入って情報収集を行っている。来月初めには中国、ロシア、北朝鮮の軍事動向をほぼ解明していることだろう」

「軍事動向？　陸海空と宇宙を含めて……ということか？」

「そうだ。特に宇宙と海底はアメリカだって把握しづらいだろう？」

片野坂の言葉にアレックスが身を乗り出すような姿勢になって訊ねた。

「やはり潜水艦を追っているんだな」

「中国、北朝鮮、ロシアとも主たる潜水艦は日本海を通らなければならないからな」

片野坂の話を聞きながらアレックスは卓上のパソコンを操作して言った。

「ところでアキラ、お前のところのハッカーだが、ＯＳＥＥも取得しているのか？」

ＯＳＥＥ（Offensive Security Exploitation Expert）とはＯＳＣＰ同様ベンダー資格であるが、世界最高難度のセキュリティ資格と言われている。

「そのようだな。有給を取って受験するというので、最低でも三年間は勤務する条件で、渡航費用も役所で負担したんだが、見事に合格したよ」

「そうだろうな……それにしてもある意味で天才だな。コンピューター技術だけでなく、分析や数式の立て方も見事だ」

「どのデータをみればそれがわかるんだ？」

「ＡＰＴ一〇の個人データだ。これは中国政府内の最も厳しいと言われるコンピューターに侵入しなければ入手できない。実に巧みなバックドアを設定していなければ、人事データにアクセスできないはずなんだ」

「ＮＳＡも侵入しているんだろう？」

「その一歩手前までだ。中国は国家的にハッキングを行っているため、プロテクトもまた厳しい。極めて短時間のうちに主要サーバーに侵入しない限り、アラートがなってシステムそのものの電源が切られてしまうようだ。そして、その次に侵入を試みると、新たなプロテクトが二重三重にかけられているらしい」

「そうだったのか……相当苦労をしていたんだな」

「国家機密中の最重要ランク機密だからな……国家としてAPT一〇を採用していることが公になれば、世界中から非難を浴びることになる」

「スノーデンでNSAがやられたように……ということか」

片野坂がやや嫌味を込めて言うとアレックスは悪びれもせずに答えた。

「フランスのサルコジやオランド、ドイツのメルケルが秘密裏にプーチンと連絡を取り合っていたのをNSAは摑んでいたからな」

「サルコジは日本嫌いだったし、ドイツのゲアハルト・シュレーダー前首相、イタリアのベルルスコーニ元首相に続いて親ロシア的な姿勢をとっていたからな。日本もあまり相手にしていなかった。その前のシラクがあまりに親日だった反作用もあったのだろうが……。その次のオランドも先進七か国の首脳として初めてモスクワを訪れているからな……。メルケルに至っては、もともと東ドイツ出身で、プーチンとは阿吽《あうん》の呼吸だったと言われているからな」

「ドイツは経済的にもフランスの原子力発電による電力を輸入しなければ自国の工業が回らない。独仏の接近の最大要因がここにある。フランスは農業国を標榜《ひょうぼう》しながらも化学工業と原子力発電は世界でも有数だからな。まあ、信用できない国の一つだ。イタリアなんざ中国の属国に成り下がってしまっているから、先進七か国のお荷物にならないことだけを祈っている。ドイツはメルケルの後がどうなるか……だな。先進七か国の中で信用できるのはイギリス、日本だけだ」

「カナダはダメなのか？」

「隣国というのはどうしてもな……ケベックのようにフランス語圏もあるからな。独仏のように過去の国境をめぐる戦争の歴史を国民は忘れていない。両国間の外交は単なるセレモニーに過ぎないんだよ」

「国境があるということは往々にしてそういうものだ。そんなことよりも、中国のＡＰＴ一〇を中心とした国策企業に対するハッキングを今後どうするか……だな」

「最近、中国人は工業だけでなく農業の知的財産をも奪っているからな」

「それは中国だけでなく南朝鮮も同じだ。これを相手に渡す獅子身中の虫という輩が存在するのも事実だからどうしようもないんだが、こういう連中を国家として抹殺できるような法体系を作る必要があるな」

「アキラ、相変わらず過激だな。変わっていなくてホッとしたよ。ところで南朝鮮は日本から今度は何を盗んだんだ？」

「最近ではシャインマスカットというブドウの種だ」

「おう、あの美味しいグリーンの宝石を盗まれたのか」

「いつの間にかメイドインコリアの輸出品になっている。イチゴも同じで、流出品種が中国・南朝鮮で栽培されている。三十年以上の血のにじむような研究の成果が、瞬時に横取りされるんだからな」

「いつまで経っても途上国というのはそういうものだ。しかし、そんなコピー商品を喜んで買っている日本人が多いのも事実だけどな」

今度はアレックスが嫌味を込めて言ったが、片野坂は返す言葉がなかった。それをみてアレックスが笑いながら訊ねた。

「ところでアキラ、中国の心臓部に仕掛けたバックドアはまだ奴らには見つかっていないのか？」

「そうだと思う。日々、新たな情報が入ってきている。瀬戸際に立つ中国の企業帝国、恒大集団《こうだいしゅうだん》への中国政府の動向も同様だ」

「やはりあそこはダメか？」

「恒大集団が、現物資産との交換による理財商品の償還に関心のある投資家に対して発したメールが、今回の捜査の端緒だったんだよ」

「いつ頃の話だ？」

「去年の九月だ。中国の巨大複合企業である恒大集団が本社を置いている、タックスへイブンで有名なケイマン諸島で資金の行き詰まりによる債務不履行《デフォルト》でも起こせば、来年の北京冬季オリンピックなんてぶっ飛んでしまう可能性があるからな。オリンピック開催を最大の目標に掲げている習近平にとってはまさに泣きっ面に蜂……ということになりかねない」

「そうだったのか……アキラの洞察力は以前よりもさらにパワーアップした感があるな」

「それはチームに恵まれたからだ。現に、この資料だって、各国の諜報機関にとっては垂涎《すいぜん》の的だろう？」

「それは間違いない。恒大集団が本社を中国本国に移して、資産を手放し、会長以下の役員が公開処刑でもされなければ、あの国の国民は落ち着かないかもしれないな。アリババ等の乗っ取りと全く同じ構図になるかもしれない……」

「習近平がこの数週間でどんな動きをするのかが楽しみではあるな。ところで、日本も賛否両論はあったようだが、一年延ばしの東京オリンピック・パラリンピックも無事に終わった。アキラの感想はどうなんだ？」

「僕はオリンピックには全く興味がないから、感想もないな」

「アメリカンフットボールやMLB、NBAはよく観に行っていたじゃないか」

「あれはプロが激突するスポーツだからだ。金儲けだけを考えているIOCの腐った連中がやっている中途半端なアマチュアリズムとはわけが違うだろう」

「それは同感だが、その背景にはアメリカの放送局が大きく関わっているからな。オリンピック競技とはいえ、放送権を売れる一部のメジャーな競技とそれ以外の競技の間に大きな経済格差を生んでいる。スポーツの『南北問題』が現実の問題となっているし、それが各国・地域ごとの分配金の差にもつながっているのは事実だ」

「さらにオリンピック・パラリンピックが開催都市に何を残したのか……。大会の『功罪の遺産《レガシー》』を見ても賛否は分かれるだろう」

「確かに今回の日本のメインスタンドを始めとする多くの箱物は今後の維持費用だけでも莫大な金額になるだろうな」

「一九六四年に行われた東京オリンピックの際に造られた国立競技場はその後も活用されたが、今回のものはどうか……設計段階で、まるで詐欺被害にでも遭ったような案が出されたり、オリンピックのシンボル的な聖火台の設置が忘れられた競技場に、その歴史を残すものは何もないからな」

「あまり評判は良くないようだな」

「実際にフルに利用されていないから、なんとも言いようがないが、使い勝手は悪そうだったな」

「ＩＯＣだけでなく、これに関わった全てが嫌なようだな」

「現在のIOCの諸悪の根源は、ロサンゼルスオリンピックの時の組織委員会会長のユベロスだろうな」

「彼は放送業界におけるスポーツビジネスの経済的背景を熟知していただけのことだ。その後、サマランチのもと競技ごとの放送権料やスポンサープログラムの仕組みができて、金権主義が根付いてしまったわけだな。オリンピック貴族が出始めたのもこのころからだからな」

「多くの日本人もオリンピックの呪縛《じゅばく》から解放されてくれればいいんだが、その担当をやっていた大臣は、今でも『もう一度札幌でオリンピックをやりたい』と言っているようだからどうしようもないんだけどな」

「このデータの理財商品とその発行元を見ると、習近平が知らないところで地方や党中央の一部の幹部が裏の商売をやっていて、しかも、巨額の資産を秘密裏に海外に移転しているようだが。そして、ビットコインをはじめとする仮想通貨が利用されている」

「そう。仮想通貨はブロックチェーンによって流通経路はわかるが、それを各国の政府が知るには至っていない。だから、世界中の中央銀行が独自の仮想通貨を作ろうとしているんだ。本来、通貨そのものが投機の対象になってはならないんだが、これだけ価格が変動してしまうと、下手なヘッジファンドを組むよりも比較的安定した投資になることは明らかだ。目に見えない資産を持ちたがるのは富裕層の悲しい性《さが》だからな」

「それが中国人富裕層では、まず不動産に投資すると、その後の利益は仮想通貨で受け取るシステムが出来上がっていることになる。さらには世界中に展開している中国企業の決済もまた地下銀行システムによって行われ、その利益分が短期利益を目的としたハイリスク・ハイリターンの理財商品に投資されて、儲かった分が仮想通貨によってタックスヘイブンに蓄えられていくということなのだな……」

「そう。その仕切りをやっているのがかつての黒社会の連中なんだ。その背景にはアリババやファーウェイ、さらには今回の恒大集団のような個人企業のケツ持ちをやっていた黒社会が、ＡＩを活用したヘッジファンドで莫大な利益を得ている……という図式があるわけなんだ」

「そうなれば、中国黒社会の一人勝ち……ということなのか？」

アレックスの問いに片野坂が答えた。

「そのデータ中の『challenge』というドキュメントを開いてみればわかるさ」

アレックスがフォルダの中にある指示されたドキュメントを開くや「ワオ」と言ったまま言葉を失った。

それを見た片野坂が言った。

「黒社会とつながっている世界中の悪徳企業がそれだ。その七割は中国系企業との繋がりが深いが、ロシアや中東のオイルマネーや途上国の国家元首が絡んでいる企業も多い。

そして、そのすべてがケイマン諸島を始めとするタックスヘイブンを活用し、しかも、軍事産業と密接にかかわっている。特に軍事産業は一件一件が数百億ドルの取引だからな。その中の数パーセントを抜くだけでも笑いが止まらない額になる。しかも軍事産業の商品はほとんどが消耗品と言っていい。アメリカが二十年にわたるアフガニスタン戦争で使った金の数パーセントはこういう手口で抜かれていたんだよ」

「そういう図式だったのか……確かに軍事産業というのは一国だけ強くても仕方ないからな。相互に強くなることによって戦争が長引く……さらに儲けを生む……」

アレックスが唇を噛みしめて呟くように言った。

「一つの戦争によって私利私欲に目がくらんだ連中が如何に多かったか……だな。世界平和や天下国家を論じていながらも、所詮、戦争というのはそういうところに行きつくものだと思うよ。それも長引けば長引くほど、濡れ手で粟《あわ》を考える輩が増えて、政治家も大義名分さえ忘れてしまうんだ。アフガニスタンという国家が大国に利用されるだけ利用されて、結果的に捨て去られる……ウサーマ・ビン・ラーディンのような奴が出てきても、決して不思議ではなかった……ということだな」

「原理主義がはびこらざるを得ない環境を、周りが作ってしまった……ということなんだな……そうなると、現在、中国国内で破綻が始まっている不動産投資に基づく理財商品の崩壊は単なる経済問題だけでは済まない構図になると思うんだが……」

「アメリカが世界の警察的な立場から身を引いたのだから、途上国は勝手な動きを始めることになる。第二次世界大戦前の構図に似てきたのかもしれないが、今回は中東という爆薬庫の管理はEUにとって、難民の大量流入という未だかつてない危機をはらんでいる。しかし、そこには中国も宗教上の問題からおいそれと口を挟むことはできない。しかも、イギリスがEUを離脱している中で、EU国家内には諜報活動を積極的に行う国がなくなってしまった」

「ドイツはやらないのか？」

「スノーデン事件の際に、ドイツもこれまでの諜報活動を抑えた感があるし、対ロシアではプーチンとメルケルの間に、暗黙の了解とも阿吽の呼吸とももとれる関係が構築されていただけに、すぐに諜報活動を再開するのは困難な状況にあることは確かだ」

「世界中の国家が新型コロナウイルス対応で疲弊している中で、中東の爆薬庫はさらに拡大している……ということなんだな」

「アメリカもイスラム圏の宗教戦争を考えてのことではあろうが、サウジアラビアを甘やかしすぎたからな。いくらメッカとメディナが領土内にあるとはいえ、サウード王家をあまりにも放置し過ぎた。彼らの一族がウサーマ・ビン・ラーディンに対して後方支援をしていたことだって不問なのだからな」

「それを言われると辛《つら》いものがあるな」

アレックスが俯《うつむ》いたのを見て、片野坂はさらに言った。

「国際問題を担当するNSAは、あくまでもアメリカ国防総省の情報機関だから直接関係はないとはいえ、今、君自身が口にした新型コロナウイルス対応で、どうしてアメリカという国はこれを政治と結びつけてしまう馬鹿げた行動に出ているんだ？　米国の感染者数は四千二百万人を、死者数は六十八万人を超えて、ダントツのワースト国家になっている。ワースト二位のインドでさえ感染者数は三千三百万人、死者数は四十四万人、ワースト三位のブラジルでも感染者数は二千百万人、死者数は五十九万人なんだぜ。このアメリカの惨状が世界中の笑いものにさえなっている状況をどう考えているんだ？」

「全ての原因はトランプを表舞台に登場させたアメリカ国民にあると言っても過言ではないだろう。民主党と共和党の分断が国家の分断を産んだ結果だ」

「いくら共和党の支持者に教育が行き届いていないから……といっても、最近では子どもの死者さえ増えているのに、未だに共和党の知事による学校でのマスク着用義務化禁止令が続いている。フロリダでは知事がマスク着用義務化禁止令に背いた学区に学校職員の給与支払い停止などの報復措置を講じようとしている……とも伝えられている。新型コロナウイルス対応については、トランプも実に無能な野郎だったが、その取巻きも、相変わらず馬鹿げたことを続けているんだな」

片野坂の厳しい口調にアレックスも悔しさを表情に出しながら答えた。

「それを言われると何とも答えようがない。巡回裁判所でさえ知事の禁止令を支持する判決を下している始末だ。そもそもアメリカの保守層は、政府による規制を嫌う傾向にある。トランプ支持者の中には、コロナは風邪と大して変わらないと考え、マスクやソーシャルディスタンスを断固として拒否する者すらいる。単なる感情論というだけでなく、感染対策に後ろ向きなワクチン接種率の低い州に多い、『自由』を勘違いした保守連中が、自らの死を賭けてでも政府の規制に反対しているんだ」

「代表的なのはフロリダとテキサスのことなんだろうが、最低限の常識を否定するようなところは、政治ではなく、ハリケーンでガラガラポンしてもらうしかないのかもしれないな」

「そんなことを思ったとしても、決して口にしてはならないのがアメリカだ。『自由』の原理主義者が、新型コロナウイルス対応への反対者なのだからな」

「自分だけの死ならば誰も文句は言わないだろうが、自分の子どもだけでなく、他人の子どもまで巻き添えにする権利を認めるのがアメリカ合衆国だとは……アメリカに憧れ、アメリカで学ばせてもらった僕は思いたくない」

「アキラの気持ちはよくわかっている」

アレックスが悲しげな顔つきになって答えた。

「アメリカ国内がこのザマではアフガニスタンどころではないのが実情だろうし、最早、アメリカファーストでいいのかもしれない。しかし、中国という共産主義独裁国家が台頭し、ロシアという共産主義の影響を強烈に受けている国家では覇権主義が起こっていると思えば、その先は推して知るべし……だ。その最前線にポツリと置かれているのが日本なんだ。だから日本は独自の防衛構想を練っておかなければならない。彼らの思うままにさせておくわけには行かないんだ。しかも両国の間にある朝鮮半島国家も日本にとっては決して有利な存在ではないからな」

「南朝鮮か……あの国は政治家も国民も、どこに行こうとしているのか全く理解できない」

「強い国のところに行くだけだ。長い歴史の中で『朝鮮事大主義』というものが形成されてしまった国だからな。今後もあの国とは上手く付き合うことはできないだろう」

「隣国とは所詮そんなものなのだろうな。それで、やはり私の立場から、もう一度確認しておきたいんだが、日本はロシア、中国、北朝鮮の潜水艦の動きを把握しているのか？」

アレックスが真顔で訊ねた。これに片野坂は表情を変えずに答えた。

「ある程度……というところだな。アメリカだって、スパイ衛星で三国の潜水艦基地の状況は把握しているだろう？」

「衛星写真というのは潜られたら終わりだろう？　水中追跡機能まではついていないか

らな。おまけに米軍の潜水艦は極東地域にまでは展開していない」

「そうだな……かといって日本の海上自衛隊の潜水艦といえども、中ロの潜水艦を追尾しているわけではないだろうしな。ただし、音響測定艦が相手潜水艦の固有の音紋《おんもん》を収集し分析しているだろう」

「海洋監視艦のことか……」

アレックスが首を傾げながら頷いていた。音響測定艦は海上自衛隊における呼称であり、アメリカ海軍では海洋監視艦（Ocean Surveillance Ship）と呼んでいる。

音響測定艦とは、海中の音響情報を入手することを目的とした艦船である。特に艦艇・船舶の発する音の中でも敵国等の潜水艦の固有の音紋を集め、データ化することが第一の目的である。音紋とは、人間の指紋と同じで、潜水艦ごとに微妙に違うスクリュー音等を示している。これをデータ化することにより、相手潜水艦の識別が可能になるのである。

「海上自衛隊が監視衛星と海洋監視艦を並立して対潜水艦対策を行っているにもかかわらず、アキラが動いているのはなぜなんだ？」

「同型の潜水艦であっても、固有の音紋は違うだろう。その艦長は誰でどういう性格なのか……そこまでのデータを築き上げなければ、万が一の場合に情報の価値がないだろう」

「するとテキント（Technical Intelligence：ＴＥＣＨＩＮＴ）だけでは情報にならない……ということか？」

「そういうことだ……」

「それを防衛省ではなく警察がやっている……ということなのか？」

「他に『やる』という部門がないので仕方ないだろう」

「しかし、どうやって……」

アレックスは執拗《しつよう》だった。片野坂はその理由を知っていた。二〇〇一年九月十一日に発生した、アメリカ同時多発テロ事件で、アメリカ本土が初めて攻撃対象となった時の、ヒステリックなまでのアメリカ人の愛国主義を片野坂も目《ま》の当たりにしてよく知っていた。その時の異常なほどのナショナリズムをアレックスは持ち続けているのだ。

「それに答えると思っているのか？」

「申し訳ない。つい、日本警察が想像以上の仕事をしていることがわかって、パニックになってしまった」

これを聞いて片野坂は笑って答えた。

「警察庁は日本国周辺のあらゆる電波を傍受している。その中に潜水艦に関する電波が混じっていても決して不思議ではない。ただし、潜行している潜水艦から本国に打電することはよほどの緊急事態でもない限り行われることはないからな」

「それはそうだ。しかし、アキラの組織といってもわずか四人しかいないのだろう。いくら自由に動き回ることができると言っても限界があるんじゃないのか？」

「どんなに巨大な組織でも限界はある。ただ、その限界値を生むのは個人ということだ。決して無理をすることなく、自分の限界を伸ばしていくのが僕たちの手法だ。現に、僕だってこうやってＮＳＡのトップエージェントと情報交換をしているんだからな」

片野坂が笑って言ってもアレックスは真顔のまま答えた。

「確かにＣＩＡやＮＳＡもヒューミント（Human Intelligence：ＨＵＭＩＮＴ）を削減してテキントに頼り過ぎていた。イラク戦争での誤情報や誤爆が増えたのもそれが一番の理由だった。アメリカ合衆国が人種の坩堝という事実を多くの白人が忘れ、しかも人種差別を行ってきた弊害が人種間だけでなく白人社会の分断も進めてしまったんだ」

「なんだ、よくわかっているじゃないか。その気になって人を育てる努力をしていれば、ＭＩ６やモサドに負けない諜報組織が構築出来ていただろうに、実にもったいないことをしてきたものだ」

「それは、アキラの話を聞いていてよく理解できる。アキラの組織がわずか四人とはいえ、これだけの成果を挙げているのだからな」

「ヒューミントというのは無限大なんだ。日本にも『情報は人』という教えがあるが、一人のエージェントが数十人の協力者を持っている。その協力者もまた数十人規模の協力者を持っている。情報内容に一次、二次の違いはあれ、情報の確度を検証する際に、人を知っているが故に、その人が持つ情報収集能力、分析能力を再検討しやすいんだ。それを行うのは情報マン個人であり、これらの情報を最終的に判断するのは僕だということだ。今でも三人の仲間は行く先々で、多くの人に会っているに違いない」

「なるほど……よくわかるよ。そこで、この中国のシャドーバンキングと地下銀行のつながりに話を戻せば、中国経済への不安感が生まれてくるんだが……」

「そう。そして、こちらが相手のどこにピンポイント爆弾を仕掛けるか……によって、相手の出方が変わらざるを得なくなるだろう。別に中国、ロシア、北朝鮮と戦争を起こそうとしているわけではない。ただし、彼らの常軌を逸した行動には、やや手荒い策を講じなければならないのも事実だ。特に中国では『中国の長い歴史の中で名を残した、あるいは残す人物は、秦の始皇帝、毛沢東、鄧小平、そして習近平という独裁者しかいない』という話がある」

「独裁者か……確かに習近平は天安門事件の時の晩年の鄧小平の言動を踏襲して、香港の問題にも対処しているようだからな」

「鄧小平の『「(共産党への)乱」「勝手なデモ」「外国による干渉」を断固として許さない』との姿勢はまさにそうだ。独裁者として、国家の安全や一党支配体制の崩壊につながる虞があると判断すれば、返還時にイギリスと交わした香港の一国二制度という大原則も、平気で崩してしまうんだ。これが中国共産党における共産主義で、共産党支配体制に対する反逆と看做される行為に対しては、人民に犠牲が出ようが、国際的に孤立しようが、断固として鎮圧する強い意志が独裁者には必要不可欠なんだ」

「アメリカには共産主義を容認しなかった歴史があるから、国民のほとんどが共産主義を知らないいし、教育さえ受けていない。それに比べると日本は違うからな」

「そう、しかも今なお、その思想を受け継ぐ国家に領土問題を抱えたまま囲まれているんだ」

「すると、アキラは直近の問題をどう処理しようとしているんだ？」

「中国国内の経済問題を露見させておいて、その間に中国共産党による覇権主義にブレーキをかけさせるつもりだ」

「その後者が潜水艦対策……ということか……」

「そうだ。今、中国は日本海の大和堆《やまとたい》に大量の漁船団を送り込んで違法操業させているんだが、それと同時に、漁船団を隠れ蓑にして潜水艦を行き来させている。もちろんこれにはロシアの潜水艦も便乗しているんだけどな。これにちょっと一泡ふかせてやろうと考えている」

「原子力潜水艦の一泡は、即、核問題になるんじゃないのか？」

ＮＳＡには「核戦争に備えること」という極めて重要な任務がある。具体的には、核戦争中でも大統領などの指示が確実に伝わるように通信系統を維持することである。例えば、大統領に常に同行する士官が持ち歩く「核のフットボール」という「核戦争開始用暗号、通信機器」を作成・維持している。

「間違っても核爆発は起こさせないが、それくらいしないと日本の防衛は舐められっぱなしだからな」

「中国経済はともかく、ロシア経済はどうなんだ？」

「ロシアにしてもシベリア開発を進めない限り、輸出品がないのが実情だ。シベリアで何かしらの問題が起これば、極東の潜水艦どころではなくなる」

「シベリアでも何かやらかす気なのか？」

「僕たちがやらかすわけじゃない。彼らの内部で勝手にやってくれるだろう。その中ロの同時多発トラブルが発生した際の対策を、アメリカが中心となってG７で講じてもらいたいんだ」

「なるほど……上層部に意見具申をしておこう。しかし、今のG７と言っても決して一枚岩じゃないからな」

「僕も今のG７に積極的な期待はしていないさ。ただ、資本主義国家の姿勢を見せてやれればいいだけだ」

G７はGroup of Sevenの略で、フランス、アメリカ合衆国、イギリス、ドイツ、日本、イタリア、カナダで構成される、政府間政治フォーラムである。メンバーは世界最大の国際通貨基金の先進国であり、最も裕福な自由民主主義国である。この七か国で世界の純資産（三百十七兆ドル）の六十パーセント近く、世界の国内総生産（GDP）の四十パーセントを占め、世界人口の十パーセントに当たる約七億七千万人が参加している。

「現在のG7は、日本でいう『腐っても鯛』というところか」

「いい諺《ことわざ》を知っているな。それでも何らかの圧力にはなるだろう。そこで、NSAには中国のシャドーバンキングの理財商品のうち、この赤い文字で記しているところにピンポイント爆弾を仕掛けてもらえるとありがたいんだ」

「表面上はたいした金額じゃないようだが、どこにつながるんだ？」

「ファーウェイが混乱を起こすはずだ。今回の副社長の帰国によって、中国当局も何らかの司法取引が行われたと感じているはずだ。タイミング的にはファーウェイもまた中国政府の傘下に組み入れられることになるかもしれない」

「そうか……それでもいいのか？」

「ファーウェイに投資している世界中の企業にハレーションが起こるだろう。日本でも、たいした法人税も納めていない、ろくでもない大手企業が深い付き合いをしているからな」

「なるほど……社会主義的市場経済のまやかしが暴かれる時が来たか……」

「鄧小平の遺産の一つが壊れる時だ」

片野坂が笑って答えた。

ＮＳＡが中国のシャドーバンキングが行っている幅広い分野における理財商品のターゲットに選んだのは、シャドーバンキングだけでなく地方行政庁も積極的に絡んでいる不動産投資部門だった。

中国の投資家の全員が富裕層というわけではない。隣国韓国の若者同様に、借金をして投資をする者も多いのだ。楽して稼げるとして借金で不動産や株式投資をしている。特に若者は借金や投資への抵抗感が少なく「働かずに高収入を得られる」と考えて投資する人が多いという。

古来あらゆる大投資家が「借金で投資する」愚を説き、借金で投資しても絶対に勝てないと言っているのにもかかわらず……だ。

元々、韓国人は借金好きで家計負債は世界一多く、最近は借金で投資する人が多いと伝わっていた。それが間もなく限度を超える様相を呈しているようで、十代から三十代の信用取引融資が、二一年上半期に投資負債が日本円にして三兆円を超えたと報道されている。

一方、中国では融資平台の二〇二〇年の債券発行額は四兆元を超えている、日本円にして七十二兆円という額である。そのすべてが債務不履行（デフォルト）となるわけではないが、地方政府の財源不足の穴埋めとして活用される融資平台は、中国の地方政府の傘下に設立された投資会社である。そしてその投資対象の最大のものが土地収益などを担保に銀行融資や債券発行で資金調達がなされていると言われるが、そもそも、その実態すら不透明なものが多いと言われる。

中国のある投資家も、不動産会社の理財商品を八十万元（千四百万円）相当購入し、購入資金の半分をローンで賄っていた。このローンを貸し付けたのはシャドーバンキングと融資平台であり、不動産業界がこければ、借り手と貸し手が同時にこける状況を生み出すのだ。

ＮＳＡがピンポイント爆弾を放ったのは、その不動産開発業の最大手だった。満期を過ぎた資産運用商品（理財商品）について、現金に代わり不動産資産の大幅値引きという形で返済する手続きを開始したが、投資家がそれに納得するはずもない。さらに、資金繰りにあえぐデフォルト企業にとって、バランスシートに記載されない投資商品は重要な資金調達手段だったが、今後、立て続けに到来する元本の償還期限が訪れる。紙くずとなる債券がどこまで増えるのかが問題となっている。

一方、融資元の融資平台に対して暗黙の政府保証があるのかどうか、懐疑的な見方が強まることで、デフォルトが連鎖的に波及する事態となれば、中国経済全体への信用収縮のリスクが高まることになる。中国全土に広がりを見せる不動産バブルの崩壊は、かつての日本経済が闇に入った時を思い浮かべる。

「海外進出に力を入れていた中国も、国内の足元が危なくなってきたようだな」

アレックスが笑いながら言った。片野坂が訊ねた。

「どういう手を使ったんだ？」

「まあ、極秘ではあるんだが、アメリカ企業が最もノウハウを知っている、インターネット関連サービスと電気自動車（ＥＶ）事業へ進出した段階で、そこを潰したのさ。多角経営が全て上手くいくとは限らない。それもずぶの素人がな」

「本筋を狙ったわけではなかったのか」

「ターゲットは深圳と上海だ。これからもっと面白くなるさ」


その頃、ロシア連邦ブリヤート共和国ウラン・ウデで形式的に合流した香川と望月は、電話で連絡を取り合いながら、望月を尾行している四人組を香川がまず確認するところから始めた。

香川は望月が投宿しているホテルを確認すると、ホテルの正面が見えるビルの入り口から望月に電話を入れた。

「望月ちゃん。準備オーケーだよ。正面から出て、真っ直ぐの道を歩いて頂戴。最初の路地の右手にあるビルで隠れて見ているから」

「了解。よろしくお願いします」

　五分後、指示どおりに望月がホテルの正面から出てきた。その後、七、八メートルの間隔をあけて二人の東洋系のガッチリした体軀の男がゆったりとした動作でホテルの正面に現れた。一人が電話をしながら望月の後を追っている。

　二人の写真を動画で撮った香川は、反対側の歩道をゆっくりと距離を取って歩いた。望月が最初の交差点の信号で止まった時、交差点の左手から二人の細身の男が現れ、先の二人と合流した。

「こいつらか……」

　香川は望月にメッセージで一旦ホテルに戻って、フロントに何でもいいから預けて置くように指示をした。

　望月は、バッグの中を見るふりをしながら、ハッと何かに気付いたふりをして踵《きびす》を返した。

「なかなかの役者じゃないか」

　望月の迫真とまではいかない演技に感心しながら、香川はビルの入り口から、後から合流した二人を含めた四人の動画の撮影を始めた。望月は小走りでホテルに向かった。これを、最初のガッチリ系の二人が早足で追いかけたが、後から合流した二人は、咥《くわ》えたばこでゆったりとその後を追った。

「こいつがボスだな……」

香川は呟きながら挙動に注意して動画撮影を行っていた。彼らの歩く時の歩幅、早歩き、小走りの姿勢を見ながら、

「同じ施設で訓練を受けた連中だな。しかし、本物の訓練を受けたプロではない」

と、動画に台詞を吹き込むようにつぶやいた。それは、歩調が皆、同じだったからだ。

その日、望月は協力者と接触することなく、街を二、三時間歩いただけだった。香川は、望月がホテルに戻ると後から合流した細身の二人を約二時間尾行し、時には真後ろに立つこともあったが、彼らはこれには全く気付いておらず、癖のある広東訛りの中国語で話をしていたため、その会話も録音していた。

香川は自分の投宿先に戻ると、録音した音声を白澤に送り、翻訳ソフトで会話内容を確認すると、既に中国国内で二人を殺害しているという内容だった。さらに、望月を中東の反政府主義者と思い込んでおり、尾行できるところまで徹底的に追尾する姿勢であることもわかった。

「望月ちゃんは、当分狙われることはないな」

香川はウラン・ウデで望月の防衛役を務めながら、自らの任務も遂行していた。

防衛役というのは、望月が協力者と接触する際に、予め接触場所の下見を行い、反対

組織やマスコミ関係者がいないかをチェックすると共に、万が一、望月の身辺に危険が生じた時には、その場を離脱するための諸工作を行う役目のことである。

このため、香川が自らの任務を遂行する際には望月はホテルで待機させていた。

その日の夕方、香川はミル設計局のヘリコプター製造工場であったウラン・ウデ航空機工場の視察を行っていた。すでに場所は下見をして把握していたため、どれくらいの労働者が、どのようなスタイルで会社から出て行くのかを確認したかった。

工場裏手の通用門近くの路地に差し掛かった時、一目でアフリカ系とわかる四人組の男たちが小型トレーラーから降りたところだった。公安マンの勘とでもいうか、香川は咄嗟に建物の陰に隠れて様子を窺った。

四人のうちの一人が周囲を慎重に見回しながら、トレーラー後部の扉を開けて中に入った。数分後、男が出てくると手にリュックを持ち、トレーラー後部の扉に二重の鍵を掛けた。さらに男は仲間の所に行くとリュックの中から拳銃を取り出して仲間に手渡した。

香川はその様子をスマホの動画で撮り続けていた。

四人の中の別の男が小型トレーラーの運転席に乗り込むと、ゆっくりと車を発進させ、通用口の前で右折して停《と》まると、今度はバックで急発進させて通用門の中に突進していった。

工場正面の門は厳重に警戒されていたが、通用門には侵入阻止用の設備は設けられていなかった。トレーラーは通用門をぶち破ると、さらにそのまま工場建屋《たてや》に向かって進んだ。警備員が運転席に対して自動小銃を構えた時、他の三人が背後から拳銃を乱射して、これを倒した。

この時、香川はこの後に起こるであろうことが概ね予想できた。香川はすぐにその場を離れ、通用門から工場内部を見とおすことができる建物の凹部に身を潜めながら動画の撮影を続けていた。

間もなく驚くほどの閃光が走ったかと思うと、地響きを伴う爆発音が轟《とどろ》いた。それと同時に数十メートルの高さまで火柱が上がると、真っ白な煙も立ち上った。その後、数回の爆発音が続いたが、今度は真っ黒な煙が立ち上り始めた。

「これが自爆テロというものか……」

香川が撮影を続けながら呟くと、三人のテロリストが三方向に分かれて逃走を始めた。そのうちの一人が香川のいる建物方向に走ってきた。香川は撮影を停めて手荷物を地面に置くと、百八十五センチメートルはあろう黒人の大男の首目掛けて右腕の肘窩《ちゅうか》でウエスタンラリアートを放った。香川の鍛えられた腕が見事に相手の喉仏の位置に当たり、咄嗟のことで避けることができなかったテロリストは、後方に吹っ飛ぶように背中から地面に落ちた。香川は直ちに仰《あおむ》向けに倒れた男の右手を取ると、テロリストの手首を両手でキメて、逮捕術の小手返しの要領で捻《ね》じってうつぶせにし、今度は手首から肘を捻じって脇固《わきがた》めの体勢に入るや、自分の右膝をテロリストの背中のツボの一つである三焦兪《さんしょうゆ》にドスンと落とした。

テロリストは「ウッ」と呻《うめ》いて、一瞬気を失ったかのように顔面を地面に落とした。香川は脇固めの姿勢を崩すことなく空いた両手で、テロリストが着ていたコートを首から強引に背中まで下げると、直ちにテロリストの横に立ち上がって、腹部にインステップキックを一発食らわした。テロリストに反応はほとんどなかった。これを見た香川は、テロリストを建物の陰に引きずり込むと、コートのポケットから拳銃を、さらに上着のポケットから財布とパスポートを取り出した。拳銃は旧式のワルサーのオートマチックだった。手際よく弾倉を抜いて自分のポケットにしまい込むと、パスポートを確認した。

「スーダン人か……」

さらに財布の中にはおよそ二万ユーロの現金とブラックメタルのクレジットカードが入っていた。

「金持ちだな……こいつらの資金源はどこだ……」

香川が仰向けにした男の頬《ほお》を平手でパンと叩くと、ようやく男は意識を取り戻したが、その時、男の両手は自分のズボンのベルトで結ばれていた。香川が英語で訊ねた。

「スーダン人がどうしてロシアのヘリ工場を狙ったんだ?」

「お前は中国人か」

「まあ、そんなもんだ」

「先ほどの流れるような一連の技はチャイニーズカンフーだったのか……」

「そんなもんだな」

「ある意味、中国も我々の敵だ。スーダン政府軍や民兵組織は中国製の武器を使っているし、犯罪者バシールの名前を冠したスーダンの主力戦車『アル＝バシール』も中国製戦車をベースにしているからな。しかも、スーダンは中国との石油取引による収入の多くを、兵器購入に充てている。お前たちはロシア以上に敵だ」

「そこまで言われちゃ仕方がないな。しかし、俺は中国人じゃない。俺も中国が大嫌いだ」

　そう言うとテロリストの男は驚いたような顔つきで訊ねた。

「俺をロシア警察に突き出すのか？」

「俺はロシアや中国にそんな恩義はない。ただ、お前たちの目的を知りたかっただけだ」

「この会社のヘリコプターが、数万人もの俺たちの同胞の命を奪ったからだ」

「スーダンのダルフール内戦のことか……さらには南スーダンの独立でも多くの命が奪われているからな……お前のようにイギリスで高等教育を受けた連中がテロリストにな

るようじゃ、スーダンの将来はまだまだ暗いな」

「どうしてイギリス留学がわかった？」

「ブリティッシュイングリッシュくらい俺でもわかるさ。オックスフォードか？」

「そうだ。経済と国際政治を学んだが、母国では何の意味もない。米英両国が国連でスーダンに対する経済制裁を検討した際も中国は拒否権によって阻止した。ロシア、中国は民主主義の敵なんだ」

「そんなことは世界の常識だ。それでもチャイナマネーを目の前にぶら下げられると、貧しい国のトップはそれに群がり、そして結果的に国を破滅に導いてしまうんだ」

「それがわかった時にはもう手遅れだったんだ」

「なるほど……よくわかった。お前をここで逃がしてやるが、俺の顔も存在そのものも忘れろ。それが条件だ」

「わかった」

香川は男の手を結んだベルトを用心深く解くと、財布とパスポートを返して言った。

「銃は預かっておく。気を付けて帰れよ」

香川は何事もなかったかのように、その場を去ると、近くにあったゴミ箱にワルサーと弾倉を捨てた。

ホテルに戻って撮影した画像を白澤と望月に送ると、すぐに望月から電話が入った。

「香川さん、大スクープですね」

「まあな。しかし、可哀想なスーダン人がやったことだ。大目に見てやるしかないだろう。こんなところは早めに立ち去るのがいい。明日、ノヴォシビルスクに向かおう。今度は望月ちゃんの仕事だ。相変わらず金魚の糞《ふん》が四個付いているけど、どこかで撒くかい？」

「そうですね……ノヴォシビルスクでは協力者との関係もありますし自由に動きたいですね。追っ手はどうしますか？」

「そうだな……まず、大きな荷物をホテルからモスクワの在ロシア日本大使館に送ってもらえるかな。それから、相互通信用のマイク付きイヤホンをフロントに預けておくから、これで連絡を取り合おう。ちょっと早いけど、午前七時にチェックアウトしてくれる？」

「その後は？」

「一旦、イルクーツクまで列車で行って、そこから空路でノヴォシビルスクに入ることにしよう。列車の中にダミーのバッグを残して、イルクーツクの駅で出発ギリギリに飛び降りてもらいたいんだ。奴らもプロだから、二手《ふたて》に分かれることになるだろうが、追っ手は少ない方がいいからね。航空チケットは時間の余裕をみて俺が手配しておくから、イルクーツク駅から市内見学でもしながらタクシーで空港に向かってもらいたいんだ。

俺も後から追っかける」

「彼らを完全に撒いてしまわなくていいんですか？」

「敵をあまり本気にさせない方が賢明だと思うんだ。それに、折角面割《めんわり》できている追っ手なんだから、ご新規が現れるよりいいかと思ってさ。しかし、そうかと言って、いつまでも舐めた真似をされても面白くないだろう？」

翌朝、香川は望月をやや離れて尾行するような形でウラン・ウデ駅からシベリア鉄道を使ってイルクーツクに向かった。両駅間は近いとは言っても、列車速度が遅いこともあって所要時間は約八時間である。途中、約半分の時間は進行方向右手にバイカル湖の南端をずっと眺めることができる。午後三時過ぎ、列車はイルクーツクに接近した。望月は日頃から用意している安物のナイロン製バッグに新聞紙のほか、車中で飲んだ缶ビールとウォッカの空き瓶を入れシートの上に置いたまま、トイレに行く素振りを見せて席を立った。一旦トイレに入った時、列車はイルクーツク駅のホームに滑り込んだ。停車時間は約三分である。トイレを出た望月は車両のデッキから身体を乗り出して駅の中を眺めるふりをしながら、追尾者の様子を確認した。一人が一両後ろのデッキにいた。久しぶりに香川の姿をホームの影で確認もしていた。発車のベルが鳴った。やがて列車のドアが閉まりかけた時、望月は扉をすり抜けるようにホームに飛び降りると、早足で改札口に向かった。二人の追尾者が慌てて列車から飛び降りるのが駅舎のガラス窓で確認できた。

「二人は列車の中だ」

香川の声がイヤホンから届いた。

「久しぶりにお顔を見ることができて勇気が湧いてきました」

「追っ手も焦っているだろうから、全く気にしないふりを続けて。飛行機の出発までまだ三時間あるから、適当に時間を潰してアエロフロートの空港カウンターに行ってもらえる？」

「了解」

イルクーツクは街並みの美しさから「シベリアのパリ」と呼ばれることもある。

望月はタクシードライバーに一時間の市内観光の後、空港に行くよう頼んだ。

「ヤポンスキ（日本人）ならウーリツァ・カナザヴィに案内しよう」

バイカル湖から流れ出す唯一の川であるアンガラ川に架かるグラスコフスキー橋を越えて市街地に入ると、トロリーバスが走る一方通行路を避けながら、通りを何回か曲がってレーニン通りに入った。そしてキーロフ広場を過ぎた交差点を右折すると、運転手が言った。

「ここがウーリツァ・カナザヴィ」

日本語で言えば金沢通りで、距離にしてわずか二百メートルほどの通りではあるが、イルクーツクと金沢が姉妹都市であることから、この名前が付いたようだ。しかも驚くことに、この通りの真ん中ほどの三差路には、高さにして三メートル近い、兼六園のシンボルともいえる徽軫灯籠《ことじとうろう》の巨大版がある。

これを見た望月は思わず吹きだしそうになった。ふと後方に目をやると、イルクーツク駅にいたタクシーが追尾してきていた。「日本人ということが知れてしまったかもしれない……」望月は香川に連絡を入れた。

「香川さん。今、金沢通りというところを通過したのですが、後ろに追っ手のタクシーがいるんです」

「ああ、そっちの方に行ったんだね。俺はちょっとカザンの聖母のイコンがあるカテドラルを見たかったんで、空港にも近いし、現在見学中なんだ」

「大聖堂見学ですか……」

「カテドラルそのものはモスクワにあるものとは全く違うんだが、形がクレムリンみたいなんだよ」

「本当に見学していらっしゃったんですね」

「まあな。望月ちゃんも無事のようで何よりだ。敵の動きはどうなんだい？」

「ただ付いてきているだけです」

「そうか……それなら、ノヴォシビルスクまで連れて行くか……。ちょっと早いが、奴らにも航空チケットを買う時間を与えてやろう」

「それが公安的手法なのですか？」

「引っ張る時は引っ張る。切る時はスパッと……だね」

香川はその後の指示を伝えて電話を切った。

イルクーツク国際空港の国内線カウンターで香川と望月はグリーンパスポートを使って航空券を入手した。昨夜の大爆発によってアフガニスタン発行のパスポートで妙な疑いがかかる可能性を避けたためで、予約は片野坂経由でモスクワの在ロシア日本大使館の一等書記官に依頼していた。

望月は追っ手の二人に聞こえるように、チケットを受領する際に、係員に対して、あえて声を大きくして「ノヴォシビルスク」と告げていた。追っ手も望月のパスポートまでは確認できる距離ではなかった。

ノヴォシビルスクは、ロシア連邦・シベリアの中心的都市でオビ川に沿っている。別名「シベリアの首都」とも呼ばれ、人口百六十万人を超える国内第三位の都市である。一九五七年にソ連政府はノヴォシビルスクから南へ三十キロメートル離れた針葉樹林の中に、科学研究の拠点たるソ連科学アカデミーのシベリア支部やノヴォシビルスク大学ほかの研究機関を設立し、シベリアおよびロシアの教育・研究の一大拠点とした。この施設は「アカデムゴロドク」と呼ばれているが、筑波研究学園都市のモデルになったともいわれ、学者とその家族、学生や労働者など、約四万人が居住していたが、現在は十四万人に増えている。

さらにこの都市では工業も発展しており、機械製造業と鉄鋼、スズ、各種合金等の冶《や》金《きん》業の他、重工作機、水圧プレス、重電機、電熱装置類、無線機などが生産され、製鋼業、化学工業等のコンビナートもある。

望月はノヴォシビルスクで、四日間の作業日程を計画通りに進めた。追尾者も懸命に後を追っているが、望月は気にする様子もなく、視察を続けた。ただし、三人の協力者との接触については香川が事前の点検を行ったうえで、追尾者を確実に撒いた後に行っていた。二日後にイルクーツクで列車に残された二人の追尾者も合流した。彼らは望月を失尾《しつび》した際も、慌てることなく、二手に分かれて検索を行っていたが、望月の接触場所を発見することはできなかったようだ。

ところが、三日目に問題が起こった。

「香川さん。昨日会った協力者と連絡が付かないんです」

「接触そのものは消毒も上手くいっていたはずなんだが……」

「私もそれはよく確認したつもりなんですが……」

「深くは訊ねないけど、その協力者の仕事先はどこなの?」

「アカデムゴロドクにある通信機器のスペシャリストです」

「アカデムゴロドクか……そうだったのか……自宅とかは知らないの？」

「知りません。昨夜はノヴォシビルスク内のホテルに投宿しているはずなんですが……」

「行ってみるか？」

「お付き合い願えますか？」

「大丈夫だ」

一時間後、望月の協力者が投宿しているホテルが判明した。ノヴォシビルスク シティセンター近くにあり、レーニン広場やノヴォシビルスク オペラバレエ劇場等にアクセスのよい、日本でいうところのちょっと旧式のビジネスホテルだった。

望月はホテルに入るとホテル内の公衆電話からフロントに電話を入れて、協力者の部屋につないでもらったが、誰も電話に出なかった。

望月はホテル内の監視カメラを確認して、非常階段で協力者が投宿している六階まで上がると、ポケットから携帯用のピッキングセットを取り出して鍵を開け室内に入った。部屋に入るなり異変に気付いた。協力者は眉間《みけん》と腹部に銃弾を受け、床に倒れて死んでいた。

「香川さん。殺害されています」

「なに……すぐに現場写真だけ撮って離脱しろ」

望月は冷静にスマホを取り出すと、室内の状況や遺体の状況を動画で撮影して部屋を出た。扉は旧式ながらオートロックだった。時計を確認すると、チェックアウトタイムまでまだ二時間半あった。ホテルを出ると香川から連絡が入った。

「死体の状況は？」

「すでに硬直していました。死後十時間以上は経っていると思われます」

「その場が殺害現場か？」

「はい、先に腹部を撃たれて、その後眉間を打ち抜かれたようです」

「むごい手口だな……早めにここも離脱した方がよさそうだ。協力者はロシア国家的にも重要な者なのか？」

「防衛通信のエキスパートです。アフガニスタン反政府軍への協力者でもあったのです」

「そういう関係だったのか……午前中にモスクワまで飛ぼう。離陸前にノヴォシビルスクの警察に知らせておいた方がいいだろう」

「了解。すぐにホテルに帰りチェックアウトして空港に向かいます」

「わかった。俺からホテルのフロントに至急日本大使館に連絡するよう伝言を残しておこう」

「お気遣いありがとうございます。助かります」

香川はすぐに片野坂に連絡を取り、ノヴォシビルスクからモスクワ行きの便の予約を依頼した。

ノヴォシビルスクのアカデムゴロドクにある通信機器のスペシャリストの殺害は望月のミスだった。

接触場所をホテルにしていたことが裏目に出ていた。中国人工作員は望月を失尾した後、市内にあるホテルを、ロシア警察の協力を得て、望月の顔写真を見せて片っ端から当たっていたのだった。

「ロシアや中国のホテルほど安心できないところはないんだな」

「僕が殺したようなものでした。まさか、奴らがホテルに先回りしているとは思わなかったのです」

「俺たちのような場末のホテルならともかく、ちょっと相手の立場を考えたところが失敗だったのかもしれないな。ところで、ロシア警察の情報は何処から入ったんだ？」

「あと二人の協力者のうちの一人が、たまたま違うホテルにいる時に、私の写真を持っていた東洋人の二人組と顔を知っているロシア警察の公安担当者を見かけたのです」

「そうだったのか……。亡くなった協力者の家族は？」

「彼は独り者でした。そういう者しか協力者にはできません」

「そうだったな……」

この時は望月以上に香川が、唸るような声を上げていた。

第六章　ドイツ・ベルリン

片野坂がドイツの首都ベルリンで最も高層のホテルであり、アレクサンダー広場に面している「パーク イン バイ ラディソン ベルリン アレクサンダープラッツ」で白澤香葉子と再会した頃、香川と望月もシベリアから別々のルートを使って、陸路ベルリンに近づいていた。

「片野坂部付までこちらにいらっしゃるとは思っていませんでした」

白澤が嬉しさを隠さずに言うと、片野坂も笑顔で答えた。

「一堂に会する機会があまりに少なすぎましたからね。たまには仕事を忘れてみんなで飲みましょう」

「部付が仕事を忘れることがあるんですか？」

「そりゃありますよ。ここに来る前、ニューヨークで昔の仲間が六人も集まって、一晩中飲んでいました。皆、それぞれ要職に就いていますが、仕事の話が出たのは最初の一時間くらいで、後は皆、将来の個人的な夢を語っていました。欧米のソロモン・ブラザーズやゴールドマン・サックス、メリルリンチのアナリストたちが五十前に仕事を辞めて、自分の好きな道を歩くのと同じ様に、彼らも自分たちの夢を語っていました」

「欧米の金融系企業グループの世界には本当にそういう人がいるんですね」

「そうですね。五十代まで残る人は役員以外では稀《まれ》で、四十代で数十億の資産を持っている人も多いらしいですからね。僕の知人で、今、日本の財界で趣味のように仕事をしているイギリス人も、京都の町屋を購入し、普段は着物を着て、立派な京ことばを操る粋《いき》な人です」

「やはり、お金持ちなんですか？」

「もはや世俗を離れているというか、日本文化の継承者のようになっています。日本人よりも日本人らしい。江戸時代のシーボルトは植物約二千種・植物標本一万二千点を持ち帰って、オランダを花の国にした……とも言われているようですが、彼らは日本人以上に日本人らしくなっているのです」

「そうなんですか……部付の人脈って凄いんでしょうね」

「僕も組織のおかげでいろいろな世界を見させていただいていますからね。その点で言えば、金銭こそないものの、人とのつながりだけは欧米の経済アナリストのようなものかもしれません」

片野坂が笑って言いながら、白澤に訊ねた。

「ところで、香川、望月両氏から送られてきたデータの解析状況は如何《いかが》ですか？」

「お二人とも、おどろくような画像やデータを送って下さるので、私も啞然とするばかりなのですが、ちょっと気になるニュースがあって、香川さんに確認する前に部付に見て頂こうかと……」

白澤はロシアの新聞の小さな記事を片野坂に示しながら言った。

「これは七日前のシベリア、ウラン・ウデでの事件なのですが……ちょうどこの頃、香川さんはここにいたはずなんです」

ロシア語の記事を確認しながら片野坂は腕組みをして答えた。

「相変わらずだな……中国に続いてロシアでも目を付けられてしまいそうだな……大使館、領事館関係者に迷惑がかかっていなければいいんだけど……」

記事にはウラン・ウデ所在のヘリコプター工場で自爆テロのような爆発事故が起きたことが記されていた。

「やはり部付も香川さんが関係していると思われますか？」

「本人ではないと思いますが……全く関係がないとは言えそうにない状況ですね」

「やっぱり……どうしてそんな勝手なことをしてしまうのかしら……」

「香川さんにとっては、どうしても許しがたい何かがあったのかもしれませんが……僕に何も連絡がないのは不思議ですね。中国でパチンコを使ってマフィアの本拠地のパラボラアンテナを破壊したのと同じような感覚だったのでしょうか……」

片野坂が首を傾げながら言うと、白澤も心配そうに訊ねた。

「間違ったことはしていない……ということですか？」

「聞いてみなければわかりませんが、手法がどうであれ、先輩はプロ中のプロですから」

片野坂が笑顔で答えたので、白澤もホッとした顔つきになってさらに訊ねた。

「望月さんから送られてきたデータも凄いんです。現地でバラバラに調達した部品で特殊な発信機を作って、その信号を日本版のGPS衛星である『みちびき』でキャッチできるかを、こっそり確認してもらいたいと連絡がありました」

「みちびき……ですか……なるほど。それでその実験はやってみたのですか？」

「はい。それが日本近海の様々な位置から発信されているんです」

「ほう。それは明るい話題ですね」

「そうなんですか？　それから香川さんではなく望月さんから、例のロシア人女性の結婚についての照会が立て続けに来て、その結果を報告しました。全てのデータはこの記憶媒体に入っています」

「ロシア人女性の相手はどんな感じでした？」

「追加の照会は全員が地方公務員で、それも日本海側の都市が六割でした」

「なるほど……ロシアも焦っているな……香川さんから何か要請はありませんでしたか？」

「香川さんからはほぼ毎日のように照会要請が来ました。その中で面白かったのは、ロシアンマフィアとの繋がりがはっきり見てとれる集団と、日本の与野党のロシアに近いとされる政治家とその関係者の名前が出てきたことでした」

「さすがだな。データ分析をやっていて楽しかったでしょう？」

片野坂が笑顔で訊ねると、白澤は実に嬉しそうに満面の笑みで答えた。

「お二人もそうですが、部付からの照会も含めて、皆さんがなんて凄い仕事をなさっているのかがわかり過ぎるほどわかって、仕事をしながらも幸せな気分になれました」

「そうでしたか……ところで白澤さんはホームシックにかかっていませんか？」

片野坂の問いに白澤がやや首を傾げながら答えた。

「私は決してホームシックになるタイプではないと自認しているのですが、秋になるとポルチーニ茸《だけ》よりも土瓶《どびん》蒸《む》しの松茸の香りが懐かしくなってしまいます」

「やはり日本人ですね。親御さんの育て方のすばらしさがわかりますよ。今回の件が一段落したら、全員、休暇を取りましょう」

「そんなことができるのですか？」

「日本の政権も替わるようですし、新たな警察庁人事にも問題がありますからね。官邸が落ち着くまで、私たちも様子見といきましょう。幸いなことに新型コロナウイルス感染症も日本は落ち着きを取り戻す傾向にあるようですから」

「日本のワクチン接種は加速度的に進んでいるようですね」

「現首相は仕事をし過ぎたのかもしれません。それを理解できない一部マスコミや、左系の野党の連中は騒ぎたてているようですが、今回の新型コロナウイルスの発生状況と、中国国内での感染、ワクチン接種状況を見れば自ずと責任の所在がわかりますよ」

「やはり、今回の新型コロナウイルスは中国に原因があったのですか？」

「いろいろ言われていますが、中国の医療技術で、欧米の製薬会社よりも早くワクチンが開発されたことが全てを物語っています。中国保健機関が何らかの理由で新型コロナウイルスの構造データを持っていたからこそ、自国民に適合できるワクチンを早期に開発できたのでしょう」

「そうだったのですか……それをＷＨＯは何も指摘できないのですか？」

「一蓮托生《いちれんたくしよう》の連中ですからね。ＷＨＯが本気でアフリカ諸国等の貧困国のワクチン接種を進めたいのなら、中国産のワクチンを使えばいいだけのことなのですが、その効果が極めて小さいことをＷＨＯ自身も知っているのですよ」

「やはりそうなのですね……EUの報道官だけでなく、ヨーロッパにいる世界中の情報組織の人たちも、中国製のワクチンに関して話題にすることもありませんし、中国政府が発表する如何なるメッセージも真《ま》に受ける人は少ないのです」

「それは中国が共産主義独裁国家となってしまった以上、お互い様の状態なのです。しかし、中国が発信するメッセージの中には、何かしら、彼らの苦悩が見える時があります。そのウィークポイントを見逃さないのも情報に携わる者としては大事なところだと思いますよ」

片野坂の言葉に白澤は大きく頷いていた。そこに片野坂の携帯に香川から電話が入った。

「片野坂、今、どこにいるんだ？」

「今朝、ベルリン入りしました。お二人ともとっくにこちらに入っていると思っていましたが、相当、お仕事をされているようで……イルクーツクで大爆発があったようですが、何かありましたか？」

「心配するな、あれは俺じゃない。偶然居合わせただけだ。それよりも望月ちゃんがちょっとしたトラブルに巻き込まれたんで、モスクワで二手に分かれてドイツを目指したんだ。ちなみに俺はポーランドからウイーン経由で明日、空路ベルリンに入る予定だ」

「お二人ともご無事なんですね？」

「無事は無事だが、ロシアや旧東欧諸国ではパスポートを使い分けるのに苦労している。望月ちゃんはモスクワからチューリッヒ経由で明日ベルリン入りするはずだ。彼は言葉で苦労しないから、俺にとっては実に羨ましい」

「先輩が人を羨むのを初めて聞きましたが……」

「あいつは何処《どこ》に行っても現地人になることができるし、都合が悪くなるとコーランを出すんだ。それを見るとだいたいの外国人はめんどうくさそうに許してくれる。ムスリムの生き延び方をはじめて知ったよ」

「ほう……コーランが武器になるのですか？」

「あんな顔をしていても、中東の大金持ちと思われるらしい。オイルマネーというのは凄いもんだと思ったよ。日本人なんて、ロシアではウラジオストク以外は全く相手にしてもらえない。日本の外交レベルの低さに呆れる思いだ」

「シベリアではそうかもしれませんね。ウラル山脈の東と西では教育格差が大きいようですからね」

「そういうことか……それよりも白澤の姉ちゃんとは会ったのか？」

「今、一緒に情報分析をしているところです」

「そうか……姉ちゃん、どんどんグレードアップしていくな……頼もしいよ。よろしく伝えてくれや。明日は久しぶりに再会の乾杯ができるのを楽しみにしているぜ」

それから十分後に望月から片野坂の携帯に電話が入り、明日の午後一番にベルリン入りする旨の報告があった。香川と望月が頻繁に連絡を取り合いながら共同で情報収集活動を行っていることがよくわかった。片野坂はその日のうちに香川と望月が白澤に送ったデータと、それを解析かつ分析した白澤のデータを確認した。

翌朝、片野坂は白澤を朝食に誘った。

ホテルのメインダイニングでの朝食は白澤も久しぶりの様子だった。

「白澤さん。見事な分析でした。NSAの首席分析官も白澤さんのハッキング技術とその分析能力に驚いていましたよ」

「NSAの首席分析官……ですか……どういう人がそういう立場になられるのですか？」

「ある意味では天才ではありますが、今のNSAらしく、ヒューミントを軽んじてきた弱点がありました。先日受け取った、中国のシャドーバンキングの理財商品リストと、ハッカー集団APT一〇の個人データの分析情報の一部を見せたら、驚愕していましたよ」

「ハッキング情報だけでは分析できないものが、部付からのヒューミント情報で分析できただけのことです。でもAPT一〇に関しては、OSEEの資格取得データから、私の個人情報がNSAにわかってしまうかもしれません」

「NSAも世界中のハッカー情報は分析していると思います。アメリカの企業が行っているベンダー資格なのですから、一部の情報が漏れていたとしても仕方がないことです。しかし、それ以上に、白澤さんの成長には著しいものがあります。ＮＳＡがチームとして試みても届かなかった事案なのですからね」

「それは単に私の運がよかっただけのことかもしれません。ＡＰＴ一〇に入った時の最終的なパスワードが毛沢東の誕生日だった……というだけのことなんですから……たいした国ではないな……と素直に感じました」

白澤の言葉に片野坂はある種の感動を覚えていた。

「本当は香川さんと望月さんが揃ってから……と思っていたのですが、今朝はちょっとだけ豪勢に朝シャンといきましょう」

そういうと片野坂はウェイターにテタンジェのビンテージものをオーダーした。ウェイターが用意したグラスはティファニーカデンツのシャンパングラスだった。

「いいんですか？」

白澤が嬉しそうに訊ねたので、片野坂が笑って答えた。

「このビンテージは二年前のノーベル賞受賞式後の晩餐会《ばんさんかい》で出されたものです。白澤さんの仕事は、まさにノーベル賞ものだったんですから」

ソムリエが二人の目の前で音もたてずにコルクを抜いてシャンパングラスに注いだ。

「それでは、まず、ありがとう」

朝一番のシャンパンが咽喉をすり抜ける感覚を、白澤と片野坂は同時に感じ取っていた。

「美味しいです」

満面の笑みを見せながら白澤は言った。片野坂もまた順調過ぎるほど上手く行っている今回のスキームをこの時だけは素直に喜びたいと思って答えた。

「僕も久しぶりに美味しいシャンパンの香りに鼻腔《びくう》が喜んでいます」

「鼻腔ですか……」

白澤が拍子抜けしたような顔つきになって言った。片野坂はデリカシーが足りなかった自らの表現を悔やむように頭を掻きながら言った。

「申し訳ありません。この数か月、女性と食事を共にしていなかったため、直感的な表現になってしまいました」

「いえ、ちょっと驚いただけですけど、確かにシャンパンは、のどごしよりも香りが鼻腔を抜けた瞬間が一番幸せな気分になるような気がします。それにしても……とても失礼な質問になるかもしれませんが、部付は普段、どんな方と一緒に食事をなさっていらっしゃるのですか?」

「この一年はコロナコロナ……ですからね。特に都内は緊急事態宣言とまん延防止がほぼ一年続いているような状況で、外での飲酒はほとんどできませんでした。中国やアメリカでもシャンパンを口にする機会は皆無でしたし、海外で男同士の飲酒となると、必然的にシャンパンではなく、ビールとワインとか、ビールとウィスキーの組み合わせになってしまうんです。社会人になってから女性と二人でお酒を飲んだのは留学時代くらいのものですね。大学は仕事を離れた世界ですから、自ずと話も楽しい話題になりますし」

「すると、日本人の女性との飲食は皆無……ということですか？」

「そうですね。僕の年次には女性は一人だけでしたし、同期生とすぐに結婚してしまいましたから。まあ、他省庁を含めて役所関係の方と仕事抜きに飲むことは今後もないでしょう……とはいえ、来年はもう不惑《ふわく》ですから、独身男は『変人の疑い』と言われる状況になってしまいますね」

片野坂が笑って答えた。白澤がグラスの細いステム部分を両手で持ちながらさらに訊ねた。

「部付みたいな素敵な男性は滅多にいないと思うんですけど、ＬＧＢＴへの理解が問われている中でお訊ねしていい問題なのか……とは思いますが、部付は異性が苦手……というわけじゃないですよね」

「僕だって、できることならば素敵な女性と一緒に過ごしたいですよ。しかしながら、上司を含めて、日本の組織の中では、僕を変人だと思っている方が多いようで、一切そういう話題が出てこないんです」

「えっ、そんな……部付ほど仕事もできて、周囲の方に信頼されている方を私は知りません」

　白澤がややむきになって言ったため、片野坂も笑って答えた。

「上司でも使いやすい……と思う人は自由にさせてくれるから、こちらもそれなりの結果を出すだけなんですけどね。香川先輩だって、ある意味、僕と似たようなものですよ」

「香川さんか……確かに優秀過ぎる人ではありますが、それ故に普通の上司では手に余るかもしれませんね」

「しかし、警察庁警備局では公安マンとしての香川先輩の評価は国内一だと思いますよ。それだけの実績を残していますからね」

「全国一……ですか？」

「獲得協力者、有効情報数とも歴代一位をキープし続けているはずですよ。八年連続警備局長賞なんて人は他にはいませんし、警察庁長官賞、警視総監賞詞特級《しょうしとっきゅう》を授与された現職警察官は香川先輩が唯一です」

「確かに、この三年、私も警備局長賞をいただいていますが……。それよりも警視総監賞詞特級……ですか？」

「そう。人間国宝の刀匠《とうしょう》が作った脇差を貰えるんです」

「えっ？　そんな賞があるのですか？」

「数十年に一人ですね。香川先輩はこの十数年、全国地方警察官の最高年俸を貰っているはずですよ」

「最高年俸……何をしたらそんなことになるのですか？　しかも、こういう言い方をしたら失礼かもしれませんが、あの年齢で、警部補になったのは十年くらい前でしょう？」

「香川先輩に階級は関係ないんです。それに、公安総務課に五年いる方は他にいませんよ」

「確かにそうですよね……所轄でも制服は二年だけで、あとは公安係だったそうですから……」

「巡査では本部に持ってこられませんし、巡査部長で本部員資格を取ると同時に公安総務課入りです。警部になって管理の世界に入れられるのが嫌だったようですね。先輩なりの人生設計だったのでしょう。ご実家も裕福な家庭ですしね」

「料亭のボンボンだったのですからね……。でも部付も望月さんも、食べ物のことに関してはびっくりするほどお詳しいですよね」

「ある程度の常識の範囲で食に通じることとは、情報に生きる者としては非常に大事なことなんですよ。英語のinformationとintelligenceの差が出てきますから」

「日本でintelligenceを標榜している組織に内閣情報調査室がありますが、実際のところ、部付はあの組織をどう捉えていらっしゃるのですか？」

「難しい質問ですね……内調も組織がどんどん変わっているとはいえ、職員の約四割を占めるプロパーの方々を情報マンとして育成する場がないのが実情です。また、警察や他省庁からも多くの出向者がいるわけですが、その中に本格的な情報教育を受けている人はほとんどいません。ですから、国内、国際、経済の主要三部門に加えて国際テロリズム対策や衛星部門などがあったとしても、情報収集活動と言えることをやっているのはほんの一握りの人たちなんです」

「そうなんですか……望月さんが入っていた国際テロ情報収集ユニットはどうなんですか？」

「この組織も悩ましい面が残ったままなんですよ。『国際テロ情報集約室』と共に、外務省総合外交政策局に設置された情報機関ではあるんですが、官邸直轄の組織となっているのが特徴なんです。結果的に内調同様、寄せ集めの集団に過ぎないということですね。将来的にはここをMI6のようにしたい……と考えている人もいて、CIAやモサドと同等のように扱うマスコミ関係者もいるようですけど。他国の諜報機関とはあらゆる面で雲泥《うんでい》の差があることは事実ですね」

「やはり寄せ集め……なんですか？」

「国際テロ情報収集ユニットを起点として日本国内に諜報組織を創ることができるような政治家が、この五、六年の内に出てくる可能性はゼロですしね。国家と情報を結び付ける発想をもつ政治家はほとんどいないでしょう」

「そう考えてみると、私たち四人の小さな組織は、何となく諜報組織ですよね」

「僕はそう思っています。全員が傭兵の訓練や実践を経験し、語学、コンピューターもある程度こなすわけですからね。しかも、全員がイリーガルな動きを認識しながらも、ほぼ誤りのない社会正義の実現のために動いているのですから」

「社会正義の実現……なんだか懐かしい響きのように感じてしまいますけど、そうですよね」

白澤が正面から片野坂の目を見ながら頷いた。片野坂が静かに頷くと、白澤が訊ねた。

「ところで部付、今回の案件で最初に調査に入った、ロシアンパブのホステスさんの国際結婚問題なのですが、彼女たちを最終的に操っている存在は、日本に対して何をしかけようと思っているのでしょうか？」

「五十数人ものロシア人女性のほとんどがホステスとして働きながら、公務員や日本の防衛関係企業の従業員と結婚相談所経由で婚姻関係を結ぶなど、常識では考えられないことが実際に起きているのですから、目的はただ一つ、日本の防衛情報の獲得。そこに向かってあらゆる方向から接近しているということです。現に、地方自治体のコンピューターから霞が関の様々な役所のサーバーへの侵入が試みられていましたからね」

「その中でも警察庁、経産省、防衛省、国土交通省に対しては露骨でした」

「そうでしょうね。さらに防衛産業に関しては日本国内だけでなく、韓国、中国へのアタックも行われていたでしょう？　ロシア海軍が日本海の拠点基地で如何に神経質になっているかの表れだったのだろうと思います。しかも、ロシア人女性の色香に迷ってしまった連中が、完全にロシアの手先に成り下がっていることもわかりましたしね」

「ロシアは中国を信用していないのでしょうか？」

「地球上にある国家の元首の中で、心底中国を信頼している人は数えるほどしかいません。しかもそれは自身の在任中、金稼ぎに奔走する途上国の連中だけなのですからね。これから中国のＴＰＰへの参加問題でも明らかになってきますよ」

ＴＰＰとは環太平洋パートナーシップの略称で、二〇一五年に大筋合意がなされ、翌二〇一六年にニュージーランドで署名された。これは、高い水準の、野心的で、包括的な、バランスの取れた協定を目指す経済連携協定である。オーストラリア、ブルネイ、カナダ、チリ、日本、マレーシア、メキシコ、ニュージーランド、ペルー、シンガポール、米国（二〇一七年一月離脱）及びベトナムの合計十二か国（現在十一か国）が参加しており、日本は二〇一七年一月に国内手続きを完了して締結している。

「中国も入りたがっているようですが、オーストラリアは強硬に反対するでしょうね」

「台湾も同時に申請しているのが最大の注目点でもあるわけですけどね」

「それでも中国と手を結ばざるを得ないのがロシアの極東政策なのですね」

「そうですね。特に北極海の資源開発や航路の設定はロシアだけでは行うことができませんし、ロシアは中東とEUへの目配りに加えて、首都地域から遠く離れた極東対策もあり、猫の手も借りたいくらいでしょう。おまけに、これまで適当にあしらいながらお茶を濁《にご》していた日本に関しても長期政権が替わったことで、次の一手を打つことができない状況なのでしょう。香川さんからの報告を見てもプーチンの苦悩が見えてきますからね」

「ロシアが中国に勝つことができる分野には何があるのでしょうか？」

「一番は石油、天然ガスに代表される化学産業でしょうね。中国もその分野の遅れを様々な手を打って取り戻そうとしていますが、欧米にはまだ追いつくことができません。その次が軍事産業なのです」

「そうなんですか？」

「中国軍が持っている軍備の多くは旧ソ連製をコピーしたり、ライセンス生産したものです。特に空軍、海軍はアメリカには完全に水をあけられています。そこで最近は宇宙軍に力を入れているのです」

「本当に宇宙戦争のようなものは起こるのでしょうか？」

「起こるでしょうね。軍事用人工衛星は既に数百個が地球の周りを飛んでいるようですから」

「日本は大丈夫なのでしょうか？」

「最近、日本のロケット発射は失敗をしていませんからね。警察庁予算だけでも数十機が飛んでいますよ」

「警察の……ですか？」

「あまり大きな声では言えないことですけどね。国内の警察無線が届かない場所が、ほぼなくなったのもそのおかげなのですよ」

「そういうことなのですか……でも、数十機の人工衛星の中には画像システムで中国や北朝鮮も範囲に入っているのではないですか？」

「まあ、ある程度は見ているでしょうね。日本海や東シナ海は大事ですから。最近、日本海で中ロの軍事演習も行われていますからね。そうそう、東シナ海で思い出しましたが、日本人の高齢者等に中国のことを『支那《しな》』と呼ぶ方がいて、これを人権問題のように言う人もいるようですが、海の名前は『支那』が残ったままなんですよね。英語のチャイナの語源も諸説ある中で、始皇帝で有名な『秦《しん》』から……というのが有力ですから、『支那』は外来語……ということになりますね。ですから、決して差別用語ではないんですよ」

「中国がロシアと軍事演習を行うということは、仮想敵国は日本なのですか？」

「そう思った方がいいでしょうね。共産主義独裁国家のトップに立った習近平は戦狼外交に走っていますからね」

「センロウ外交……ですか？」

「戦いと狼の『戦狼』です」

そもそも「戦狼（Wolf of war）」とは、人民解放軍特殊部隊出身の主人公が、反政府側のテロリストを退治する……という、ハリウッド映画『ランボー』をパクって、中国国内では売れた、中国映画のタイトルである。これはハリウッド映画の戦争モノ同様に、国家の意向を汲んだプロパガンダ映画的意味合いがあった。

「そもそもの語源がパクリだなんて、なんとなく中国らしくて笑っちゃいます」

「確かにそのとおりですけど、四面楚歌《しめんそか》状態のスーパー独裁者が、次の一手をどう打ってくるのか……が問題です。極超音速ミサイルを使用することになれば、日本の防衛システムだけでなく、アメリカも宇宙戦争への準備を加速しなければなりませんからね」

「極超音速ミサイルはロケットに搭載して、宇宙空間から地球上の目的物を狙うシステムだと記憶していますが、そうなると潜水艦は必要なくなる……ということですか？」

「極超音速ミサイル一発を撃つためにロケットを打ち上げなければならないとなると、経費が莫大になりますからね。ただし、中国独自の宇宙ステーションに極超音速ミサイルの発射基地を造れば話は違ってきます。その事実が確認できた時点で、本格的な宇宙戦争が始まることになるでしょう。当面はあくまでも脅し……ということでしょうが、中国の台湾狙いは本格化しそうな雰囲気ですから、注意はしておかなければならないところですね」

片野坂の言葉に白澤は二度、深く頷いた。シャンパンが一本空いたところで、片野坂が腕時計を見て白澤に言った。

「さて、一旦、お開きにいたしましょう。香川さんたちからも連絡が入るでしょうし、僕もドイツの情報機関に連絡をしておきたいと思います」

「ドイツにもお仲間がいらっしゃるのですね。さすがです」

「単なる個人的な付き合いなんですけどね。皆さんが到着したらまた連絡をしますから、のんびりお散歩でもしていてください」

外出する白澤をラウンジで見送って、片野坂が自室に戻った時、香川から電話が入った。

「片野坂、俺だ。今話せるか？」

「どうぞ」

「実は望月ちゃんに中国人の尾行が付いているんだ。しかも、望月ちゃんが接触した五人の関係者が殺害されているようなんだ」

「尾行はどこから付いてきたか確認できたのですか？」

「望月ちゃんが気付いたのは、第三シベリア鉄道のウランバートルの駅からで、それまでは奴らの監視カメラ網でチェックされていた可能性が高い……ということなんだな。というわけで集合場所を変えた方がいい」

「そうですか……関係者というと、警察に入る前からの情報提供者なのですか？」

「情報提供者というわけではなく、外務省勤務時代からいろいろ話を聞いていた、中国、ロシアの内情をそれなりに知っている通信機器のスペシャリストもしくはアナリストだったようだ。詳細は本人から聞いてくれ」

「関係のない第三者を巻き込んでしまいましたか……」

片野坂の声に苦痛が込められていた。

「殺害はどうやって確認したのですか？」

「二人は望月ちゃんからの要請で俺自身が確認した。二人とも銃で四、五発撃たれていた」

「四、五発……ですか……むごいな」

「追尾者というよりも、敵だが、いつ望月ちゃんを狙うかわからないんだ」

「すると、望月さんと香川先輩とは一度もドッキングしていないのですね」

「もちろんだ。電話では相互に情報交換しているんだが、俺の顔も奴らには割れている可能性が高いからな。まさか、殺しまでやられているとは思わなかったらしい。俺も一緒になった段階で消される可能性があるんだよ」

「追っ手は何人ですか？」

「俺が遠目から見た限りでは四人一組のようだな。共産主義らしく定時のローテーションを組んで入れ替わりながら追尾しているな」

「素人みたいですね」

「教科書どおり……というところなんだろう。ところで、追っ手の連中はどこかで消えてもらうか……」

「そうですね……それに彼らが自ら武器を持って殺害を実行している可能性もあります。香川先輩、一旦電話を切って、望月さんを含めた三人通話で話をしたいと思います。十分後にかけ直しますから望月さんにも伝えて下さい」

香川の了解を得た片野坂が、その後、望月にも連絡を取ったうえで、三人同時通話の回線を使って架電《かでん》した。

「片野坂です。お二人とも聞こえていますか？」

「おう、大丈夫だ」

「片野坂部付、ご迷惑をおかけして申し訳ありません」

「いえ、亡くなった方に申し訳ない気持ちでいっぱいですが、全員ロシア内での殺害なのですか？」

「中国国内も含まれています。中国の友人は香港の民主化勢力の一員でもあったのですが、軍事問題に詳しい人物だったのです。ロシアの関係者が殺害された話を聞いて、まさかと思いながら中国の別の友人に確認をして事実が判明したのです」

「殺害方法は？」

「銃が使用されていたそうです。複数発撃たれていたようで、一発は額を撃ち抜かれていたらしいのですが、中国の公安はマフィアの犯行と決めつけて、新聞にも出ていないとのことでした」

「そうでしたか……ロシアではどうでしたか？」

「ロシアでは捜査が始まっているようです。香川さんが現場にあった銃弾二発を秘匿で持ってきています。後々、ライフリングによる銃の特定に役立つ……と考えられた結果だと思いますが……」

「現場から消えた銃弾か……捜査する側は大変だろうな……」

片野坂の言葉に香川が言った。

「俺が拾った銃弾は、屋外の樹木に刺さっていたんだ。屋外なら探しようがないだろう？」

「屋外が現場だったということですか？」

「現場は屋内だったが、現場に行ったら銃弾が貫通したらしく、ガラスが割れていたんだ。それで外に出たら樹木に二発入っていた。ライフルマークも鮮明に残っている。至近距離で撃ったんだろうな。顔面も殴られた痕《あと》があったから、厳しい口の割らせ方をしたんだろうな」

「それは失礼しました。その四人組が犯人となると、許しがたいですね……」

「もし、俺が望月ちゃんと会って、その後に何らかの理由があって別れていたとすれば、俺がやられていたかもしれない」

「そして、いつかは私もやられることになってしまうのでしょうね……」

望月の声に片野坂は何かしらの危機感を感じ取っていた。

「ここは我々の手で何とかしなければなりませんね」

「何とか……か……。やっちゃうのか？」

「最悪の場合のことは常に考えています」

「チャカも入手できるのか？」

「いえ、そんな目立つことはしませんが……」

そこまで言って片野坂が少し間を置いて言った。

「それではこれからのことをお伝えします。まず、今日ですが、香川先輩はうちのホテルに、望月さんはうちのホテルよりは少し格落ちになりますが、ブティックホテル i

31ベルリンミッテに二時間後に投宿して下さい。そして望月さん、明日はちょっと大回りのコースになりますが、ホテル近くのショッセ通りからブランデンブルク門に向かって下さい。ブランデンブルク門で五、六分時間を潰して、来た道を戻りながらベルリン王宮前を通ってテレビ塔に向かってください。その間に私も追尾者を直接確認したいと思います」

片野坂がゆっくりとした口調で言うと、望月も状況を理解したようで、「了解」とだけ答えた。すると香川が言った

「テレ・アスパラガスか……エレベーターに乗るのに行列ができているんじゃないか？」

「香川先輩はベルリンも詳しいんですね。展望台行きの二基のエレベーターは狭いので、奴らも分散することになるでしょう。そこでX線カメラで追っ手を確認したいと思います」

「そんな道具があるのか？」

「すぐに手配できると思います」

「そうか……ベルリンもお前の庭のようなものなんだな。ところで奴らは乗ってくるかな？」

「誰と接触するかを確認するのが追尾の目的だと思います」

「なるほど……しかし、奴らも二手に分かれる可能性も高いだろうし、そもそも武器を所持しているのかどうかがわからなければならないからな」

「もちろん、丸腰《まるごし》の者に手を出すことはしません。その場合は望月さんを上手く脱出させる方策を採ります」

片野坂が即座に答えると香川が訊ねた。

「そうか……それならば逃がすのは第二案として、第一案はどこでやるつもりなんだ？」

「エレベーター内でできれば一番いいのですが……それができなければ、適時おびき出すしかないですね。できる限り四人一緒にやらなければなりません」

「四人一緒に？　やはりチャカでも使うのか？」

「いえ、針を使いましょう。毒性の違うもので容量と刺す部位を変えて使えば、失命《しつめい》までに時差が出てきます」

片野坂がさりげなく言った。香川が呆れた声で訊ねた。

「お前、そんなものまで用意してきているのか？」

「常備品です。おそらく望月さんも似たようなものは持っていると思いますよ。何しろ、この手法の発案者は望月さんですから」

「そうか……それにしても、傭兵経験者の望月ちゃんならまだしも、片野坂、お前、ニューヨークではそんなこともやっていたのか？」

「仲間も何人かはやられましたからね。身内を狙うような連中には一切の温情をかけてはいけません」

「その後はどうする？」

「最終的な集合場所は安全を考えてスイスに変えましょう。白澤さんは早めに逃がしておきます」

「白澤の姉ちゃんを巻き込むわけには行かんからな……ところで、集合場所はルガノ……なんてことはないよな」

「ツェルマットにしましょう。マッターホルンが綺麗な時期でしょう」

「陸路で入るのか？」

「いえ、ジュネーヴまで空路で入って、そこからは鉄道です。ホテルは私が手配します。まずは追っ手の四人に消えてもらうことが先決なのですが……奴らの手荷物はどうですか？」

「全員が小型のボストンバッグを持っている」

「首領格の手荷物は奪いたいですね」

「中身を確認したいところだな……」

「香川先輩から見て、首領格は判断できますか？」

「なんとなくわかる。四人組と言っても、奴らには必ず上下関係があるからな。四人の画像データを送るから確認してくれ」

「了解。今後の連絡は常時三人同時通話で行いましょう」

一旦電話を切るとすぐに香川からショートメッセージが届いた。予め用意していたようで、四人それぞれの写真に加えて、身長、体型、個癖《へき》等が記されており、首領格、ナンバーツーなどのコメントも付いていた。

片野坂は連邦情報局の友人に電話を入れた。

ドイツ連邦情報局（Bundesnachrichtendienst：ＢＮＤ、英語表記はFederal Intelligence Service）はドイツの情報機関で、政治と経済それぞれの情報の収集、およびその分析と評価を行っている。

「ハイ、ヴァルター、元気かい？」

「ハイ、アキラ、今どこにいるんだ？」

「昨日、ベルリンに入ったんだ」

「水臭いな。わかっていたのなら早めに連絡を入れてくれよ」

「それが、今回は仕事で、僕もワシントンＤＣから入国したんだよ」

「そうだったのか……相変わらずいい仕事をしているんだろうな」

「実動員だから楽しみながらやっている。ところで、今回はちょっと力を貸してもらいたくて連絡をしたんだ」

「ほう。アキラと仕事ができるのならばできる限りの協力はするが、何をすればいいんだ？」

片野坂が事情を説明するとヴァルターは二、三秒間を置いて協力の意思を伝えて訊ねた。

「メンバーの逃走には我々も協力しよう。もし、やるとなった場合、四人の変死体はどのように処理すればいいんだ？」

「奴らも情報機関のエージェントだ。真相は闇の中……ということになっても仕方はないんだが、武器の携帯事実があれば話は変わってくる」

「なるほど……金属製だけでなくセラミック製銃器も見分けるXレイが必要なんだな」

「そうであれば余計ありがたいんだが、薬莢《やっきょう》だけはセラミックではできない。セラミック製銃器を使用したとしても、実弾を装塡《そうてん》していれば発見は容易だと思う」

「なるほど……うちも中国からはさんざんサイバー攻撃を受けているから、少しは痛い目にあわせてやらなければ……と思っていたんだ。しかも、ドイツ国内で犯罪を犯させるわけにはいかないし、そのターゲットがアキラの仲間となればなおさらだ。ところで、こちらサイドで実行行為を行わなくていいのか？」

「もちろんだ。僕の仲間から文書らしきものを受け取った後、二手に分かれてくれるだけでいい。ただし、追尾する者が途中でぶっ倒れることになるだろうから、その時、警察に引き渡す前に、所持品を確認しておいてもらいたいんだ」

「警察に連絡して、一時的に預かる措置をとっておいた方がいいかな？」

「そうしてもらえるとありがたい。奴らが使っているスマホと拳銃のライフルマークも確認、照合してもらえると助かるな」

「承知した」

「提供できる情報があったら、すぐに連絡する」

「了解だ」

ヴァルターとの電話を切ると、片野坂は三人同時通話の設定をして電話を架けた。

「片野坂です」

「俺だ」

「望月です。ご心配をおかけして申し訳ありません」

「先ほど香川先輩から四人の画像を受けとりました。奴らには全員消えてもらうようにしましょう」

「本当にやる気なんだな……ついに俺も一線を越えてしまうのか……」

「まあ、それは武器があった場合の二次的な問題です。それよりもまず、望月さんにはドイツの情報機関の二人のエージェントとコンタクトを取ってもらいます」

これに香川が口を挟んだ。

「すぐに対応できるのか？」

「これから詳細な連絡を取りますが、大丈夫だと思います」

「もうすでに連絡は取っているのか？　ドイツの情報機関というとドイツ連邦情報局なのか？」

「そうです」

「そういうルートも持っていたのか……さすがに元ＮＳＢだな」

「明日の詳細な打ち合わせはお二人がホテルに入ってから、パソコン通信で行いましょう。現在の望月さんの様子も見ておきたいですし、ＢＮＤの仲間にも知らせておかなければなりませんから。望月さん、とりあえず僕の携帯に自画像を送っていただけますか」

　すると望月が訊ねた。

「承知しました。ところで追ってきている連中は当面いかがいたしましょうか」

「追っ手はまだ望月さんが海のものとも山のものともわからない状況でしょうから、慎重に動くと思います。先ほど香川先輩から送ってもらった追っ手の四人の画像もＢＮＤに送っておきます。何らかの情報が得られればいいと思いますし、その後奴らがどこに向かうのか……も追尾してもらうつもりです」

「大使館にでも入ってくれればいいんですけどね」

「その後のことを考えると、まさにそのとおりなんですけどね。ではまた後ほど連絡を取り合いましょう」

電話を切ると片野坂はBNDのヴァルターに電話を入れた。

「ハイ、アキラ、その後どうだい？」

「追尾を受けている同僚にブティックホテル i31 ベルリン ミッテに二時間後に投宿するよう指示を出したんだ。同僚の画像を送るので、フォローしてもらえるかい？」

「追尾しているのは四人だったな。それならば六人をホテル周辺に待機させておこう」

「よろしく頼む。ついでに、明日、同僚とコンタクトを取る二人を指定しておいてもらいたいんだ」

「そうだな。それから四人のその後の動きも調べた方がいいんだろう？」

「そうしてもらえると助かる。こちらとしても、もし、死体になった時のことを考えると監視カメラで押さえておいた方がいいかもしれないのでな」

「そこなんだ。もし、武器を所持していて大使館にでも入っていくようなら、後々BNDにも使い道が出てくるかもしれないからな。実は私もそれを期待して、メンバー選考したうえで、すでにスタンバイしているんだ」

「さすがにヴァルターだな。すぐに同僚の画像を送るからよろしく頼む」

電話を切ると片野坂は在ドイツ日本大使館の一等書記官に電話を入れた。

「今井《いまい》、元気にやっているか？」

「その声は、片野坂先輩ですか？」

今井省吾《しょうご》は片野坂の年次五期後輩で、昨年在ドイツ日本大使館に赴任し今年警視正に昇任していた。

「今、仕事でベルリンに入っているんだが、ベルリン市内の中国人人脈について聞きたいんだ」

「中国人ですか……新型コロナ発生後、中国人のコミュニティは活動を止めている……という情報があります」

「それは全権大使情報なのか？」

「よくおわかりですね」

「今の全権大使ほど活発に仕事をする外交官は珍しいだろう。ドイツ通としても有名だけどな」

「そうなんです。私も可愛がって貰っているのですが、世界情勢に関しても時として私の情報よりも早いことがあるんです」

「そりゃ歴史が違うよ。外交官として、決してドイツ一筋ではないんだが、ドイツ国内だけで一等書記官、公使、地方都市の総領事館総領事を経験しているんだ。人脈の幅と信頼度が違うさ。日本中の企業も一目置く存在だからな」

「そんなことまでご存じなんですか……さすがにイェール大学からＦＢＩに進まれただけのことはありますね」

「各国の情報機関と連絡を取り合っているから、全権大使や一等書記官がどれくらい仕事ができるかは、自ずと耳に入って来るさ」

「おそれいります。母校の石田《いしだ》教授が片野坂さんを高く評価されていたのがよくわかります」

「石田さんもそろそろ退官だろうな」

「再来年と聞いています。それよりも中国人コミュニティですが、現在は大使館周辺に固まっているようです」

「大使館は、ブリュッケン通りのヤノヴィッツ橋の手前にある、ガラス張りの派手なビルだな」

「何もかもご存じですね。ポータル（表玄関）にはまるでトーテムポールのような、翼を持ち、トップに獅子の彫刻が施された白い大理石の塔があります」

「屋上にあるでかい短波アンテナが不気味だな」

「はい。自国の人工衛星を使った通信網があるのだと思います」

「そうだろうな。そうすると、ベルリン中心部に当たるミッテ区の真ん中辺りにはコミュニティはないのか？」

「私の知る限りありません。動物園やブランデンブルク門がある大ティーアガルテン辺りからテレビ塔、アレクサンダー広場辺りの主だった通り沿いには、シュトラウスベルガー・プラッツという名のロータリー角にある『HuaTing』以外に、中華料理屋はないと思います」

今井の言葉にやや驚きながら片野坂が訊ねた。

「どうしてそんなに詳しいんだ？」

「世界中、どこに行っても安心して食えるのは中華料理くらいのものですからね。ベルリンの中華は、味もよく、ボリュームもあって決して高くないんです。美味しいと言われている店はほとんど制覇しましたよ。大使館関係者も来ていますが、彼らが行く店はほぼ決まっています」

「そのHuaTingとかいう店はどうなんだ？」

「大使館からも比較的近いので、下級職員は使っていますが、最近は宅配が多いようです」

「なるほど……よくわかった」

「ところで先輩、いつまでご滞在なのですか？」

「明日には発《た》たなければならない。スイスで見ておかなくてはならないものがあるんだ」

「スイス……ですか……お車を手配いたしましょうか？」

「いや、ＢＮＤが用意してくれている。今度、ＢＮＤのエージェントを紹介しよう。情報の幅が広がるぞ」

「ＢＮＤがからんだ、対中国関連の仕事なのですか？」

「僕たちが追っているヤマとたまたま一致しただけのことなんだけどな」

「今夜は忙しいのでしょうね」

「そうだな……綿密な情報交換をしておかなければならないからな。そこで相談なんだが、明日の夕刻のイージージェットでジュネーヴまでの三席を押さえてもらえないだろうか？　全員グリーンパスポートを使う予定だ」

イージージェットはイギリスに本社を置く、ベルリン・ジュネーヴ間の直行便を保有するＬＣＣのことである。

「格安航空会社でグリーンパスポートを使うのですか？」

「急ぎだから仕方ないだろう。しかも安ければ納税者にも優しい。大使館関係者は使わないのか？」

「そうですね……安全と秘密保持が第一ですから、Low-cost carrier のリスクは犯さないのが原則になっています」

「わかった。搭乗手続きはＢＮＤにやってもらうから、在ドイツ日本大使館名で予約だけして、予約番号をメールで送ってくれ」

「ちょっと待って下さい。空きを調べます」

今井がパソコンを操作する音が電話越しに聞こえた。

「一日二便で朝と夕方のみです。十八時三十分の便の席はあります」

「悪いがそれを予約してくれ。忙しいところ申し訳ないな」

電話を切ると片野坂は飛行機の搭乗時間から逆算して正午から一時間以内を目安に実行する計画を立てた。

香川が片野坂の部屋のドアをノックしたのは望月がホテルにチェックインするのと同時刻だった。

扉を開けて香川を見た片野坂が笑顔で言った。

「お疲れ様です」

「本当だよ。望月ちゃんのお守《も》りもしながらの一週間だからな」

笑いながら香川は片野坂の部屋に入った。

「尾行している奴らはどう見てもパンピーではないですね」

「ああ、それなりのトレーニングは受けているな。こちらとしても油断はできない。今回は実に面倒だな」

「万が一の場合の処理はBNDがやってくれますから、我々としては望月さんを無事に逃がすのが第一です」

「白澤の姉ちゃんはどうしているんだ?」

「彼女には明日の昼頃のルフトハンザで乗り継いでジュネーヴに向かってもらう予定です」

「それが賢明だろうな。ところで望月ちゃんを一人にして大丈夫なのか?」

「すでにBNDのエージェントが二人ガードについてくれています。向こうは六人体制を組んでくれているのです」

「そんなに人員を出してくれているのか?」

「明日、武器が出て来なければそこまでですけどね」

「そうだな……ところで片野坂、美味い酒はないか?」

香川が当たり前のように質問した。片野坂もまた当然のように答えた。

「ビールもシャンパンも冷蔵庫に冷えています」

「久しぶりにまともな酒が飲めるな。明日、俺たちの荷物はどうするんだ?」

「チェックアウトと同時に必要最小限のものだけ持って、後は空港に送ってもらいます。望月さんの荷物はBNDが運んでくれる手はずです」

「そうだよな……荷物を持って移動できないからな」

片野坂が計画を香川に告げ始めた時、望月から電話が入った。片野坂はルームナンバーを確認して一旦電話を切ると、プライベートのスマホでＢＮＤのヴァルターに電話を入れ、ハンズフリーにして同時に香川に電話をかけ直した。片野坂はヴァルターに、望月がチェックインした後の追尾者の動向と、望月と望月担当のＢＮＤエージェント二人とのコンタクト方法を確認した。そのやりとりを、香川も電話越しに聞いていた。

「追尾者は四人で間違いないな。ホテル前でＸレイチェックを行った結果、四人とも銃を身に付けている。さらに、アタッシェケースにもその他の武器を持っているようだ。奴らは訓練を受けた軍人あがりの連中なんじゃないかな。現在、二人はホテルに残って、あとの二人はホテルを出てタクシーで立ち去った。もちろんこちらもバイクで尾行している」

「そうか……助かるよ。こちらも慎重にやる必要があるな」

「地元で奴らに撒かれるほどこちらも馬鹿じゃない。おそらく明日も武器を携行しているはずだ。やるなら相当綿密に場所を選ぶ必要がある」

「これからこちらで時間と場所を決める予定だ。決まり次第連絡することでいいかい？」

「わかった。アキラならベルリン中心部の地理も知り尽くしているだろうから、連絡を待っている。ただし、奴らが行き倒れになる場所が大使館内にならないよう、慎重に時間を計算してもらいたい」

電話を切ると香川が言った。

「ドイツ語訛りの英語がＢＮＤらしく、実直そうな感じがしていいな。それにしてもＢＮＤのメンバーが一流のプロ集団であることがよくわかる」

「友人はその中でもとびきり優れたエージェントなんです」

「そんな感じがした。それよりも、針を使うといっていたが、使用する毒物はどういうものなんだ？」

「望月さんの人定は入国時のパスポートから、中国の公安筋は中東人と見ているはずです。ですから、こちらもそれに合わせた対応を考えました。まずはマレー半島を中心に分布するクワ科の広葉樹の樹液で『アンチアリス・トクシカリア』という毒を基本に、パレスチナクサリヘビ、サソリ、アカエイ等の毒が補助的に混合されています」

「クサリヘビ？　どこの誰がそんな毒物を調合したんだ？」

「これは歴史的に東南アジアの代表的な毒源なんですが、イスラム圏のある科学者が研究して、現在では最強の猛毒と恐れられているようです」

「もしかして、望月ちゃんが入手したのか？」

「存在を教えてくれたのは望月さんですが、私が裏ルートを通じて、北京で入手しました。この毒で殺害された政府軍やＩＳＩＬの兵士たちの苦しむ様を見て戦意を喪失する兵士も多いということです」

「北京で？　ということは、中国の公安もこの毒物の存在を知っている……ということか？」

「中国も裏で武器を売っていますから、毒の存在くらいは知っているでしょうし、新型コロナウイルスを作ったようなラボで成分分析くらい終わっているかもしれません」

「なるほど……それから、毒針と一口に言うが、それはどういうものなんだ？」

「これは日本の海洋生物学者が研究したもので、接触した獲物を、隠し持った毒針で刺して捕まえる刺胞《しほう》動物の中から、カツオノエボシやイモガイの毒矢を研究して、痛くない針等に応用した時に、サンプルとして作ったものです」

「カツオノエボシ？」

　香川が驚いた声を出した。

「カツオノエボシの触手に触れると、表面にある細胞から刺胞という微小な毒針が発射されるのはご存知ですよね」

「俺も潜《もぐ》りではインストラクターだからな、カツオノエボシの毒は常識としては知っているが、刺胞は知らなかったな……おまけにイモガイは知らないな」

「イモガイには毒銛《どくもり》と呼ばれる毒針があり、それを使って小動物の狩りをするんです。毒銛の先端は鋭く尖っているんですが、獲物の体から容易に抜けないように釣り針にある『返し』みたいなものまで備わっています」

「ほう……それは生物学上でも研究の必要がありそうだな」

「はい。さらに銛の内部は中空となっていて、発射時に毒液で満たされます。注入された神経毒は一瞬で獲物の全身にまわり、小魚程度だと即死してしまいます。貝は死んだ獲物を毒銛でたぐり寄せ、軟体部で覆うことで消化するんです」

「まさにハンターだな……しかも刺して手繰《たぐ》り寄せる毒針か……」

「今回使用する予定の針も、この毒銛の特性を活用したもので、刺した後に引き抜く装置が付いています」

「誰が作ったかまでは聞かずにおくが、その神経毒はどれくらいの威力があるんだ？」

「自然のものでモルヒネの一千倍の強力な鎮痛《ちんつう》作用を示す成分が含まれているということです」

「それに他の毒物を混合するんだろう？　即死するんじゃないのか」

「量を増やせばそうなるのでしょうが、望月さんの話では、苦しんだうえで死亡するということですから、死に至る時間調整をすることができる……ということです」

「どちらにしても死ぬわけだな……」

「の、ようです」

「時間差はどうするつもりなんだ？」

「だいたいの目途《めど》はついておりますので、のちほどお見せします。実際に使用するのは先輩と私だけですから。それよりも、望月さんが待っているでしょうから連絡をとりましょう」

片野坂が望月の携帯に電話を入れた。

「BNDと接触できましたか？」

「はい。二人が私のガードをしてくれると言っていました。彼らは私のことをてっきり亡命希望のアフガニスタン人だと思っていた様子で、日本警察と知ってびっくりしていました。その後は非常に友好的でした」

「BNDの友人には同僚と伝えておいたんですが、中国入国時のパスポート内容を確認していたのでしょうね」

「そう言っていました。理由は聞かれませんでしたし、彼らも中国に対して警戒意識を持っているだけでなく、無断で武器を持ち込んでいたことに相当怒っていました」

「僕も本来ならば、友好国内でこんな手荒なことはしたくないのですが、やるかやられるか……となれば仕方がありません。僕たちは最低限度の自衛の武器しか持っていないわけですからね」

「最低限度かどうかはわかりませんが、北京で部付が入手したことを聞いてびっくりしました」

「そのうち、向こうもびっくりするでしょうね。しかも、望月さんが第三者と電話連絡はしていても、直接接点をもったことには気付いていないはずですから」

「本当の諜報戦をやっているようで楽しいです」

「命がけを楽しむ余裕があるのは、中東での経験があってのことだと思います。明日は最低限度の手荷物だけ持って出かけて下さい。後の荷物はＢＮＤが空港まで運んでくれるはずです」

　その後、詳細な打ち合わせを行ったのち、片野坂は電話を切った。通話を聞いていた香川も頷きながら訊ねた。

「現場からの離脱はどうするんだ？」

「ＢＮＤの友人が近くでスタンバイしてくれるはずです。これからもう一度確認しますが、ホテルから離れた二人の足取りも気になります」

「そうだったな。奴らの拠点がどうなっているのか……そして、奴らがいつ、どこで、どうやって武器を調達したのかも知りたいからな」

「そこなんです。香川さんは奴らの荷物が増えた印象はありませんでしたか？」

「奴らはファーストクラスに乗っていたようで、飛行機から降りるのも早かったんだ。俺は望月ちゃんを見失わない程度に少し距離を置いて動いたんだが、手荷物受取場のターンテーブルには二人がいて、自分たちの荷物は既に受け取っていた。そしてあとの二人はすでに出口の外で待っていたんだ」

「なるほど……奴らがどういう資格で入国したか……ですね」

　そこまで言って片野坂はプライベートのスマホを使ってヴァルターに電話を入れた。

「ハイ、アキラ。面白いことになってきた。ホテルで別れた二人組は揃って在ドイツ中国大使館に入っていったよ。全て動画を撮っているから、今後、我々にとって非常にやりやすい状況になった。しかも、奴らが使っていたパスポートは中華人民共和国香港特別行政区旅券で、最新のバイオメトリック・パスポートだったようだ」

「香港を使ったか……なるほどな……」

「あらゆる面で香港は利用されるだけの存在なんだな。台湾がそうならないようにと、最近のEUの政治家の中には反中国の流れが生まれてきているんだが、ドイツでは自動車業界が反対をしている」

「ダイムラーとボロクソワーゲンか？」

「ワーゲンは不祥事も起こしたが、株式の半分はポルシェ系一族が、二十パーセントはハノーファーを州都に持つニーダーザクセン州が持っている状況だからな」

「ポルシェを吸収するつもりが、その真逆になってしまった……ということか……。それよりも、これで中国政府の介在が明らかになっただけでなく、武器の所持はこちらの体面上の正当防衛にもなるわけだ……あとは奴らが武器を手にしてくれればいいんだが……」

「追っ手が一番焦るのは、対象者の突然の逃走だ。奴らはまだ君の仲間が追尾に気付いていないと高《たか》を括《くく》っている。何かの拍子に相手が思わぬ行動に出た時、条件反射のように銃を抜くかもしれないな」

「その瞬間か……難しいな……二段階に分けるか……」

片野坂は呟くように答えて、香川の顔を見ながら二、三度頷くような動作を見せて言葉を続けた。

「ヴァルター、相手の出方にもよるが、展望デッキから下るエレベーター内で、まず二人をやってしまおう。そして、奴らが二人になった段階でこちらの捜査員を待機してくれている車に向かってダッシュさせる。そこで銃に手をかけてくれればラッキー……というところだな」

「そんなに正当防衛に気を遣う必要はないと思うが、それがアキラの考えならばやむを得ないだろう」

「敵とはいえ、人だからな。やむを得ない状況が欲しいのが日本人的感覚だと思ってくれ」

「昔、教えてもらった『いただきます』の精神か？」

「まあ、似たようなものだな」

「ニューヨークで大暴れしていた時からすると、だいぶおとなしくなったんだな」

電話の向こうでヴァルターの高笑いが聞こえた。その後、待機車両の停車場所を確認して片野坂はヴァルターとの電話を切った。

二人の会話を聞いていた香川が地図を見ながら明日の流れを頭の中で反芻しているようだった。望月も同様に地図を見ていたようで、

「概ね、位置関係を確認しました。ダッシュのタイミングはどうなりますか？」

「僕が望月さんの携帯を三度鳴らして一旦切り、さらに鳴らしたタイミングでダッシュして下さい。奴らの表情を見ることができないのは残念ですが、おそらく、待機車両は人気のあまりない方に停めてあるのだと思います」

「承知しました。これからしっかり図上《ずじょう》訓練をしておきます」

片野坂が香川に言った。

「白澤さんと夕食でもとりますか？」

「白澤の姉ちゃんの存在をすっかり忘れるところだった。久しぶりにご尊顔《そんがん》を拝してもいいな」

片野坂が白澤に電話を入れると、彼女は二つ返事で承知した。

ロビーで待ち合わせをしていると、白澤が満面の笑みで香川に言った。

「香川さん、お久しぶりです。お会いできて嬉しいです」

「お前さんも元気そうだな。日本よりもこちらの方が生き生きしているようだな。ＢＭＷの調子はどうだい？」

「絶好調です。百五十キロぐらいすぐに出ちゃいます」

「事故だけは気を付けろよ」

「香川さん、まるでお父さんみたい」

「似たようなもんだろう。ところで、最近美味いものに飢えているんだが、どこかあるかい?」

「日本大使館の近くに美味しいビストロがあるのですが、いかがですか?」

「ほう、ドイツ中を知り尽くしている姉ちゃんが言うのだから間違いなさそうだな」

「その姉ちゃんはやめて下さい」

二人の会話を聞きながら片野坂が笑顔で言った。

「そういえば、ベルリンの日本大使館前の通りは『ヒロシマ通り』と言うらしいですね」

「そうなんです。Hiroshimastraße(ヒロシマ シュトラーセ)。それまで軍人の名を冠していたこの通りを、ベルリン市民が運動を起こして改名させたそうです。ベルリンの多くの人が、平和の意味の重さを知っているためだと思います」

「なるほど……。では美味しい食事に参りますか」

在ドイツ日本大使館は、大ティーアガルテンという、ベルリン中心部、ミッテ区のティーアガルテン地区にある広大な公園の真南に位置し、周囲には各国の在外公館が並んでいた。

「やっぱり、いい場所にあるんだな……」

香川が東京に点在する在外公館を思い巡らしたかのように言った。

在外公館が多く集まる場所らしく閑静な街並みの中にその店はあった。

「ビストロというと、こぢんまりした印象だが、古城を思わせるような建物だな」

「かつてここにあった旧貴族の家を再現して造ったものと聞いています」

店内は外装どおり重厚さの中にも新しい文化を取り入れた間接照明で、どこかホッとするような落ち着きを感じさせる造りだった。予約をしていなかったにもかかわらず、受付の男性が白澤の流暢なドイツ語を聞いて笑顔で窓側の席に案内した。

「いい席のようだな……」

香川が店内を見回しながら言うと、白澤も嬉しそうに答えた。

「私もそう思います。ライトアップされた庭園が一番きれいに見える場所かもしれません」

片野坂がシャンパンだけ選んで、正面に隣同士で座った香川と白澤にメニューを渡して言った。

「香川先輩、白澤さんに相談しながら、何なりと選んでください。今回は経費が十分余っていますから」

「そんなに経費があるのか？」

「僕も中国、アメリカではご馳走《ちそう》になりっぱなしで、ホテルも荷物を置くだけの所にしておいたんです」

「俺もウラジオストクでは少し羽を伸ばしたが、後はほとんどじゃがいもとウォッカだけだったからな」

二人の会話を聞いた白澤が香川に言った。

「でも、香川さんの仕事ぶりは写真やメールでよくわかりました。大爆発までさせちゃって」

「バカ、あれは俺じゃないって。偶然の事故に遭遇しただけなんだよ。それよりも、新鮮な野菜と美味い肉を食したいな。やっぱりビーフだな」

「わかりました。メニュー的にはこの辺ですね」

白澤がドイツ語と英語の併記《へいき》があるメニューを香川に示した。その光景を片野坂が嬉しそうに眺めて言った。

「まるで、いい親子のようですね」

「余計なことを言うんじゃない。それよりも、今夜、望月ちゃんは一人ぼっちだから、ツェルマットに行ったら豪勢に慰労会をやってやろう」

白澤が訊ねた。

「望月さんもベルリンに入っていらっしゃるのですか？ それからツェルマットってスイスに行かれるんですか？」

そこで初めて片野坂が経緯を白澤に伝えた。

「私も明日、出発なのですか？」

「女性は荷物が多いかと思いますが、ジュネーヴ空港で合流できれば……と思っています。我々の到着は二十一時頃になると思いますので、空港近くのホテルを取っておきます」

「どうせなら、レマン湖畔《こはん》に安くて、こぢんまりしたいいホテルがありますから、私が取っておいてもいいですよ」

「突然でも大丈夫ですか？」

「大丈夫だと思います。明朝、一番で確認して連絡いたします」

「それは助かる」

そこにシャンパンが届いた。ソムリエが音を立てずに栓を開けた。シャンパングラスはチューリップ型の一目で高価なグラスとわかるものだった。

白澤が勝手知った店のようにサラダに様々な注文を付けてオーダーを始めた。次に香川にはビーフの、片野坂にはポークの、自らにはラムの、それぞれ違った料理法のものをオーダーした。

「せっかくですからシェアして食べましょう」

食事の前に白ワインと赤ワインを一本ずつオーダーした。白はドイツモーゼルワインで辛口のリースリング、赤はボルドーだった。

「こんな頼み方初めてだな……」

香川が言うと、白澤が笑いながら答えた。

「料理をシェアする時、こちらではこういう頼み方をするんですよ」

「なるほど……それは楽しそうだ」

やがてサラダが運ばれ、それと同時に長さが一メートルはあろうかと思われるペッパーミルが用意された。

「これはアメリカ方式かな」

香川が言うと、

「アメリカではニューヨークスタイルですけど、これはれっきとしたフランスのプジョー（Peugeot）のペッパーミルなんです。ペッパーミルの下にライオンエンブレムが付いていますでしょう」

「Peugeotは自動車屋じゃないのか？」

「そうでもあるのですが、実はペッパーミルを代表とした金属製造業の方が先なんです。ペッパーミル生産を始めたのが一八七四年で、自動車第一号を生産したのは一八八九年なんですよ」

「ほう。まるでウィリアムズ・ソノマの受付嬢のようだな」

「へえー、香川さんの口からウィリアムズ・ソノマの名前が出てくるとは思いませんでした」

ウィリアムズ・ソノマ（Williams Sonoma）はアメリカの有名シェフやセレブ御用達の高級キッチン用品、テーブルウェアブランドである。

「なんでだよ。俺んちは子どもの頃から、ウィリアムズ・ソノマのキッチンタオルを厨《ちゅう》房《ぼう》だけでなく、自宅でも使っていたぜ」

「そうか……香川さんのご実家は神戸の料亭でしたものね。なるほど……」

「いいものは使い続けるのがプロというものだろう。ところで、プジョーのことは知らなかった。俺んちにも同じ形の家庭用ペッパーミルはあったんだけどな」

「日本ではなかなか『プジョーペッパーミル』とは言いませんよね」

「おかげで一つ賢くなった」

香川が白澤に生真面目な顔をして頭を下げた。

その後、料理が運ばれたが、どれも一流を感じさせる味つけと盛り付けのテクニックだった。

「ビストロというよりは立派なフレンチレストランだな」

「それは、ここのオーナーの姿勢みたいです。『誰でも気軽に利用できる小さな規模のレストランや居酒屋』というビストロの意味そのままに、お料理を提供したいのだとか」

「いいなあ。そういうのが好きだな……」

食事がデザートに入った時、白澤が片野坂に訊ねた。

「部付、もしお答え下さることができないのなら仕方ありませんが、明日、何か危険なことが起こるのではないのですか？」

片野坂は相変わらずのポーカーフェイスで穏やかに答えた。

「危険は今、望月さんに降りかかっています。ですから彼は今、ＢＮＤのエージェントに守られているのです。明日は、その危険な状況から巧く脱出するための作戦をＢＮＤと一緒に実行しようとしているんです」

「ＢＮＤまで巻き込んでいたのですか？」

白澤が驚いた顔つきで訊ねた。

「相手の数がこちらよりも多いので、協力を依頼したのです。最近、ベルリンではロシアや中国の情報機関のエージェントがやたら動き回っているようで、ＢＮＤも積極的に協力してくれています。そういう状態ですから、脱出は分散した方がいいと判断したのです」

「私が足手まといになっているわけではないのですね」

「足手まといならば、日本に帰ってもらっていますよ。スイスに行くのは観光目的ではありません。今回の最大の、最終段階の打ち合わせを慎重に行うためです」

「わかりました。変なことを聞いて申し訳ありませんでした」

片野坂が笑顔で答えると白澤も納得した様子だった。

翌朝、空は雲一つなく晴れわたっていた。ホテルから空港に向かう白澤を片野坂と香川が笑顔で見送ると、白澤が少女のようにいつまでも手を振っていた。白澤を乗せたタクシーが二人の視界から消えると香川が言った。

「これからのことは白澤の姉ちゃんには秘密か？」

「まだ刺激が強いかもしれませんね。香川さんはこれまで何度も経験があるかもしれませんが、今回のようなターゲットを絞った作業は初めてでしょう？」

「まあ、そうだな。爆破は何度もやってきたし、銃撃戦も経験したが、俺自身が直接手を下したことはなかったな」

「そうでしたね。つい派手な動きをなさるので、勘違いしていました」

「しかし、今回は仲間を守るためだ。おまけに敵が武器を携行しているとなれば、やるかやられるか……だからな。しかも、こちらの武器は細めのボールペンみたいなもの……実感がないのも確かだな」

「まさに自然界の動物の知恵の応用ですからね」

「昨夜の実験からすると一メートル以内で足の付け根を狙えばいいんだな……。しかも針は自動で戻るから凶器は残らないし、刺さった部位もすぐにはわからないのだろう？おまけにその場で倒れるわけじゃないから、こちらとしても、やったという実感が湧かないな。後からニュースを見て『あ、ホントだったんだ……』という感じだろうか？」

「と思います。しかも針はバネではなく圧縮空気ですから音もしません。すぐそばにいる人も気が付かないでしょう」

「俺の方がクスリの量が多いんだな」

「わずかですが。効能が現れるのに十分程度の違いがあるだけですね」

「そうか……さて、荷造りと、本番の準備をするか」

香川にしてはやや重い口調だった。

片野坂と香川が部屋を出たのはホテルのチェックアウト時間の三十分前、午前十一時半だった。二人は徒歩でテレビ塔に向かった。望月は四人の尾行が付いて既にブランデンブルク門の辺りまでたどり着いていた。望月の無事は彼が携行しているスマホの現在位置が移動していることと、ＢＮＤのヴァルターからの情報で確認していた。ＢＮＤのメンバーは既に追っ手の四人が上着の内側に武器を携行していることを調べ上げていた。

「奴らがどう分かれるか……だな」

片野坂たちがテレビ塔のエレベーター乗り場の列に着いた。建物の入り口には白いテント屋根があり、その先の建物を入った階段の上では空港並みの手荷物とセキュリティチェックが行われている。この日は珍しく少ない三、四十人の列だった。

「このセキュリティチェックは厳重だな。奴らは二手に分かれるしかないな」

「そうですね。二人分の武器を預かるメンバーが外で残ることになりますね……もし、望月さんとBNDのメンバーがこの場で二手に分かれ、追っ手もここで分かれることになるとすると……面倒なことになりましたね」

「ホテルマンの話ではエレベーターは八人がやっとの広さらしい。そうなると、望月ちゃんとBNDのメンバーは別々に降りてきてもらわなければならないな」

「追っ手がここで増えることはないでしょうから、BNDの二人に先に展望台に昇ってもらって、その後を望月さんと私が行きましょう。先輩は武器の見張り役にそれとなく近づいてみてください」

「片野坂、お前が先にやるんだな？」

「やった段階で連絡を入れます。おそらく、展望台からエレベーターに乗る直前にやる予定です」

「脚の付け根を狙えばいいんだな」

「発射速度は昨日試したとおりです。一メートル以内なら確実にピンポイントで当たりますよ。私は真後ろ、もしくはほぼ正面から狙います」

「わかった」

　この時BNDのヴァルターから片野坂に「間もなく」という電話が入った。

「あのデッカいのがBNDだな……」

　香川が言うと片野坂が笑顔を見せて答えた。

「想像以上にデカいですね。あれなら十分にガードできますね。後ろにいる望月さんが小さく見えます。さらに望月さんの後方に追っ手の四人が綺麗に展開しています。その後ろにさらにBNDが三人。その真ん中が私の協力者です」

「おお、ドイツ人らしい顔つきだな……見るからに頭がよさそうだ」

　望月がエレベーターの順番待ちの列に近づいたのを確認して片野坂がさりげなく動きだした。望月と片野坂の間に若いカップルが並んだのを確認してBNDの一人が並んだ。追っ手もその後にまず二人が並んだ。

　列が進むと並んでいた追っ手の一人が残った二人のところに駆けだした。セキュリティチェックに気付いたのだろう。慌てて周囲から見えない方向に身体をよじって荷物を預けると、また、列に走って戻った。すぐにもう一人も同様の行動をとった。その動きを見ていた後方のBNDの三人が笑っているのを見ながら、香川は必死に笑いをこらえていた。

片野坂と望月、ＢＮＤの四人は同じエレベーターに乗ることができたが、搭乗定員を超えたため追っ手は隣のエレベーターに乗ることになった。動き出したエレベーターの中で真後ろにいた片野坂に気付くと、望月が満面の笑みを浮かべた。片野坂は穏やかに頷いた。

四十秒ほどでおよそ二百メートルの高さにある展望台に着いた。展望台は二階建てで中央近くに階段があって、階上のレストランに昇ることができる。望月は窓の方向に歩き出した。ＢＮＤの二人もこれを追った。間もなく隣のエレベーターが到着し、二人の追っ手が背伸びをしながら望月を探しているのを片野坂は穏やかに見ていた。

やがて望月がタイミングを計ったかのようにＢＮＤの二人と握手をし、ジャケットの内ポケットから黒い二つ折の財布のようなものを取り出して手渡し、にこやかに談笑を始めた。数分後、もう一度握手をすると、望月は再びエレベーター方向に歩き始めた。黒い財布様のモノを受け取った一人が中を確認して、もう一人とやや大げさにハイタッチをして笑っている。これを見ていた追っ手の二人は一人がスマホを出してどこかへ連絡をすると、二手に分かれて、一人が望月の背後に付いた。片野坂もスマホで香川に三回コールで切るサインを送ると、ズボンのポケットに右手を入れてその後ろに付いた。

エレベーターに乗り込むとすぐに扉が閉まり、割と速い速度で降下を始めた。片野坂は右手をポケットから出してゆっくりとした動作で正面で両手を握ると、首を二、三度左右に傾ける動作をしながら発射のタイミングを計っていた。エレベーターが停止し扉が開いて望月が動きだした瞬間、片野坂は直前にいる追っ手の左脚上部に向かって細い筒の後ろのボタンを押した。追っ手の男はあまりにも瞬間のことで、痛みにも気づいていないようすで、やや早足になっていた望月を追った。望月は予めの約束動作のとおりトイレに向かっただけだった。

その間、香川は荷物を預かっている二人の追っ手に近づくと、地図を広げながら困り果てた様子で、流暢な北京語で訊ねた。

「あなたは中国人だね。大使館の場所を教えて欲しいんだが、わかるかい？」

追っ手の一人が愛想よく地図を覗き込みながら訊ねた。

「どうして私たちが中国人とわかったんだ？」

「同胞をわからないでどうする。しかもあなたのその背広は大楊創世《ダーヤンチユアンシー》の仕立てだろう」

「おお、よくわかるな。まあいい。俺たちも急いでいるんだが、どれどれ」

男はすぐに現在地を指で示したため、香川が中国土産のパンダボールペンを出して、

「これで丸を付けてくれ」

「パンダボールペンか……懐かしいな。まだ売っているのか」

「露店に行けばいっぱい売っている。お土産には喜ばれるんだ。これはあんたにあげよ

う」

香川の説明に喜びながら男が中国大使館の場所に丸印を付けた。これを見て香川が言った。

「日本の大使館でさえ地図に載っているのに、どうして中国は大使館を堂々と地図に載せないんだ」

「大使館は新しく引っ越したばかりだからだろう。行ってみればびっくりするぞ」

「そういうことだったのか……わかった。ありがとう。こっちに行けばいいんだね」

「気を付けてな」

話をしている間に香川は男の右脚の付け根に針を打ち込んでいたが、男は気付いた気配がなかった。香川は少し心配になりながらも、もう一人の男の方に近づき、

「あんたにも、縁起のいいパンダボールペンをあげよう。どれがいい？」

上着の左ポケットから四本の色違いのパンダボールペンを差し出してもう一人の男に見せると、男は笑いながら近づいて緑色の一本に手を伸ばした。

「おお、それは縁起のいい色だ。今日はいいことがあるよ」

笑いながら香川はその男の右脚の付け根に針を打ち込んでいた。

香川が指示された方向にゆっくりと歩き出すと、男が香川を呼び止めた。

「お兄さん、あなたは仕事でベルリンに来ているようだが、何の仕事だ？」

「私は清華大学の教授で、習近平最高指導者とは小学校も同じだ」

香川のはったりに、二人の追尾者は思わず姿勢を正して香川に深々とお辞儀をした。

「あなたたちも、いい旅をしてくれ」

香川は頭上で二度、手を大きく振って踵を返した。間もなく、片野坂が香川を見つけたらしく電話をしてきた。

「離れたところから見ていると、まるで友達のようでしたが、まさか協力者にしたわけじゃないでしょうね」

「馬鹿言え、そちらは上手く行ったのか?」

「まだBNDに付いた男が降りてこないんです」

この時、BNDの追尾に回った男は望月が手渡した財布様のモノが気になったらしく、エレベーターを降りたところでスリをしようとして逆に取り押さえられていた。間もなくBNDの男に右腕を後ろに捻じられて建物から出てきた。

追っ手の仲間はこの姿を見て啞然としていたが、どうすることもできない状況だった。これを見た片野坂が機転を利かせてヴァルターに電話を入れた。

「想定外のことになってしまったが、この男を同胞として僕に預からせてもらいたいんだ」

するとすぐ近くにいたヴァルターが現場に出てきてBNDの二人と話を始めた。そこに片野坂が加わり、ヴァルターに向かって言った。

「何をしたのか知らないが、どうもこの男は私と同じ中国人のようだ。身なりも悪くない。きっと魔が差したのだろう」

そう言うと、後ろ手に捻じりあげられている男の正面に立って流暢な北京語で厳しい口調で言った。

「お前はよその国で恥ずかしい振る舞いをした。国に帰れば極刑だ。ここで叩頭《こうとう》をして謝罪しろ」

男は片野坂の迫力に驚いた様子だった。片野坂がヴァルターに男の手を放してもらうよう頼むと、男の右手を摑んでいたBNDのエージェントは突き放すように男の手を放した。男はその場で両膝を地面につけ、両手を地面に置き、さらに頭を地面につけて中国語で詫びの言葉を唱えた。片野坂がヴァルターたちに、

「この行為は、本来は人間が神仏に対して行うものであるが、目上の者に対して重大な過ちを犯したことを謝罪する場合にも行われるものだ。ここはこの場に免じて許してもらいたい」

というと、ヴァルターが軽く「ＯＫ」とだけ言った。片野坂は土下座状態の男の肩を摑《つか》んで立たせると、もう一度深々と頭を下げさせた。その時、片野坂は男の右脚の付け根に針を打ち込んだのだが、ヴァルターをはじめ、誰もその行動に気付いていなかった。

ヴァルターが望月に付いていたBNDのエージェント二人を逃がそうとした時、望月がダッシュを始めた。三人の追っ手は仲間の様子に気を取られていたために、数秒これに気付くのが遅れた。砂漠で鍛えられた望月の脚力は素晴らしかった。追っ手の一人が拳銃を抜こうとしたがリーダー格の者が周囲を見てこれを制止した。リーダー格の男がふと振り返ると、BNDのエージェント二人の姿はそこにはなかった。このため、追っ手の四人はあわてて望月の後を追い始めた。

望月が指定されていた車両に乗り込むと同時に、車は素早くスタートした。追っ手は唖然とした顔つきで、ここまで十日間の苦労が全て無になったことに気付かされたのか四人揃ってその場に立ち尽くしていた。

これを見て片野坂と香川は予定どおり車に乗り込むと空港に向かった。

東洋の犯罪組織の四人が大ティーアガルテン内で変死体で発見されたという報道は、その二日後に地元紙の市内面に小さく掲載されただけだった。

第七章　スイス・ツェルマット

ジュネーヴ空港の敷地はスイスとフランスの国境をまたいで両国に広がる珍しい立地である。

空港ロビーで白澤が三人を出迎えた。

「お疲れ様でした。無事にお仕事は片付いたのですか？」

「だと思うけどな」

香川が答えると、白澤が怪訝な顔つきで訊ねた。

「まだ結果が出ていない……ということなのですか？」

「今夜中には知らせが入ると思うんだが、何しろドタバタ劇だったからな」

香川が話す間、片野坂は穏やかな顔つきのまま空港内を見回していた。白澤の表情が晴れない様子だったため望月が口を挟んだ。

「今回は私のミスで皆さんにご迷惑をおかけしてしまったんですよ。まさかＢＮＤのチームまで巻き込んでしまうとは思いませんでした」

「そうだったようですね。でもみんなが揃ってスイスで会えるなんて夢のようです」

「確かに、四人全員が海外で揃うのは初めてですからね」

望月もようやく緊張が取れたのか、日頃あまり見せないような嬉々とした表情を見せていた。望月の笑顔を見てホッとしたのか白澤が言った。

「ホテルの送迎車がスタンバイしてくれています。カートのままこちらへどうぞ」

「白澤パワーか？」

「いえ、今日は大事なお客様をお連れする旨の話をしたら、車を出してくれたんです。スイスのホテルもまだ海外からの観光客を積極的には迎えていないのですが、古くからの客はちゃんともてなしてくれるんです」

「そんなに昔からの常連だったのか？」

「ハノーファー国立音楽大学に入学した時に両親と来たのが最初で、その後、何度か足を運んでいます。レマン湖畔の素敵なホテルで、お料理も美味しいんです」

「確かにフランス国境で、レマン湖の北西湖畔はヨーロッパのセレブの別荘地でもあるからな。フレンチレストランのレベルは高いんだろうな」

二人の話を聞いてようやく片野坂が口を開いた。

「今夜はもう九時過ぎですが、ヨーロッパの夜ご飯はこの時間から始めるところも多いのですから、いい酒でも飲みましょうか」

ホテルは空港から車で二十分ほどで着いた。レマン湖畔に並ぶ超高級別荘を改造したような落ち着いた雰囲気だった。車寄せに送迎車が停まるとバトラーが恭《うやうや》しく車の扉を開けて挨拶をした。さらにベルボーイが車両の後部扉を開けて荷物を降ろし始めた。

「なるほど……上高地《かみこうち》の帝国ホテルをグッとシックにしたような重厚さがあるな」

香川が言うと、白澤がいつもとはちょっと違った言葉遣いをした。

「スイスのホテルらしい落ち着きがありますでしょう」

「そうだな……このホテルは別荘を改造したものなのか？」

「そうです。もともとはローザンヌにあった、かつての王家の別荘を移築してホテルにしたと聞いています。父の知り合いに紹介してもらったのが最初でした」

四人がホテルの入り口を各々《おのおの》眺めていると、バトラーが片野坂に向かって言った。

「先にダイニングにご案内致しましょうか？」

「そうですね。実はみんな腹ペコなんです」

「さようですか。本日はお嬢様のご用命で、いい食材を取り寄せております」

「ありがとうございます。料理に合わせたワインもお願いします」

「心得てございます。うちのソムリエは、フレンチはもちろん、日本料理も学んでおりますので何なりとお申し付けください」

外見は木造に見えた建物だったが、玄関周りは床も総大理石で、深紅《しんく》の絨毯《じゅうたん》に靴が吸い込まれそうな感触が疲れを癒してくれるようだった。さらにメインダイニングは重厚なマホガニーで統一されていた。

「これはキューバンマホガニーですね……」

片野坂がため息交じりに言うとバトラーが穏やかな笑顔で答えた。

「お目が高いですね。十九世紀半ばにキューバから取り寄せたものと聞いております。現在はほとんど出回ることがないようですね」

「出回るどころか、ワシントン条約で取引が制限されています。その結果、マホガニーよりもチークの方が高くなるという状況になっているのです。しかし、この重厚感はチークでは出ませんからね……」

バトラーが頷きながらダイニングルームの入り口で、レストランのチーフに四人を案内するよう指示し、「お楽しみください」と言って引き下がった。これを見て白澤が言った。

「あのバトラーはスイスの上流社会でも有名な人で、主要国の政財界幹部とも面識がある方なんだそうです。さすがに一目見て片野坂部付の存在を見抜いたのですね」

「この中では一番苦労していない者に見えたからでしょう」

片野坂が答えると、香川が白澤に言った。

「香葉子お嬢様、このホテルはたいしたもんだな。スイス版『一見《いちげん》さんお断り』という雰囲気だ」

「確かにメンバーの方のご紹介がないと、客室だけでなく、ダイニングルームにも入ることができないそうです」

「スイス銀行のホテル版……というところか……ルガノ湖畔にも似たようなホテルがあったな。なあ望月ちゃん」

香川の問いに望月が頷きながら答えた。

「確かにルガノはあんなに小さな街なのに、スイス第三の金融都市で、いわゆるスイス銀行の拠点でしたから、ホテルもそんな雰囲気を持っていましたね。ただし、ここのホテルは別格のようです」

レストランチーフは四人をダイニングの中でも最もよい場所と思われる窓際の席に案内した。美しい芝と、その向こうにあるレマン湖の畔《ほとり》部分がライトアップされていた。

片野坂がシャンパンをオーダーし、各々がメニューから単品で料理を選んだ。望月は「仔羊のロティとジュ　フォアグラのファルス」を嬉々として注文し、満面の笑みを見せて言った。

「ラムラックの骨、筋等をじっくり焼いて、その後野菜と一緒に煮込んだ出汁が『ジュダニョー』というものなのですが、このメニューを出すことができるのも素晴らしい。それに加えて、ラムロースの芯というか、中心部分であるラムロインの中にフォアグラが入っているわけで……イギリス王室が晩餐会で出す最高級メイン料理のようだと思います」

「ほう、望月ちゃんも語るね」

香川に続いて片野坂も笑顔で言った。

「実は僕たちは昨夜、ベルリンのビストロでこっそり出陣式をやったんですよ。今日はこの作戦行動が動き出して約一か月間にわたるロシア、中国対策の中間慰労会と、これから本番に移る大作戦の結団式を兼ねて乾杯しましょう」

白澤が訊ねた。

「大作戦……ですか？」

「新たな日本海海戦の幕開けとでもいいますか……とはいえ、実際にドンパチやるわけではなくて、敵の戦力をズタズタにする静かな闘いの始まりです。すでにその先陣は望月さんが切ってくれていますが……」

「あの、準天頂衛星システムみちびきのL六波を使った、日本海の位置情報のことですか？」

L六波は周波数一二七八・七五メガヘルツのマイクロ波のことである。

「その話はツェルマットに着いてからのことにしましょう。まだほんの実験段階のことですから」

そこにシャンパンが運ばれてきた。四人で前途を祝《しゅく》しながら静かに乾杯をした。

「ようやく生き返った気持ちがしました」

望月が実に嬉しそうに言った。

「その気持ち、よくわかるよ。十日間、命を狙われながら追尾を受けていたんだからな」

「それでも、香川さんと部付のアドバイスを受けていたのが心強かったです。あれが一人だけだったら、果たしてどうなっていたか……奴らがプロであることは動きでわかっていました」

「結果的には離脱できたんだからいいんじゃないか？　今後の敵の動きは注視しておかなければならないだろうし、こちらも対策を講じなければならないが、総合的に判断して、敵も今後は多少慎重になるだろう」

聞き役になっていた片野坂が言った。

「先ほどＢＮＤの仲間から連絡が入って、全て上手くいったということでした。今後、ＢＮＤも中国に対して相応の圧力をかけることができるそうです。明日、在ドイツ中国大使館幹部を呼びつけるとのことでした」

「そうでしたか……味方が増えたような気がして嬉しいです」

再び望月の顔に笑顔が戻った。

「ヨーロッパの夜は長くていいですね」

「夏が短い国が多いですから、日本とは時間の流れ方が違うのですよね。私も夏になると早くても夕食は午後八時半以降にしています」

食事が終わったのは午後十一時半を回っていた。その間、ウェイターもソムリエも穏やかに対応してくれた。

「美味しい食事と、素晴らしいもてなしに感謝します」

片野坂が英語で言うと、ソムリエも流暢な英語で答えた。香川が両手を合わせて「ごちそうさまでした」と日本語で言うと、ソムリエは「おそまつさまでした」と日本語で返したため、香川が思わず「参ったな」と言うや笑い出し、ソムリエも笑った。

四人がそれぞれの部屋に戻ると、望月が片野坂の部屋のドアを「望月です」と言いながらノックした。

「どうしました？」

「ベルリンの空港でワインを買っておいたので、ご一緒していただけると嬉しいかな……と思いまして」

片野坂は笑顔で望月を招き入れた。

「大変でしたね」

「いえ、まだまだ公安マンにはなり切れていないな……とつくづく実感しました」

「とんでもない。立派な成果を挙げたじゃないですか」

「皆さんにご迷惑をおかけしただけでなく、五人もの命を失い、しかも、香川先輩にもやらなくていいことまでやらせてしまって……忸怩《じくじ》たる思いです」

「今回は仕方なかったと思いますし、香川さんもいい経験をしたのだろうと思います。僕なんか、アメリカ時代にどれだけ撃ってきたことか。組織と国を守るためにはやらなくてはならない緊急事態ですから仕方ありません。そのために日本でも、警察官は拳銃を持たされているのですから」

「それはそうですが……」

「香川さんも腰が据《す》わった、見事な動きでした。さすがだな……と思いましたよ。香川さんはこれまでも幾多《いくた》の修羅場を潜《くぐ》ってこられたのですが、武器を携行していなかったため、逃げに徹して来られたと聞いています」

「そんなことがあったのですか？　全く知りませんでした」

「公安一筋にやっていれば、内部情報を収集する相手は常に敵ですからね。いつでも覚悟はしてこられたはずです。特に、相手が海外の諜報機関や国内の極左暴力集団、ヤクザ右翼となれば、いつ襲われても仕方ない状況ばかりですからね」

「確かに超法規的事案に遭遇する可能性は高いですね」

「そうですね。望月さんも今回の悔しさを、帰国後の本チャンで晴らして下さい」

「本チャン……というのは、先ほど話題に出た日本海海戦のことですか？」

「そうです。詳細はツェルマットに行ってから説明しますが、望月さんがやってくれた発信機作戦が実に効果的なんです。これに私が昨年から進めている『海亀作戦』と上手く連携できれば、日本海をうろついている中国、ロシア、そして北朝鮮の潜水艦を丸裸にできると思います」

「海亀作戦……ですか……」

望月は首を傾げながら考え込んでいた。これを見た片野坂が言った。

「それよりも、その手にしているワインを飲みましょう。僕も食事の時は料理に夢中になり過ぎていました。さすがに白澤女史が家族で訪れているところだけあって、素晴らしい料理でした。望月さんのラムも実に美味しそうでしたね」

「あれは、私が今まで食べた羊料理の中で群を抜いた美味しさでした。本当ならばシェアして差し上げたかったのですが、場所の雰囲気に押されて遠慮してしまいました」

「まあ、あそこでそれはできなかったでしょう」

すると望月がポケットからソムリエナイフを取り出して器用にキャップシールのボトルネック下部に当てると、くるりとボトルを回し、さらに縦に切り目を入れてキャップシールをポンと全て取り除いた。

「まるでソムリエのようですね」

　片野坂が感心して言うと望月が笑顔で答えた。

「最近はキャップシールを外すのが主流になってきているんです」

「今日のワインはドイツワインですか？」

「いえ、ボルドーです。さすがにプルミエ　グラン　クリュと呼ばれる五大シャトーのビンテージものではありませんが、ドゥゼーム　グラン　クリュを見つけたのです。本当は日本酒を飲みたかったのですが、さすがにベルリンの空港にはありませんでした」

「望月さんはソムリエか何かの資格を持っているんですか？」

「ワインエキスパート・エクセレンスを取得しています。酒類業務等に従事しておりませんからソムリエの呼称は付いていないのですが」

「それでも、資格があるだけで素晴らしいことだと思いますよ」

　片野坂が部屋に用意されていたワイングラスを二客、ミニバーの棚から出してきた。

　望月が手慣れた動作でコルク栓を抜き、コルクにしみ込んだワインの香りをかいで頷くと、二つのグラスにワインを注いだ。

「テイスティングは省略ということで……」

「今の望月さんのブショネのチェックだけで十分です」

「参ったな。部付はソムリエ用語までご存じなんですね。本当に知識の深さにはいつも驚かされます」

片野坂が言った「bouchonné」というのは、汚染されたコルク栓によりワインの品質が劣化してしまうことを指している。出されたワインのコルクの内側には、「酒石」と呼ばれる赤黒い結晶がついていた。

「俗に言う『イースト エスタブリッシュメント』の世界では、ある程度のワインの知識は必要不可欠なんですよ」

アメリカではしばしば、WASPと呼ばれるホワイト・アングロサクソン・プロテスタントと、アイビー・リーグ（米国東部の八つの私立大学）出身者の世界が、支配階級を意味する「エスタブリッシュメント」とされている。片野坂が卒業したイェール大学はハーヴァード大学とともにアイビー・リーグの双璧と言われている。

「なるほど……そうなのでしょうね。では乾杯しましょう」

「望月さんの無事に乾杯」

一杯目を喉に流すと、片野坂が先に感嘆の声を上げた。

「これは美味しい。色も透明感のあるrouge violetというのでしょうか。まだ若さも感じますが、黒スグリや胡椒《こしょう》を思わせる香りにシナモンのような香りが混じった、逞《たくま》しく腰の強さを感じます」

「部付、カベルネ・ソーヴィニョンの評価として最高だと思います」

そう言った後、望月は意を決したように言った。

「実は、今回の私自身の失敗もあってのことなのですが、対中国情報収集に関して、もう一人いてもいいのではないかと思っています」

「確かに香川さんも中国に入るのは困難でしょうし、望月さんはまだ日本人とは思われていないでしょうが、画像としては残されているでしょうからね」

「日本人が開発した高度な画像認証技術が中国でも使われていますからね。指紋と虹彩は偽造できても、骨格や身長等はなかなか誤魔化すことはできませんしね……」

実は片野坂も対中国に関して、もう一人の人材を模索していた。片野坂が訊ねた。

「望月さん、誰か心当たりの方がいらっしゃるのではないですか？」

「はい。外務省の外交官なのですが、できの悪い上司からさんざん嫌がらせを受けていて、いつ辞めてもおかしくはない状況なのです。能力は高いので、もし辞めて民間に行くことになれば、特に中国との仕事がある企業からは引く手あまたでしょう」

「チャイナスクールではないのですか？」

「チャイナスクールにも一時期いましたが、別のダメ上司から外されたのです」

「そんなにダメ上司は多いのですか？」

「多いですね。そのほとんどは旧外交官試験で合格した二世大使です」

「外交官試験には大使の子が五人に一人合格していた……という話を聞いたことがあります。そして、外交官試験を国家公務員採用I種試験に一本化してからは、大使の子の合格者はゼロだそうですが、本当のことなのですか？」

「恥ずかしながらそれは事実です。当時の外交官試験は情実試験の典型だったのです。世の中を舐め切ったような外交官が多いのも事実ですし、外国語もろくに出来ない外交官も多かったのです。二世、三世という者もいましたし、そういう人たちは大学を卒業することなく入省した人も多いため、大学で最も大事な専門分野の講義を受けることなく任官しているのです。あまり言うと、現在の皇后もその類ですから、表立っては言えませんけどね」

「法務省と外務省は国家I種試験に受かっていたとしても、司法試験と外交官試験に受かっていなければ本来の業務に就くことはできませんでしたからね。ようやく外務省はまともになりかけているのでしょうが、まだその残党が多く残っているわけですね」

「そのとおりです。特に四十五歳以上の外交官は、ほぼ全員が旧外交官試験合格者ですから、未だに通常のキャリア国家公務員を見下す傾向にありますね。中には現在のドイツ全権大使のような優れた人もいますが、人としての資質が問われるような人物が散見されるのも事実です。そんな者を上司に持った、これから中堅になろうとする優秀な人材の何人かが壊されてしまっているのが現在の外務省といっていいでしょう」

「その中で望月さんのような優れた外交官も結果的には辞めてしまったわけですしね」

「国際テロ情報収集ユニットに行った外交官の多くは、いわゆる組織の本流から外れた面々なんです。どこの省庁だって、本当に必要な人材を外には出さないでしょう？」

「本流から外れる……というよりも、旧外交官試験合格者に対する忖度の結果ではないのですか？」

「それは確かにあると思います。外務省の本格的な組織改革にはまだまだ時間がかかるのです」

「最低でも十年以上かかるのでしょうね……ところで、望月さんが推挙される方がうちに来てくれる可能性はあるのでしょうか？」

「彼はある意味で国士《こくし》なのです」

国士とは、自分の事は省みず、もっぱら国の事を心配する人物や憂国の士のことである。

「なるほど、憂国の士ですか……最近、望月さんはその方とお会いになったことはあるのですか？」

「前回の帰国時に会いました。部付の話をすると会いたがっていました」

「僕もお会いしてみたいですね。すぐに人事に反映できるかはわかりませんが、今回の仕事によって、警察庁や警視庁も全員が海外出張という状況には問題を感じると思います。とはいえ、それだけの仕事をしているのですから文句は言えませんでしょうけどね」

「この間の中間報告はされていらっしゃるのですか？」

「公安部長と警備企画課長には情報を入れています」

「ＢＮＤのことも……ですか？」

「これは個人的な人間関係に基づくものですし、ＢＮＤの仲間も情報提供者の話を報告する上司もいませんから、事実関係に基づいて、粛々《しゅくしゅく》と捜査を行うと思いますよ。数日中に結果もわかると思います」

「中国政府の顔を見てみたい気もしますが……」

「まあ、数十人の首切りがあることは間違いないでしょうね。北京冬季オリンピック開催前に、これ以上ＥＵを敵に回したくはない状況でしょうから」

　ワインが空くまでに一時間はかからなかった。

「さて、明日は午後にチェックアウトしてツェルマットに向かいますか」

「ツェルマットというと、観光地……というイメージしかないのですが。どうしてそこを選んだのですか？」

「多少の慰労会的な意味合いもありますが、永世中立国スイスの実情を見ておくのも大事だと思います。永世中立国というのは常時戦場と同じですからね。『自分のことは自分で守る』という意識を国民全員が共有しているのです。ここが隣国の永世中立国であるオーストリアとちょっと違うところですね」

「オーストリアと最も違う点はどこだとお考えですか？」

「歴史が大きいでしょう。一時期は最大の王国だったわけですからね。その意識が芸術の分野を高めているのですが、どういうわけか人種差別はよく見られます。スイスではまず見かけませんね」

「そうなのですか……知りませんでした。確かにスイスと言えば自然遺産がほとんどですからね。観光収入が国家収入の多くを占めていれば、それもまた必然なのかもしれません」

　そこまで言って望月は席を立った。片野坂は望月を笑顔で見送った。

　翌日はゆったりと各々午前中を過ごし、正午のチェックアウトに合わせてフロントに集合した。片野坂は自室でルームサービスの朝食を取っていた。

　ジュネーヴ駅から四人は、日本で片野坂が事前準備していたファーストクラス用のスイスホリデーカードを使ってツェルマットに向かった。四時間と少しの快適な列車旅だった。車内では四人とも駅でワインを買い込んで車中飲みを始めた。香川が嬉しそうに言った。

「初めての社員旅行……という感じだな。やはり列車の旅はこうでなくちゃつまらないな」

　すると白澤がにやりと笑顔を見せながら訊ねた。

「オリエント急行の旅もよろしかったんじゃありません？」

「まあな。しかし、俺は一人旅というのはあまり好きじゃないんだ。旅は道連れ世は情け……というだろう。旅はこうやって酒を飲みながら、適度にわいわいがやがやした方が楽しいものなんだよ。この一年半の間はコロナの影響で、国内でもこういう列車飲みができなかったからな……今でも向かい合わせで座ることはできないんだったっけ」

「日本はまだ向かい合わせで電車には乗れないんですか？」

　白澤の問いに片野坂が答えた。

「日本はまだダメです。そういうところは実に生真面目な国民性ですからね。それが、日本で第五波が収まってきた大きな要因の一つになっているのだと思います。警視庁も今年度までは職員旅行が禁止されていますから、多くの職員は、やはり寂しい思いをしていると思いますよ」

「確かにそうですね。私も女性警察官として年に一度の職場の一泊旅行は楽しみでした」

「女警にも大酒飲みは多いからな」

「そうですね……でも、不思議と旅行中のお酒で失敗する人って女性警察官では聞いたことがありませんよ。おまけに仕事の話はほとんどしなくて、趣味や食べものの話題が多いんです。先輩、後輩の新たな一面を見ることができて楽しかったですよ」

「そうかもしれないな……男の場合は、ほぼ酒、酒、酒……だからな。翌日にゴルフをする者以外は、朝から迎え酒をやっているからな」

これを聞いた望月が驚いたような顔つきになって訊ねた。

「みなさん、本当に、そんなにお酒がお好きなんですか？」

「ああ、好きだね……たまに下戸《げこ》もいるけど、酔っ払いはまずいない。公安部門で酔っ払いは即座に不適格者と看做されるからな。適度に酔って楽しむのが酒飲みの掟《おきて》なんだよ」

「うちにはベロベロになる奴もいましたけどね」

「警察官の中にも、時々、ベロベロになるまで飲む奴がいて、飲むと必ずと言っていいほど上司に絡むんだが、だいたい五年以内に職場を去って行く者が多かったな。職業人の三大事故は、酒、金、異性。この三つの悪癖はまず治らないと思った方がいい。そんな部下を持ったら、上司もなるべく辞めさせるように仕向けて行くんだ。そうしないと、いつ自分に火の粉が降りかかってしまうかわからないだろう」

「なるほど……確かに『元警官』でも記事になりますからね」

「そう。しかし、元警官が犯罪を行った場合、その者を処分した上司は褒められるのさ。

部下を見る目があったんだからな」

「そういうことですか……」

望月が笑いながらも納得していた。

ツェルマットの駅に着くと、そこには平面と直線の角張った電気自動車と馬車が併存している。市内にガソリン車の乗り入れを禁じているからだ。

「昔のままですね……二両連結のＥＶバスは、以前はありませんでしたけど」

望月が言うと片野坂は笑って答えた。

「ＥＶバスはツェルマットの一つ手前の駅の駐車場からここまで、ガソリン車で来た人を運ぶためのものでしょう。あのＥＶタクシーは地元の町工場が手作業で製造しているのだそうです」

「そういうことですか……でも、やはりホッとしますね。日本の上高地もせめてこれくらい交通制限を徹底すれば、もっといい空気になると思うのですが、もったいないですね」

「上高地とツェルマットでは観光客の絶対数と宿泊施設の数が圧倒的に違いますからね。世界を相手にするのと日本人の中でも余裕がある人を相手にするのとでは対策に差が出るのはむしろ当然でしょう」

「そうですね……でも、この徹底ぶりがいいんですけどね」

そこへホテルの黄色に塗られた送迎用ＥＶがやってきた。車の横にBijou Hotelと書かれている。若い運転手が片野坂を見つけるなり言った。

「グーテンターク　ヘル　片野坂」

「ホテルの名前がフランス語で、挨拶はドイツ語か……」

香川が笑いながら言うと、片野坂も笑って答えた。

「宝石という意味ですが、ドイツ語の『Schmuck《シュムック》』よりは美しく感じますからね」

これを聞いた白澤も笑顔で言った。

「ドイツ語で宝石を表す『Kleinod《クライノート》』というやや古い言葉があるのですが、『死語になりつつある美しいドイツ語』に選ばれているんですよ。でもホテルの名前にはちょっと合わないかもしれませんね」

白澤の発音を聞いたホテルマンが白澤に向かって言った。

「Fräulein《フロイライン》, Es ist eine schöne Aussprache（綺麗な発音ですね）」

現在のドイツでは、女性に対しては、ほとんど「Frau《フラウ》」を使っているのにもかかわらず、あえて未婚の「miss」に当たる「Fräulein」という言葉を使ったホテルマンの教養の高さが感じられ、白澤は笑顔で答えた。

「あなたの知性でBijou Hotelの品位がよくわかります」

駅からクライネマッターホルン行きのロープウェーの乗り場方向に進み、途中から

「緑の草原」という表現がぴったりの山道に入る。十五分ほどでホテルというよりも高級なロッジ風の四階建て三角屋根の木造建築の前に着いた。ホテルの百メートルほど先をロープウェーが上っていた。

ホテルでは一階のダブルベッドの部屋が四部屋用意されていた。一階の部屋にはベランダが備わっており、そこで朝食を取ることもできる。しかも、このベランダに出ると右手正面にマッターホルンの全体が見えるようになっている。

荷物整理をして約束の十分後にロビーで全員が顔を合わせると、三人が興奮気味に言った。

「ツェルマットでも最高のロケーションなんじゃないですか？」

「僕の知る限りそうだと思います。一応、全員の部屋の広さはほぼ同じにしてもらっているのですが、僕の部屋がやや広めになっているようなので、飲み部屋にしましょう」

すると、香川が嬉しそうに言った。

「片野坂、お前も大人になったなあ。出張経費でバンバン飲もうじゃないか」

「後ほど紹介しますが、今回はご芳志《ほうし》をいくらかいただいているので、それを大いに使わせていただきましょう」

「ほう、そんなに気が付く上司がいたのか？」

「局長と総括審議官の他に、国会議員の方からも頂いているんです」

「国会議員か……奴らも領収書の必要がない文書交通費があるからな……」

「まあ、そんなところだとは思いますが、今でも政党助成金なんて全く必要がない若手議員も多いんですよ。それも世襲議員でもない人ですよ」

「それが本来の姿だよな。あんな馬鹿げた法律なんか作るから、国会議員が皆小物になってしまったんだ。能力がある議員には今でも献金をする企業や後援者はいるからな」

「そういう人でなければ、いい後輩はついてきませんよ。こういうところにも人・モノ・金が重要なんです」

「そうだろうけど、餞別《せんべつ》をくれる……という関係なら、相当な情報交換をしているということだよな」

「そうですね。僕は与野党関係なく、将来の首相候補を探しながら会うことにしています。個人のデータに関しては警察が一番知っているでしょう。最近は警察庁のビッグデータで有望な国会議員について分析を始めたんですよ」

「備企で……か？」

「いえ、個人的にやっています。そのうち、身体検査をする時に有効な素材になることでしょうね。とはいえ、もし問題を起こしそうになったら積極的に捜査しますけどね。常時、バックグラウンドのチェックが、チヨダの情報と連動して自動的に行われるようになっていますから」

「そんなことはお前さんしかできないだろうな。よし、折角のご厚意ならめいっぱい甘えようじゃないか。その前にちょっとだけ、この景色を眺め、いい空気を吸いながら歩きたいもんだな」

香川の言葉に賛同して、まだ日が高い夕方の高原をのんびりと歩き始めた。散歩は意外に長く続いた。

観光地の建物を眺めながら香川が言った。

「さすがに永世中立国のスイスだけあって、建物がまるで要塞《ようさい》のようだな」

「そこを見ていただきたくて、ここに皆さんをお連れしたのです。どのホテルや民宿のオーナーも年に数回ある銃器の訓練には積極的に参加されていらっしゃるようです。ここツェルマットも国境に近い場所ですが、もし国境の封鎖に失敗して外国の侵略を受けても、主要な一般道路には戦車の侵入を阻止するための障害物や、トーチカが常設してあるんです。東西冷戦の名残で、二〇〇六年までは、家を建てる際には防空壕（核シェルター）の設置が義務づけられていたのです」

「そこまでやっていたのか……」

「その数や収容率と強固な構造は、他国の防空壕と比べても群を抜いていて、古い防空壕は、地下倉庫や商店などとしても利用されているんです。平和ボケした日本とは国や個々の生命を守る姿勢が全く違いますよね」

片野坂の解説に白澤が頷きながら言った。

「ここに来る途中でオーストリアとスイスの人種差別の話が出ていましたけど、自分の国を自分で守る……という意識の高さは、スイス人は別格だと思います。そうであるからこそ、人種差別などという、そんなに知的レベルが高いわけではない一部のＷＡＳＰの人たちの思い上がりの意識とは真逆な、人間らしさが旅人に安心感を与えてくれるのだと思います」

これを聞いた望月も頷きながら白澤の後を続けた。

「歴史的にオーストリアは中世の王家の意識が根強く残っているのでしょう。何と言っても、あのマリー・アントワネットを産んだ国ですからね」

「確かにそうだよな。オーストリアで見るものは自然よりも寧ろ建築物だし、王政が豊かだった遺産としての音楽等の芸術だからな。隣国同士の永世中立国とか、ひとくくりにしてはならないということだ」

香川も頷きながら二人の意見に同意していると白澤がやや首を傾げながら言った。

「日本もＧ７などと言わず、資源も食料も自給できないのですから、もう少し分相応の国になればいいと思います。その点から見るとスイスという国は、米誌『ＵＳニュース＆ワールド・リポート』が発表した世界最高の国ランキングで第一位に選ばれているんですよね」

白澤の顔を見て片野坂が言った。

「日本は江戸幕府を終わらせて明治に入ると、地政学という学問を無視して脱東洋を夢見てしまったのですね。そこから欧米列強への仲間入り意識が始まったのでしょうが、結局は第二次世界大戦の敗戦によって、政治も経済も世界最悪クラスの国家にまで転落してしまったわけです。その後、中国やソビエトで共産主義が台頭することによって東西冷戦の中に組み込まれていった……その流れの中でも、日本人の中に残っていた『成り行き任せの、なし崩し体質』は治らないままでした」

再び香川が頷いて言った。

「成り行きか……、昔、政治学の授業で習ったな……とかく、日本人という人種は、すぐに新しい流行を追っていき、その都度その都度コロコロと器用に新しい流行を摂取し続ける……という体質は今でも変わらないからな。そしてそれを誰も反省していない」

「香川先輩の記憶力には本当に感心します。これは政治もそうですが、最近は行政の中にも多く出てきて、忖度などという悪しき風潮が警察の中にまではびこってしまいました」

「そうだったな……まだしばらくはその傾向が続きそうな感じだな。その間に全国的に不祥事が起こらなければいいんだが……」

「実は僕もそれを心配しているんです」

これを聞いた白澤が驚いたような顔つきになって訊ねた。

「日本警察まで危ないのですか？」

「危ない……というより危うい……ですね。日本人らしさというのは、確かにいい面も多いのですが、自分で自分のことを決断する主体が欠けているところが最大の問題だと思います。その点で言えば、スイス人は違います。一九二〇年に国際連盟に原加盟国として加盟し、その連盟本部がジュネーヴに設置されたにもかかわらず、UNに加盟したのは二〇〇二年ですからね。永世中立国をUN、つまり連合国に否定されていたことに対する強い信念を持っていたのです」

「そういう背景があったのか……しかし、日本とスイスの共通点はどこにある？」

「スイスは山岳地域が多く、先進国で条件の不利な農業環境を有することから我が国の農業とよく比較されています。食料自給率も六割を切っていて、日本の六十六パーセントよりも低いんです。おまけにスイスはEUに加盟していないことから、直接支払等を中心とした独自の農業政策を展開していることが特徴だそうです。さらにスイスでは天然資源となり得るものが殆ど存在しないのも我が国に似ているんですね」

「なるほど……似て非なるものか……。それでも学ぶべきところは多いのだろうな……ただ、最大の違いは人口か……スイスの総人口は一千万人にも満たないのだろう？」

「そうですね、九百万足らず……ですね」

「それくらいの人口だったら、日本ももっともっと国民目線の福祉政策や経済政策ができるんだろうな……人口の多少というのは、まさに良し悪しで、その最たる国が中国なんじゃないか。あれだけの国民を食べさせなければならない政治家の責任は考えるだけでゾッとするよな」

そこまで言うと、香川は綺麗な空気を体中に吸い込むように大きな深呼吸をして、ポツリと「腹減ったな」と呟いたので、一同はようやく帰路についた。ホテルに戻ったのは七時を回るころだった。

夏のヨーロッパではまだ早い夕食時間だっただけに、ダイニングルームに行くと他の客は誰も来ていなかった。夕食はコース料理だったが、フォンデュ料理はチーズ、オイル、シノワーズの三種から選ぶことができた。ツェルマットは三泊を予定しているため、初日はスイスらしくチーズフォンデュにした。最もポピュラーなフォンデュ・ヌシャテロワーズはエメンタールチーズとグリュイエールチーズの二種を用い、白ワインとキルシュの酒類を加え、香り付けにレモン果汁・ナツメグを入れたものである。しかし、チーズの産地やワイン等の配合で、店ごとに味が異なるのが特徴だ。Bijouのそれは、絶品だった。溶けたチーズに付けるのはパンだけで、この自家製パンがフォンデュ用に焼かれたかのような味わいだった。

「これが本物か……東銀座の店で食べたものは全くの別物だなあ」

思わず香川が感嘆の声を上げていた。

食事が終わったところで、片野坂の部屋に移動して部屋呑みが始まった。白ワインと赤ワインを三本ずつ選び、サラダとチーズ、ハムをルームサービスで取り寄せた。飲み始めて三十分ほど過ぎた時、香川が望月に言った。

「望月ちゃん。ところで、今回中国で何をしたの？」

望月は国防科技工業局の士官との出会いを話した後、今回のミッションについて話し始めた。

「香川さん、水中モーターってご存知ですか？」

「マブチの水中モーターなら知っている」

「そうです。私が子供の頃にはまだ残っていたのですが、その後タミヤに生産が移ったのです」

「タミヤか……ラジコンをやっていたからよく知っている。その水中モーターがどうしたんだ？」

「水中モーターの頭部の突端に超小型発信機を付けて、中国の原子力潜水艦に取り付けたんです」

「何？　どうやって？」

「世界中の潜水艦の本体は、ソナー探知を防ぐために、金属がゴム繊維で覆われていますでしょう。ですから三本のかぎ状の足を付けた超小型発信機をぶつけてやると、カギが繊維に付着して、水中モーターだけ海中に沈む……という、実に簡単な装置を作ったんです。自衛隊の潜水艦で実験したところ、とても上手くいくので中国に十台持ち込んでやってみたんです」

「どの潜水艦にどの発信機を付けたかを確認してのことだろうな？」

「周波数を微妙に変えているので個体識別ができるようになっています。この周波数を白澤さんに知らせて、動きを探ってもらったところ、たまたま中ロの軍事演習にぶつかった。今、大和堆で中国の漁船が大量に違法操業を行っていますが、実はその下で潜水艦の作戦行動が進められていることがわかったのです。すでに、ロシアの潜水艦については防衛省と警察庁が動きを摑んでいるので、相互の秘密交信状況も明らかになりました」

「お前さん、そんなことをやっていたのか……そりゃ、命も狙われるわ」

香川が呆れた声を出すと、望月が笑って答えた。

「でも、その何年も前に、片野坂部付は『海亀作戦』を始めていたのです」

「海亀作戦？　なんだそりゃ」

「私がまだ、この組織に入る前に、香川先輩たちは対馬に行かれたでしょう？」

「ああ、スパイの殺害事件だったけどな」

「その時には、すでに片野坂部付は現在の中国人民解放軍の潜水艦対策を始められていたんですよ」

「それが海亀作戦……なのか？　中国で言う『海亀』はアメリカ等の海外に留学して学問や技術を習得し帰国する連中のことだろう？」

「その海亀ではなく、本物の海亀を使った海中情報収集作戦だったのです。部付、後は部付がご自身で説明して下さい」

望月に話を振られた片野坂は笑いながら言った。

「日本海にも対馬海流に乗ってやってきたアカウミガメが多く生息しているんです。ウミガメだけでなくミナミバンドウイルカなども、能登半島の内海に当たる七尾湾《ななおわん》にある能登島周辺に棲み着いているほどです。日本で野生のイルカと泳げるのは、能登島を含めて四か所だけなんです」

「そうなのか……」

「特に日本海のウミガメに関しては、浦島伝説が『日本書紀』『万葉集』『丹後国《たんごのくに》風土記逸文』に残されています」

「丹後か……確かに日本海だな……」

「先輩、対馬に行った時に和多都美《わたづみ》神社という海辺の神社に行ったのを覚えていらっしゃいますか？」

「おう、海幸山幸《うみさちやまさち》のモデルになったところだったな。海の中に鳥居があったり、珍しい三柱《みはしら》鳥居がある神社だった。そういえばそこでも夫姫《おとひめ》という、浦島伝説に似通った名を聞いたな」

「よく覚えていらっしゃいますね」

「最初の出張の地だったからな。そこから俺たちの栄養出張が始まったようなもんだな。博多皿うどんも美味かった」

「そうですね……あの時、海亀の背中にセンサーを付けて海水温を測っているグループとたまたま出くわしたんです」

「そうだったのか……」

「海亀の甲羅《こうら》は成長するため、約二年でセンサーが海底に落ちてしまいます。それで、そんなに高価な装置を取り付けることはできないということだったので、僕もこのグループに一口乗せてもらおうと、予算取りをして潜水艦の探知装置を取り付けてみたんです」

「そんなことをやっていたのか……それで、結果はどうだったんだ？」

「海亀は呼吸のため、定期的に水面に上がって来るので、ほぼ正確に居場所を探すことができるんです。潜水艦の通行も確認できるのですが、ロシアの潜水艦以外は、どこの国のものなのかまでは明らかではありませんでした。ロシアの原子力潜水艦についてはほぼ場所を特定できていますからね。そんな背景があって、今回、望月さんから水中モーターの話を聞いたのです」

「そういうことだったのか……」

「結果的に、ロシアと中国の海軍だけでなく、空軍も含めた合同演習の実態や、何をやろうとしているのかがリアルタイムでわかるようになったのです」

「北朝鮮はどうなんだ？」

「北朝鮮の潜水艦で要注意なのは三隻しかありません。ＩＣＢＭ搭載艦だけですね」

「それは把握できているのか？」

「だいたいできています。あとは、日本の領海であまり好き勝手をさせないような対策を講じなければなりません」

「そうかといって、俺たちが何かできるというものではないだろう？」

「勝手にやっている合同演習ですから、ほんの少しだけお灸《きゅう》をすえてやればいいと思っています」

「お灸？」

「大和堆で違法操業をやっている連中と三国の軍隊がパニックになれば面白いと思いませんか？」

「どういうことだ？」

「今、日本海で泳いでいる十匹の海亀と、望月さんがセットしてくれた十台の発信機を利用して、演習中に妨害電波を出してやるんです。中国の原子力潜水艦十隻と海亀ちゃん十匹からランダムにソナーを発信すれば、演習どころではなくなると思いますよ。潜水艦が急浮上でもすることになれば、違法操業の漁船もパニックになることでしょう。国家の命令で出漁《しゅつりょう》させられている漁師たちには申し訳ないけど、それなりの損害は我慢してもらうしかないでしょうね」

ソナー（ＳＯＮＡＲ）とはSound navigation and rangingの略称で、音波を水中に伝播させ、水中・水底の物体に関する情報を得る装置のことである。

「ソナー……、いわゆる潜水艦にピンガーを打つことだろう？　沈めるつもりか？」

「日本では『ピンガー』と言いますが、これはアクティブ・ソナーによる探知のことで探信音（ping）を発信すること。直近三十年以内に就役した艦に、この装置は載っていないんです。最近はパッシブ・ソナーが主流ですね」

パッシブ・ソナーは、離れた物体が発生する音を分析し、その物体に関する情報を得るための技術又は装置のことである。

「そうなのか？　三、四年前のニュースで海上自衛隊の潜水艦が中国の原子力潜水艦に向けて打った……というようなことを言っていたが……」

「東シナ海の接続水域を中国の潜水艦が潜水後に浮上航行した時のことですね。それは海上自衛隊の潜水艦からではなく、『ひびき型』と呼ばれる音響測定艦から、警告のピンガーを打ったのだと思いますよ。それよりも、人民解放軍の連中も、そこまで馬鹿ではないとは思いますが、パニックほど怖いものはありません。合同演習中ですので、海上自衛隊や海上保安庁の船は近づかないでしょうし、救出は人民解放軍にやってもらうしかないでしょうね。同胞を救う勇気が彼らにどれくらいあるのかを海上自衛隊の哨戒《しょうかい》機にじっくり撮影してもらうのも大事でしょう」

「恐ろしいことを考えつくもんだな」

「舐めたらあかん……ですよ。ある意味で日本が全く手を下すことがない日本海海戦になるわけですね」

第八章　日本海海戦

三人が帰国後の十月十八日、中国海軍のミサイル駆逐艦など五隻とロシア海軍の駆逐艦など五隻のあわせて十隻からなる中ロ合同艦隊が津軽海峡を通過したことが報道された。

「津軽海峡を通過した十隻の船の下には六隻の潜水艦も一緒だったようだな」

「そのようですね。どのルートで戻って来るのか……対馬海峡を通ってくると思いますが、その時が楽しみです」

「北朝鮮の潜水艦は帯同していないんだな？」

「そこまでの訓練を受けていないのだと思います」

「津軽海峡は国連海洋法条約に基づく『国際海峡』なんだろう？」

「いえ、違います。日本の領海においては厳密な意味での国際海峡は存在しません。日本では領海法によって、『宗谷海峡、津軽海峡、対馬海峡西・東水道、大隅海峡』の五海峡は『特定海域』として、同海域に係る領海は基線からその外側三海里《カイリ》の線及びこれと接続して引かれる線までの海域、とされているため、三海里より外側については公海となり、国際航行に使用することが可能であるというもので、国連海洋法条約上の国際海峡とはならないのです」

「公海ね……。そして三海里か……一海里が緯度一分に相当する長さ……までは知っているが……」

「公海とはいえ、日本の排他的経済水域であることは間違いありません。一海里は千八百五十二メートルですから、三海里は約五・五キロメートルですね」

「海峡の幅が一番狭いのは『ごらんあれが竜飛岬《たつぴみさき》北のはずれと……』の竜飛岬だろう?」

「いえ、最も幅が狭いのは海峡の東側、渡島《おしま》半島突端の東側にある亀田半島の汐首岬《しおくびみさき》と下北半島の大間崎《おおまざき》の間で、約十七・五キロメートルです」

「そうか……六キロメートル強が公海なのか……何となく腑《ふ》に落ちないけどな……」

「仮に、特定海域を廃止して津軽海峡を十二海里まで領海としてしまうと、今度は国連海洋法条約に基づく国際海峡となってしまい、海峡内の海域全体にわたって外国船舶の通過通航権が認められることになってしまうんです」

「そういうことか……しかし、日本を仮想敵国として合同演習を行った艦船が、公海としてズカズカ通過するのをジッと見ていなくてはならないとはな……」

「ですから海峡に入る前の日本海で何らかの手を打つ必要があるんです」

「日本海と一口に言っても広いだろう？」

「大和堆ですね。実はある筋から、北朝鮮が、本来は何の権利も持たない大和堆周辺海域での漁業権を中国漁船に密売した疑いがあるとの情報が寄せられているんです」

「それで北朝鮮のボロ船が減っているのか……」

「おそらく、これは中国サイドが北朝鮮の漁船が邪魔だと思ったんでしょう。木造のボロ船に転覆でもされたら、演習どころではありませんからね」

「そういうことか……そこで何をやるつもりなんだ？」

「どれくらいの演習ができているのか試してみたいと思います。中国、ロシアも彼らが把握しているであろう、日本の海上自衛隊や海上保安庁が使用している周波数とは違うソナーで、固定聴音網《こていちょうおんもう》を日本海中に展開していると思わせるには絶好の機会です」

「固定聴音網か……中国も東シナ海や南シナ海に展開しているようだからな……結果が楽しみだな……」

　固定聴音網は水中固定聴音機（海底に設置されたパッシブ・ソナー）を用いた地球規模の海洋監視システムのことで、冷戦時代にアメリカ海軍が開発したとされる。

　十日後、望月が警視庁本部十四階の公安部オペレーションルームで片野坂に言った。

この部屋は元々公安総務課内にあった公安指揮所の設備を、片野坂の意見を聞いて拡充していた。

「部付、水産庁の情報では大和堆に向けて三百隻以上の中国漁船が対馬海峡を通過中とのことです」

「先ほど、白澤さんからも連絡があって、中国とロシアの軍艦も動き出したという情報が入りました。さて、第一回実験といきますか。内閣衛星情報センターから静止衛星画像を送ってもらいましょう」

片野坂はすぐに内閣衛星情報センターの次長に連絡を取った。計算では五時間後に大和堆周辺で合同演習が行われることになる。

防衛省、警察庁等からの情報を収集しながら、片野坂はＮＳＡのアレックスとＢＮＤのヴァルターに連絡を入れた。

合同演習予定時間の十分前、大型モニターに気象衛星からの画像、高度約三万六千キロメートルからの映像が映し出された。この高度では日本列島が北海道の稚内から沖縄本島まで入っている。画像は徐々にズームアップされ、高度千五百キロメートルになると日本海全体がモニター一杯になった。

これを見た香川が言った。

「同じ人工衛星でも、気象衛星と情報収集衛星をリンクさせるとは、ずいぶん手回しがいいんだな」

「気象衛星は静止衛星のため高度約三万六千キロメートル、それに比べて情報収集衛星は国際宇宙ステーションの約四百キロメートルよりもやや高い、高度約五百キロメートルですから、地球の全体像を見ることはできません。日本海の位置関係をはっきり見るには、気象衛星からの情報が必要だったのです。スイスから帰国後に内閣衛星情報センターの次長には連絡を入れておきましたから、次長もデスクで興味深く見ていると思いますよ。もちろん、警備局長も同様ですが、総監と公安部長は都議会の関係で後ほど録画を見ることになるでしょう」

「そうか……限られたものだけが見ることができる映像なんだな……」

画像が高度七百五十キロメートルにズームアップされると、能登半島の輪島市と大和堆の入る範囲がモニターに広がった。

「お前が輪島に行った理由がよくわかったよ」

「これから徐々に大和堆のアップに入り、情報収集衛星画像に切り替わったあたりで、輪島市の舳倉島《へぐらじま》が映ると思います」

上空五十キロメートルで舳倉島がはっきりと確認できた。

「ここも輪島市なのか？」

「はい、小学校もあります」

「そうか……」

香川が唸った。

上空一万五千メートルの画像になってようやく大型船舶の姿が確認できた。さらにズームアップされると、高度三千メートルで中国漁船がはっきり見えた。

「こんなにうじゃうじゃいるのか……」

「はい、これに中国原子力潜水艦の位置と海亀たちの位置をコンピューターで重ねてみます」

片野坂が彼の卓上のパソコンを操作すると、中国原子力潜水艦五隻、ロシア原子力潜水艦三隻が大和堆の中央、漁船団の北方約十キロメートル地点で数キロメートルの間隔をおいて何らかの作戦行動をしているのが確認できた。

片野坂がフーッと大きな息を吐いて言った。

「さて、まず、散らばっている海亀ちゃんにソナーを発信してもらいましょうか」

そういうと、保留の状態にしていた白澤との電話に話しかけた。

「白澤さん、第一段階をお願いします」

「了解」

白澤の元気な声が聞こえた。

間もなく、八隻の原子力潜水艦の動きが止まった。

片野坂が言った。

「もうすぐ、相互通信が始まりますよ」

これとほぼ同時に、ロシア潜水艦から中国の旗艦である原子力潜水艦に対して緊急無線がロシア語で発せられた。

「何だ、今のソナー音は……」

「三か所からソナーを打たれた。日本軍か……」

「日本軍ができる仕事じゃないが……」

これを聞いた片野坂が白澤に言った。

「白澤さん、第二段階をお願いします」

すると、中ロ相互間の潜水艦の緊急無線に暗い音楽が流れ始めた。ロシア潜水艦の艦長が驚いた声を出した。

「どうした、このチャンネルの周波数が漏れているのか……」

中国の指揮官も唖然とした顔つきで下士官に訊ねた。

「これは何の音だ。音源を探れ」

音楽を聴いた香川が笑い出した。

「ホーンテッドマンションか……ブラックジョークだな。ディズニーランドが聞いたら怒るぞ」

中国、ロシアの八隻の原子力潜水艦が発信源を確認すると、音源は三か所で、そこがランダムにゆっくりと移動していることがわかった。

「やはり日本軍の新兵器ではないのか……一旦演習を中止した方がよさそうだ。ひとまず、緊急無線のチャンネルを変えよう」

間もなく、中ロ相互間の緊急無線のチャンネルが変更された。片野坂は白澤に連絡を取った。数秒後、再び新たなチャンネルの音声が届いた。そこに新たなロシア語の音声が響いた。

「浮上航行して国旗を挙げよ」

これは、潜水艦がほかの国の沖合を航行する場合、国際法上、領海内では浮上して国旗を掲げなければならないとされているためだが、領海の外側にある接続水域等ではその必要はない。中ロの合同演習が行われている大和堆付近でも当然ながらその必要はなかったが、ロシア潜水艦の一隻だけが領海内に入っていたのだった。

当該潜水艦の艦長は緊急浮上の指示を出した。しかし、その場所では数十隻の中国漁船が違法操業中だった。

しかもこの日、通常ならば海上保安庁の巡視船が警告行動を行うのであるが、防衛省からの要請を受け、現場に出動していなかった。

十数隻の中国漁船の底引き網が原子力潜水艦に巻き込まれ、さらに潜水艦が緊急浮上したことにより漁船同士の衝突のほか、運悪く潜水艦との衝突事故も発生した。むろん、海上でも中国海軍のミサイル駆逐艦やロシア海軍の駆逐艦等が作戦行動を行っていたのだが、多くの中国漁船が違法操業している付近には部隊を展開していなかった。

現場がパニックになっているのが衛星からの画像で明らかだった。周囲で違法操業していた仲間の中国漁船が事故現場に集まっているが、巨大な原子力潜水艦の姿に驚愕して、沈没船乗組員の救出行動をすることができないでいる。間もなく、ロシア潜水艦のハッチが開いて乗務員がロシアの国旗を掲揚《けいよう》すると共に、漁師たちを助けるのを見て、ようやく救出が始まった。しかし、過積載《かせきさい》に加えて漁網《ぎょもう》ごと海中に引きずり込まれたせいもあって、沈没船の数は十隻を超えていた。

これを見ていた香川が腕組みをしながら言った。

「中国海軍の駆逐艦はどうして救出行動に参加しないんだ」

「それが人民解放軍の真の姿なのかもしれませんね。船乗りとしての教育が徹底していないだけでなく、一般人を駆逐艦に乗せてはならない……という感覚もあってか漁師を見下しているのでしょう」

結局、中国海軍が救出に来ないまま、ロシア潜水艦乗務員と漁師仲間の懸命な行動によって、救出は終わったようだったが、果たして沈没した漁船の乗務員全員が救出されたのかは明らかではなかった。

その後、浮上していたロシア潜水艦も周囲に日本の海上自衛隊や海上保安庁の船がないのを見て、旗艦と連絡を取ったうえで、国旗を降ろすと再び潜行を始めた。やがて合同演習は中止されたようで、ロシア海軍はウラジオストクへ、中国海軍は大連へと向かった。

これを見た片野坂は穏やかに言った。

「これでしばらくはおとなしくなるかもしれませんね。国家の命令で動かされていた違法操業軍団も、賠償《ばいしょう》が行われるまでは身動きできないでしょう」

「犠牲者が出ていなければいいんだが、そこまで俺たちが心配することでもないな。それよりもロシアと中国は今後、無線通信方法を全面的に切り替えなければならないだろうし、まさか、大国の海軍が海亀ちゃんに踊らされたとは思いもしないだろうな」

「そうですね。当分、日本海での合同演習はできないでしょうし、今後はロシア海軍が合同演習から身を引く可能性も出てくると思いますよ」

「ほう、どうしてだ？」

「ベルリン事件が尾を引いているようです」

片野坂が表情を緩めて答えた。

エピローグ

メルケルが首相を降りることが決まったドイツは対中国路線を大幅に変更した。メルケル自身が東ドイツ出身であったためか、プーチンと蜜月《みつげつ》関係にあっただけでなく、親ロシア、親中国政策を採っていた国家の政治方針が一転することとなった。

その原因の第一は世界中の指導者たちの誰もが、新型コロナウイルスの出発点が中国にあったことを認めている点にある。また、新疆《しんきょう》ウイグル自治区等における人種差別問題、香港政府による民主化弾圧問題、さらには南シナ海における覇権主義と、アフリカ等の途上国に対する債務《さいむ》の罠《わな》と呼ばれる政策などのせいでもある。

多くの国々の中で最も強硬な姿勢を見せているのがアメリカではなくイギリスなのである。イギリスは、香港の返還に際して約束した五十年間の香港の自治を中国共産党が一方的に破棄し、イギリスを中心とする世界の民主主義国家が国際金融都市として発展させた香港を自由のない街にしてしまったことに対する怒りが、他のどの国よりも大きいのだった。

「共産主義国家を信用することは最も馬鹿げたことだと見抜けなかった甘ちゃんのEU諸国が、今頃になってようやく気付いたのですからね……」

片野坂が笑いながら言うと、香川が、

「イギリスだって、一時期は中国から借金をしていたじゃないか？」

「当時はロンドンオリンピックを目指していたから仕方ないんですよ。ただし、あのエリザベス女王でさえ、当時の習近平を『あの男は嫌いだ』と名指しで言ったことで、イギリスの政治家の多くが自分たちの誤りに気付いた……とも言われていました。何だかんだ言っても、イギリスは未だに貴族制度が残る、珍しい資本主義国家なのですからね」

「貴族か……IOCにも『ぼったくり男爵』というのがいたな。多くの日本人が、もうオリンピックなんぞコリゴリだと感じていると思ったら、札幌市は性懲《しょうこ》りもなくまたオリンピック招致を考えているというから、久しぶりのビックリポンや」

「懐かしいフレーズですね。税金を使わずに開催したい……ということですが、まあ絵《え》空事《そらごと》ですね。金儲け主義のIOCの体質が変わるとは思えませんし、招致に際して表には出てこないコンサルティング等の裏金や、IOC委員の中の怪しい連中の口利き料を税金以外から集めるのは大変ですよ。スポンサーに付く企業だって馬鹿じゃありませんからね。外国資本以外の企業は株主を説得できないでしょう」

「そうだろうな……俺も東京都民として、今後も使い物にならない負の遺産と言われる競技施設のために、税金を払うのはごめんだ。ふるさと納税をやったほうがまだましだな。そんなことよりも、ベルリンの四人の行き倒れはどう処理されたんだ？」

「結果的に四人とも同じ場所で死んでいたようです。というよりも、ＢＮＤのメンバーが追尾をしていて、公園内で最初に倒れた二人を介抱しているうちに、後の二人も絶命したそうです。四人とも拳銃を所持していましたし、香港の政府が発行したパスポートを所持していたことから、警察ではなくＢＮＤが事件処理を行ったとか。しかも、そのうちの二人は前日に在ドイツ中国大使館に入っていることも明らかになっていましたから、外交ルートを通じて全権大使を呼びつけたそうです。さらに、ロシアに対しても、ロシア国内で発生した複数の殺人事件に使用された拳銃の存在を伝えたことで、ロシアもまた中国共産党に対して正式に事実確認を行った……ということです」

「外交問題になったわけか……中国共産党はどういう釈明をしたんだ？」

「知らぬ存ぜぬ……で、遺体の引き渡しも求めなかったようで、所持していたパスポートも偽造されたものと言い張ったそうです」

「なるほど……『死して屍《しかばね》拾うものなし』ということか……中国共産党らしいと言えばそれまでだが……そうなると、殺人事件はなかった……ということになるのか？」

「そのようですが、奴らが所持していたパソコンや携帯電話の中に、ＢＮＤにとって極めて重要なデータが残されていたそうで、ＢＮＤの中国分析チームにとっては宝の山だったと言っていました。後々、こちらにも少しは教えてくれるでしょう」

「そうか……殺人事件がなかったということになると、俺も少しは気が晴れるな」

その言葉を聞いた望月が香川に言った。

「戦争以外で人を殺《あや》めてしまうのは緊急避難の時だけでしょう。私の命を救うために香川さんにもご負担をおかけしてしまって申し訳なく思っています」

「まあ、俺だってこれまで直接手を下したことはなかったが、間接的には多くの命を奪ってきたと言っても決して過言ではないからな」

「そうなんですか？」

「極左やヤクザもん、中国共産党の連中の中には、俺たちが検挙したことによって、査問された挙句《あげく》に消された連中も多いからな。警察の敵というのは実に厳しい社会なんだよ。それと比べても、望月ちゃんの場合は実際の戦場に身を置いていたわけだからな。俺なんか足元にも及ばない経験をしてきたんだものな」

「最初は私のミスから始まったことですから……。それよりも、ロシアも中国との関係を少し見直し始めたようですね」

「中国人スパイに殺されたロシアの学者は、国家的にも重要な存在だったようです。今回の件に関しては、プーチンも相当ムッとしているそうです」

「そんな情報がどこから入ってくるのか知りたいところだが、今後、情報の世界も変わってくるんだろうな。映画の世界ではあるが、『ジェームズ・ボンド』も死んでしまったからな」

ジェームズ・ボンドは、一九五三年に作家イアン・フレミングが生み出した小説『007』シリーズの主人公の名前で、架空の英国秘密情報部のエージェントという設定である。二〇二一年に公開された『007／ノー・タイム・トゥ・ダイ』で、とうとうボンドは死んでしまう。

「映画としては一九六二年に始まったシリーズですね……東西冷戦時代からの六十年間、ある意味で世界中で注目されて二十五作も作られていたのですからね」

「ショーン・コネリーに始まりダニエル・クレイグが登場した時に、俺は、何となく終わってしまうんじゃないか……と思ったんだよ。それほどダニエル・クレイグははまり役だったし、映画化が二度目の『カジノ・ロワイヤル』でボンドガールに抜擢されたヴェスパー役のエヴァ・ガエル・グレーンが出てきたことで、最終章の始まりを予感したんだ」

「エヴァ・ガエル・グレーンは美しかったですよね……『Vodka Martini. Shaken, not stirred』で有名になったマティーニの『ヴェスパー・マティーニ』を久しぶりに思い出しました。そして、確かに香川先輩がおっしゃったように一つの時代が終わることをハリウッドが暗示しているのかもしれません。ハリウッドを中心に世界の映画産業のトップに君臨していたアメリカ映画界のリベラルな気風は強まっていますが、一方で愛国的な映画も国内では受けが良いためコンスタントに製作し続けられていますよね」

「そんな中で俺たちは実際に、架空の英国秘密情報部のエージェントもどきのことをやったわけだな」

香川が言うと片野坂は相変わらずの穏やかな顔つきで答えた。

「今どき、軍事パレードなどに海外の要人を呼ぶレベルの低い国家がある限り、諜報機関のエージェントは必要ということでしょう。しかもそこに呼ばれてのこのこ出かける人の中にUNの事務総長経験者や前WHO事務局長までいるのですから、UNやWHOという組織の不公平さが如実に表れていると思いますよ」

「二〇一五年に行われた『抗日戦争・世界反ファシズム戦争勝利七十周年記念式典』のことを言っているのだろうが、この時は日本を除くG7メンバー国の代表者も出席していただろう」

「確かにそうです。習近平が現在のような専制主義者になるとは思っていなかった、欧米の指導者たちが如何に多かったか……そしてその時のアメリカを除く指導者たちが、中国から金を借りていたのですからね。EUの貧弱さは、この時すでに露呈《ろてい》していたのです」

「お前らしい分析の仕方だな」

「僕は当時イェール大学に留学中でしたが、ジョージタウン大学国際関係大学院のメンバーと意見交換をしながら、中国の現在の姿を予測していたものです」

「そうだったのか……ところでお前は現在の、この警視庁公安部長付という中途半端な組織を、今後どうしようと思っているんだ？」

「まだ三年目の組織ですよ。しかもたった四人で世界中のエージェントたちと互角に戦っているというのは素晴らしいことだと思いませんか？　ただし、警察庁も今度どうなっていくのか僕自身もわかりませんが、来年からの二年でもう少し強い組織にしたいと思っています。新型コロナウイルス感染症が世界中で蔓延している間に、日本でしかできないこともあるでしょう」

「そうか……まだ三年だったな……思い返せば、なんだか長く感じるな」

「中身が濃かったせいもあるでしょうし、世界中を飛び回ったわけですからね」

「経費を気にしなくていい……というのもあるけどな」

「確かにそれはありがたいと思います。日本政府も捨てたものではない……ということですし、今回の選挙を見ても、日本人も政治に関心が向きはじめたのかと思いますよ。かつての大学紛争当時のアジ演説を国政でやっていたような、左翼崩れの政治家に国を任せるのは不安だったのでしょう」

「あからさまな感情爆発だったからな……そんな時代は終わっていることに気付かない政治家もまだ多いんだけどな。それでも過去の遺物が少しずつでも姿を消してくれれば、この国の民主主義も少しは真っ当なものになっていくかもしれない。あまり期待はしていないけどな」

「極超音速ミサイルの実験を始めた国、宇宙で人工衛星の爆破実験をする国が実際に出てきた今日、声高《こわだか》に民主主義を唱えても意味のない時代になってきたのかもしれません。ほんの些細《ささい》なボタンの掛け違いで国が、そして地球そのものが破滅することさえあるわけです。そんな指導者を常時監視する必要があると思っています。そして今、日本でそれをできるのは、我々四人のチームしかないことを頭に入れておいてください」

片野坂にしては珍しく強気な言葉に、香川と望月は返す言葉を失っていた。これを見た片野坂が二人に言った。

「三人で能登半島に行ってみませんか？」

「能登半島？」

「今回、僕が日本海沿岸を回った中で、お二人に最も見ておいてほしいと思ったところです」

「富山、金沢まではよく行ったが、能登半島までは行っていないな……」

香川が言うと、望月も頷きながら、

「小松空港、富山空港、金沢駅からも結構あるんですよね。ＪＲの七尾線も和倉温泉までですからね」

「それが能登空港というのがあるんですよ。愛称はのと里山空港。羽田から一日二便ですが、ここでレンタカーを使えば空港から輪島市まで三十分で行くことができます。僕も石川県警の捜査官とは能登空港で待ち合わせました。県警本部まで足を運ぶ必要もありませんしね」

「お前みたいなお偉いさんが行くと、県警も迷惑だろうからな」

「石川県警本部長は、本部長としては振り出しの県で階級は警視長ですから、年次的には僕は本部長の次ということになってしまいます。僕が単独出張する際には、大阪府を除く道府県警のナンバーツーである警務部長に連絡を入れるようにしています」

「大阪は副本部長がいるんだったっけ？」

「平成二十四年から副本部長を置くようになりました。これに警務部長を加えた三人が警視監ですね」

「すると、各部長は警視長か？」

「だいたいそうだった……と思います」

「だいたい……か……まあ、大阪府警も警視庁に次ぐ大きな組織だからな。それよりもお前を案内したのは警備部公安課の課員だったのか？」

「はい、上席管理官の方でした。気の毒に、本部長からの指示で担当させられてしまったようでした。もちろん運転担当の捜査官もいませんでしたけど」

「管理官に上席……というのがあるのか？」

「警視庁でいう理事官のようなものでしょうね。まだまだ伸びそうな雰囲気の方でしたよ」

「理事官クラスが自ら運転するというのも、また相当な気の遣い方だな。下の者には聞かせたくない話もあったんだろうな」

「そうでもないのですが、若い方には刺激が強すぎてもよくないかと思われたのでしょう」

「どうせまた、朝鮮半島有事の話でもしたんだろう？」

「よくわかりますね」

片野坂が笑って答えた。

「今回、皆さんをスイスにお連れした理由もおわかりになったと思いますが、能登半島の警視の重要さも理解していただきたいので」

「輪島には航空自衛隊のレーダーサイトがあったよな」

「香川さん、何でもご存じですね。元々は大日本帝国海軍の皆月《みなづき》海軍望楼があった場所ですが、戦後、同地を米軍が接収し、対空レーダー基地として改設軍務駐留したのです。

その後、航空自衛隊に移管され、レーダーサイトを現在の位置に設置しました。大日本帝国のみならず、アメリカ軍も能登半島の地政学上の重要性を理解していたことがわかります。そして、香川さんはご存じでしょうが、北朝鮮による最初の拉致が行われたのも、能登半島だったのです」

「そうだったな……そこまで言われると行ってみなければならないな」

三日後、三人は石川県輪島市の輪島港に面する輪島キリコ会館の裏手にあるマリンタウンと呼ばれる岸壁《がんぺき》に立っていた。

「この岸壁は、水深まではわからんが、まさに潜水艦基地にはうってつけの構造だな……約二百メートルはあるな。おまけに漁港とははっきり分かれているし……何のための港なんだと思ってしまう」

「青島の八角亭へと続く桟橋はまさにこんな感じでしたよ。この広さでは中国の大型クルーズ船は入港できないでしょうし……本当に何のための岸壁なんでしょう」

望月が首を傾げたのを見て片野坂が答えた。

「避難港に指定され、冬季に沖合を通過する中小船舶の避難場所を確保するために防波堤工事と護岸工事が行われたようです。客船としては『ぱしふぃっくびいなす』という新日本海フェリーの、旅客定員七百二十人の船が立ち寄っていますね」

「ぱしふぃっくびいなす……確か日本で二番目に大きな客船だが、世界の大型クルーズ船は乗客定員七千人以上だからな……。中国のクルーズ船でも五千人は乗って来るからな。とはいえ、ここを潜水艦基地にしてしまえば、観光船は遠のくわな……輪島市民の反感の方が大きいんじゃないのか？」

「大型クルーズ船が来るときは潜水艦は出港していればいいだけのことでしょう。既に航空自衛隊輪島分屯《ぶんとん》基地もあることですし、能登空港からここに来るまでに見えていたように、数年後には高速道路も輪島まで届くのですからね。米軍と違って自衛隊員は規律がしっかりしていますから、拒絶意識は少ないような気がしますよ」

片野坂が笑いながら言うと、香川はこれには返事をせず、腕組みをしながら日本海に目をやった。この日は冬の日本海側にしては珍しく晴天で、波も穏やかだった。香川がぶっきらぼうに言った。

「明日の天気は悪いらしいな。実質、視察ができるのは今日だけか？」

「そうですね。狼煙の灯台まで行ってみましょう」

港から山に目を向けると、山頂の一つに白く輝く球形のレーダーサイトが目に入る。レーダーサイトは、三次元レーダーによって対空監視を主な任務とする航空自衛隊の地上基地であるが、ここでは並行して無線傍受（エリントやコミント）などの情報収集任務も行っている。エリント（ＥＬＩＮＴ: electronic intelligence）は、電子情報の略で、対象が活動中に使用しているレーダー電波を収集記録、分析することで得られる情報のことである。コミント（COMINT: communication intelligence）は通信情報の略で、対象国の通信電波などを傍受・測定して得られる情報のことである。

「あれが航空自衛隊のレーダーサイトか……」

「そうですね。中国、ロシア、南北朝鮮に対する国家防衛の要の一つだと思います」

「国家防衛……といえば、先日の中ロ合同演習の後、ロシアの通信システムに何らかの変更はあったのか？　それに、アメリカとドイツの関係者もその様子を見ていたわけで、中ロの通信網や、演習時の使用周波数等を知りたがっているんじゃないのか？」

「使用する波は変わりましたが、新たな使用波の周波数は解明済みです」

「どうやって？」

「ちょっとした小細工をするだけですよ。ロシアでは対潜水艦の通信をZEVS《ゼウス》と呼んでいますが、これに使用する波は極超長波伝送システムでその周波数は八十二キロヘルツと決まっているんです。その理由は、極超長波周波数が水だけでなく、厚い海氷にも浸透するため、潜水艦は極地の氷冠の下を移動しているときでも通信を受けることができるからなんです」

「そうなのか……」

「これはあくまで、潜水艦に対する送信専用ですが、その逆も、極超長波の域を探ればだいたい判明します。ただし、その後のデジタル解析が必要ですが、潜水艦から基地や水上艦船に対して通信をするのは、緊急事態の場合がほとんどなのです」

「なるほど……それで海亀ちゃんからのソナーや浮上命令の通信ができたんだな」

「はい。今頃、ロシア海軍も中国人民解放軍もわれわれの海亀ちゃんが発信したソナーや無線の分析を懸命に行っているのでしょうが、未だに発信源が日本海を悠々《ゆうゆう》と泳いでいるとは思いもしないでしょう。しかも当時、日本海の海域には海上自衛隊や海上保安庁の艦船等が出ていないことも、彼らは把握していますから、不気味に映っているはずです」

「敵がわからないほど怖いものはないからな」

「もうしばらく恐怖を味わわせておいてやりましょう。それよりも、このチームが国家相手に今回のような作戦ともいえる事案を決行しなければならなかったことについては、今後、組織のあり方が改めて問われることになるだろうと思います」

望月が片野坂に訊ねた。

「ところで部付はいつから対ロシア関係を追っていたのですか？」

「漠然とは二〇一八年にＦＢＩにいる頃、中国とロシア両国の長期政権が確実に専制主義に陥ることがわかっていました。そして、その後に起こりうる中国とロシアの関係も必ず破綻が来ることは、習近平が一帯一路を推進する限りやむを得ない結果になると思っていました」

「それは中東アジア圏の旧ソ連から独立した国家への影響力の問題から……ですか？」

「そうですね。それに加えて、地球温暖化によって北極圏が『より開かれた海』に変わりつつある現在、米国と中国、ロシアの間で二十一世紀のグレートゲームともいえる、新たな航路や資源をめぐる大国間競争が過熱してきますからね」

「すると米、中、ロ三国間の覇権争いは、まだまだ続くわけですね」

「そして、そこにEUも絡んでくるとなれば、NATOとロシアの問題も絡んできます。すでにトルコがロシアに接近したことで、ロシアの潜水艦を含む軍艦が黒海からボスポラス、ダーダネルス海峡を自由航行できるようになったわけです」

「なるほど……そうなると、ロシアの次の目標は対アメリカ……ということになるのですか？」

片野坂が日頃からトルコのエルドアン政権に疑問を向けていたことを知っていた望月が訊ねると、片野坂は頷きながら解説を始めた。

「その前に、中国を牽制しながら、世界の目を太平洋に向けないようにしなければなりません。そこで、始めたのがウクライナ侵攻の準備だと思っています。このプーチンの発想は、習近平が香港を半ば武力介入する形で事実上併合してしまったことへのUNを含む、欧米の動きを見たからだと思います」

「文句を言う奴はいない……ということですね」

「そうです、そこで徐々に軍事演習を装いながら、部隊をウクライナ周辺に集め始めたと分析しています」

片野坂は二〇二一年三月以降、ロシアがウクライナ国境に約十万人の兵士を集める行動や、昨年春以降のウクライナ政府とＮＡＴＯとの関係強化等から、ロシアが本気でウクライナ侵攻を狙っていることを感じ取っていた。

「ロシアが欲しいのはウクライナの肥沃な農地と帝政ロシア時代以来の軍港都市セヴァストポリでしょう」

「確かにソ連時代からウクライナはソ連最大の穀倉地帯だったからな……セヴァストポリはクリミア自治共和国同様、すでにロシアの支配下に入っているんじゃなかったか？」

香川の問いに片野坂が答えた。

「いえ、二〇一四年のクリミア危機で帰属問題が再燃していて、クリミア共和国としてロシア連邦に編入しましたが、ウクライナ政府およびアメリカ合衆国、欧州連合（ＥＵ）、そして日本などの諸外国はロシアへの編入を認めていないのです」

「そうなのか……しかし、ウクライナはヨーロッパで二番目に貧しい国と言われているんじゃなかったか？」

「はい。コロコロ変わった政府に問題があったのは事実ですね。結果的に汚職が拡大してしまったわけですから」

二〇一八年九月、ウクライナのポロシェンコ大統領は一九九七年にロシアと締結した友好協力条約を延長しない旨をロシア政府に通告した。その後の大統領に就任したウォロディミル・ゼレンスキーは二〇二一年三月、クリミア半島の占領解除とウクライナへの再統合をめざす国家戦略を承認するとともに、八月には国際的な枠組みである「クリミア・プラットフォーム」を始動させてクリミア奪還をめざす計画を進めたことで、プーチンが軍を動かすことになったと伝えられている。

「ロシアが朝鮮半島の釜山港を狙っていることは以前にも話したことがありますが、ロシアは潜水艦基地となる不凍港として、セヴァストポリは対ＮＡＴＯにどうしても必要な軍港なのです」

「そうか……それに加えて対中国、アメリカを考えて日本海側の基地を固めたいわけか……」

「そうだと思います。セヴァストポリの姉妹都市であるロシアのペトロパブロフスク・カムチャツキーはロシア海軍の太平洋艦隊の重要な軍港となっていますが、カムチャツカ半島の突端に近い都市のため、兵站を送る陸上交通がないのも問題なのです」

「そうか……そうなると、やはり日本海側に日本の防衛上の拠点港は必要なんだな」

香川が日本海を眺めながら呟くように言った。

東京に戻ると、片野坂のデスクに警察庁から何度か電話が入った。片野坂はその度に警察庁に説明に行くとともに、警視総監、公安部長にも報告していた。

二日間にわたる事情説明が終わると、ようやく片野坂が笑顔で言った。

「やはり、上は国際問題に発展するのを恐れていたようですが、結果的にドイツ警察が『マフィア同士の抗争』でカタを付けたことで、一件落着でした」

片野坂の説明に香川が言った。

「警視庁四万五千人の中のたった四人が、トップの許可を得ることもなく、ＵＮ安全保障理事会の常任理事国を相手にしてしまったわけだからな……単なる暴走では済まないだろうな」

「アメリカのペンタゴン（国防総省）がＣＩＡと手を組んで行うような作戦行動から見れば、子どものお遊びのような案件でしょうが、実際にやったことはそれなりに意義があることだと思っています。ただ、しっかりした司令官が不在のままだったことは問題です。今回はたまたまＢＮＤという強い味方が現場支援してくれたからよかったものの、今後は事後報告ではなく、戦略会議の長が必要と考えています」

「警備局長ではダメなのか？」

「警備局長はまだ二つ先がある方ですからね。そうかと言って、警察庁長官が抱える問題でもないわけです」

「すると、その間の次長か官房長しかいないじゃないか。警視総監は東京支店長だからな」

「はい。警備局長出身の次長もしくは官房長ということになります。現在では次長です」

「なんだか面倒くさいことになるな……その前に警視総監、副総監、公安部長を無視するわけには行かなくなるじゃないか。しかもいくら部付だとはいえ、階級的には参事官、公総課長の二人も立場的には上司になるんだろう？」

「部付ですから参事官、公総課長は省いていいかと思います。ただし、総監、副総監が警備局出身でない場合はすっ飛ばすしかありません。公安部長に腹をくってもらうしかないでしょう」

「公安部長には報告済みなんだろう？」

「海亀作戦や、皆さんの出張目的等、だいたいのことは話してありますが、ベルリンの件だけは事後報告です。部長も『緊急避難に該当するだろう。殉職者が出なかったのは幸いだ』という旨のことを言ってくださっています」

「理解あるなあ」

「そうしか言いようがなかったのでしょう。ただし、使用した薬物については詳細に聞かれました」

「あれは何処で作られたんだ？」

「中東の部族では昔から使われていたそうです。成分を解析すればＢＮＤもわかるでしょう。今でもアフガニスタンの反政府組織やシリアの一部地域で作られているものです」

「なんだ、やっぱり望月ちゃんルートか？」

「中国の公安は望月さんをアフガニスタン人だと信じきっていましたからね。実に都合がよかったのです。望月さんに北京で依頼して入手しました」

「今後もまた今回のようなことがあると思うのか？」

「アメリカのSeal Team Sixのような特殊部隊は日本警察にはありませんし、ペンタゴンの外局にあたる国家安全保障局（ＮＳＡ）、国家地理空間情報局（ＮＧＡ）、国家偵察局（ＮＲＯ）、国防情報局（ＤＩＡ）も日本にはありません。日本人の人質奪還にしても、いつまで経っても他国の手を借りなければならないのが現状です。しかし、せめて自分たちの生命身体だけは自分たちで守る必要があると思います」

「Seal Team Sixか……アメリカ海軍の特殊部隊であるNavy SEALsから独立した、対テロ特殊部隊のことだな……わずか二十五人でウサーマ・ビン・ラーディンの殺害作戦を遂行したチームだったよな」

「アメリカで実践訓練を受けた時の教官の一人も、そのチームにいた人だったんですよ」

「そうだったのか……確かに、日本警察のＳＡＴの訓練どころじゃなかったからな。しかし、日本の自衛隊も合同訓練をやっているんだろう？」

「いえ、自衛隊がやっているのはNavy SEALsの中の他チームです。国際テロ対策を担っている日本警察に対テロ特殊部隊が存在しないのは実に悲しいことなのですが、これは仕方がないことと諦めるしかありません。ただし、アメリカは軍隊だけでなく、ＣＩＡのような情報機関でも、海外で多くの殉職者を出しています。殉職者を出さないに越したことはないのですが、究極の情報戦ともなれば、決してそうはいかないのです。かつての日本警察の公安捜査員の中にも、人知れず殉職された方がいらっしゃると聞いています」

「俺の先輩の中にもいるよ。ご遺族には事故と伝えられているようだけどな。無残な姿だった……そういう敵が国内では極めて少なくなったのは事実だけどな」

「そうでしたか……」

二人の会話を聞いていた望月が頷きながら口を挟んだ。

「私もアフガニスタンやシリアでNavy SEALsやＣＩＡの方の殉職を目の前で見ていま

す。その多くは情報提供者や仲間と思っていた者の裏切りによる自爆テロに巻き込まれたものでした。私は反政府組織という立場でしたから、敵として対峙《たいじ》することはありませんでしたが、彼らの命がけの仕事はつぶさに見てきました。片野坂さんに助け出されて、現在の仕事に就かせていただいた時、彼らのような仕事ができるのかと思うと鳥肌が立って、全身の毛穴から英気が噴き出すような感覚を味わった瞬間を今でも忘れていません」

「望月ちゃんの場合は特殊だからな……。しかし、今回、俺たちだってペンタゴンではないが、内閣府の衛星や白澤の姉ちゃんの特殊技能を十分に発揮できたんじゃないのか？」

「あるものは最大限に使わせてもらいましたし、ＢＮＤやＦＢＩの力も借りています。そのＦＢＩは、ＣＩＡと連絡を取り合っている部門ですから、結果的には総合力がものをいったことは間違いありません。今回の端緒の一つであったロシア人女性の国際結婚問題も、ドイツやアメリカでも行われていたことが明らかになり、その点では非常に感謝されました」

「そういえば、外一と組対《そたい》が数十人規模を検挙したようだな」

「はい。部長からの連絡ではロシアンマフィアを中心とした犯罪シンジケートの摘発ができたようで、地方自治体と霞が関の各官庁につながるオンラインの完全見直しもできたということでした」

「するとロシアンパブも減ってしまったわけだな……ウラジオストクで日本行きを夢見ていたお姉ちゃんたちが可哀想になってしまうな……」

香川が真顔で言った時、片野坂の卓上電話が鳴った。ディスプレイを見た片野坂が笑顔で言った。

「白澤さんからです」

「この部屋、白澤の姉ちゃんに盗聴されているんじゃないのか?」

香川の言葉に片野坂と望月が思わず噴き出した。

この作品は文春文庫のために書き下ろされたものです
この作品は完全なるフィクションであり、登場する人物や団体名などは、実在のものと一切関係ありません
DTP制作　エヴリ・シンク

文春文庫

警視庁《けいしちょう》公安部《こうあんぶ》・片野坂彰《かたのさかあきら》
群狼《ぐんろう》の海域《かいいき》

定価はカバーに表示してあります

2022年4月10日　第1刷

著　者　濱《はま》　嘉《よし》　之《ゆき》
発行者　花田朋子
発行所　株式会社　文藝春秋

東京都千代田区紀尾井町 3-23　〒102-8008
TEL　03・3265・1211(代)
文藝春秋ホームページ　http://www.bunshun.co.jp
落丁、乱丁本は、お手数ですが小社製作部宛お送り下さい。送料小社負担でお取替致します。

印刷製本・大日本印刷
Printed in Japan
ISBN978-4-16-791749-4

文春文庫　濱嘉之の本

（　）内は解説者。品切の節はご容赦下さい。

濱　嘉之
警視庁公安部・青山望
完全黙秘

財務大臣が刺殺された。犯人は完黙し身元不明のまま。捜査する青山望は政治家と暴力団・芸能界の闇に突き当たる。元公安マンが圧倒的なリアリティで描くインテリジェンス警察小説。

は-41-1

濱　嘉之
警視庁公安部・青山望
政界汚染

次点から繰上当選した参議院議員の周辺で、次々と人が死んでいく。警視庁公安部・青山望の前に現れた、謎の選挙ブローカー、刀匠らが、大きな権力の一点に結び付く。シリーズ第二弾。

は-41-2

濱　嘉之
警視庁公安部・青山望
報復連鎖

大間からマグロとともに築地に届いた氷詰めの死体。麻布署に異動した青山が、その闇で見たのは「半グレ」グループと中国マフィアが絡みつく裏社会の報復。大人気シリーズ第三弾！

は-41-3

濱　嘉之
警視庁公安部・青山望
機密漏洩

平戸に中国人五人の射殺体が漂着した。捜査に乗り出した青山は日本の原発行政をも巻き込んだ中国の大きな権力闘争に気付く。そして浮上する意外な共犯者……。シリーズ第四弾。

は-41-4

濱　嘉之
警視庁公安部・青山望
濁流資金

仮想通貨取引所の社長殺害事件と急性心不全による連続不審死事件。所轄から本庁に戻った青山は、二つの事件の背後に広がる闇に戦慄する。リアリティを追求する絶好調シリーズ第五弾。

は-41-5

濱　嘉之
警視庁公安部・青山望
巨悪利権

湯布院温泉で見つかった他殺体。マル害は九州ヤクザの大物だった。凶器の解明で見えてきた、絡み合う巨大宗教団体と利権の構造。ついに山場を迎えた青山と黒幕・神宮寺の直接対決。

は-41-6

濱　嘉之
警視庁公安部・青山望
頂上決戦

分裂するヤクザとチャイニーズ・マフィア！　悪のカリスマ、神宮寺武人の裏側に潜んでいたのは中国の暗闇だった。青山、大和田、藤中、龍の「同期カルテット」が結集し、最大の敵に挑む！

は-41-7

（　）内は解説者。品切の節はご容赦下さい。

恩田　陸
木洩れ日に泳ぐ魚
アパートの一室で語り合う男女。過去を懐かしむ二人の言葉に、意外な真実が混じり始める。初夏の風、大きな柱時計、あの男の背中。心理戦が冴える舞台型ミステリー。（鴻上尚史）
お-42-3

恩田　陸
夜の底は柔らかな幻（上下）
国家権力の及ばぬ〈途鎖国〉。特殊能力を持つ在色者たちがこの地の山深く集う時、創造と破壊、歓喜と惨劇の幕が切って落とされる！　恩田ワールド全開のスペクタクル巨編。（大森　望）
お-42-4

恩田　陸
終りなき夜に生れつく
ダークファンタジー大作『夜の底は柔らかな幻』のアナザーストーリーズ。特殊能力を持つ「在色者」たちの凄絶な過去が語られる。至高のアクションホラー。（白井弓子）
お-42-6

大山誠一郎
密室蒐集家
消え失せた射殺犯、密室から落ちてきた死体、警察監視下で起きた二重殺人。密室の謎を解く名探偵・密室蒐集家。これぞ究極の密室ミステリ。本格ミステリ大賞受賞作。（千街晶之）
お-68-1

大山誠一郎
赤い博物館
警視庁付属犯罪資料館の美人館長・緋色冴子が部下の寺田聡と共に、過去の事件の遺留品や資料を元に難事件に挑む。超ハイレベルで予測不能なトリック駆使のミステリー！（飯城勇三）
お-68-2

太田紫織
あしたはれたら死のう
自殺未遂の結果、数年分の記憶と感情の一部を失った遠子。その時に亡くなった同級生の少年・志信と自分はなぜ死を選んだのか——遠子はSNSの日記を唯一の手がかりに謎に迫るが。
お-69-1

太田紫織
銀河の森、オーロラの合唱
地球へとやってきた、慈愛あふれる宇宙人モーンガータ（見た目はほぼ地球人）。オーロラが名物の北海道陸別町で宇宙人と暮らす日本の子どもたちが出会うちょっとだけ不思議な日常の謎。
お-69-2

（　）内は解説者。品切の節はご容赦下さい。

川端裕人
夏のロケット
元火星マニアの新聞記者がミサイル爆発事件を追ううち遭遇する高校天文部の仲間。秘密の町工場で彼らは何をしているのか。ライトミステリーで描かれた大人の冒険小説。（小谷真理）
か-28-1

垣根涼介
午前三時のルースター
旅行代理店勤務の長瀬は、得意先の社長に孫のベトナム行きの付き添いを依頼される。少年の本当の目的は失踪した父親を探すことだった。サントリーミステリー大賞受賞作。（川端裕人）
か-30-1

垣根涼介
ヒート アイランド
渋谷のストリートギャング雅《みやび》の頭《ヘッド》、アキとカオルは仲間が持ち帰った大金に驚愕する。少年たちと裏金強奪のプロフェッショナルたちの息詰まる攻防を描いた傑作ミステリー。
か-30-2

垣根涼介
ギャングスター・レッスン
ヒート アイランドII
渋谷のチーム「雅」の頭、アキは、チーム解散後、海外放浪を経て、裏金強奪のプロ、柿沢と桃井に誘われその一員に加わる。『ヒート アイランド』の続篇となる痛快クライムノベル。
か-30-4

垣根涼介
サウダージ
ヒート アイランドIII
故郷を捨て過去を消し、ひたすら悪事を働いてきた一匹狼の犯罪者と、コロンビアからやって来た出稼ぎ売春婦。ふたりは大金を摑み、故郷に帰ることを夢みた。狂愛の行きつく果ては——。
か-30-3

垣根涼介
ボーダー
ヒート アイランドIV
〈雅〉を解散して三年。東大生となったカオルは自分たちの名を騙ってファイトパーティを主催する偽者の存在を知る。過去の発覚を恐れたカオルは、裏の世界で生きるアキに接触するが。
か-30-5

加納朋子
螺旋階段のアリス
憧れの私立探偵に転身を果たしたものの依頼は皆無、事務所で暇をもてあます仁木順平の前に、白い猫を抱いた美少女・安梨沙が迷いこんでくる。心温まる7つの優しい物語。（藤田香織）
か-33-6

（　）内は解説者。品切の節はご容赦下さい。

虹の家のアリス
加納朋子
心優しき新米探偵・仁木順平と聡明な美少女・安梨沙。『不思議の国のアリス』を愛する二人が営む小さな事務所に持ちこまれる6つの奇妙な事件。そして安梨沙の決意とは。（大矢博子）
か-33-7

贄《にえ》の夜会（上下）
香納諒一
《犯罪被害者家族の集い》に参加した女性二人が惨殺された。容疑者は少年時代に同級生を殺害した弁護士！　サイコサスペンス＋警察小説＋犯人探しの傑作ミステリー。（吉野　仁）
か-41-1

エデンの果ての家
桂　望実
母が殺された――葬儀の席で逮捕されたのは僕の弟だった。「理想の家庭」で疎外感を味わう主人公の僕は、真相を求めて父と衝突を繰り返すが……。渾身の「魂のミステリ」。（瀧井朝世）
か-43-3

天才たちの値段　美術探偵・神永美有
門井慶喜
美術講師の主人公と、真贋を見分ける天才の美術コンサルタント・神永美有のコンビが難題に取り組む五つの短篇。ボッティチェッリ、フェルメールなどの幻の作品も登場。（大津波悦子）
か-48-1

天才までの距離　美術探偵・神永美有
門井慶喜
黎明期の日本美術界に君臨した岡倉天心が、自ら描いたという仏像画は果たして本物なのか？　神永美有と佐々木昭友のコンビが東西の逸品と対峙する、人気シリーズ第二弾。（福井健太）
か-48-2

注文の多い美術館　美術探偵・神永美有
門井慶喜
榎本武揚が隕石から作ったという流星刀や支倉常長が持ち帰ったローマ法王の肖像画、京都から出土した〝邪馬台国の銀印〟は本物か？　大好評のイケメン美術探偵シリーズ！（大崎　梢）
か-48-5

キッドナッパーズ
門井慶喜
その犯罪者は、なぜか声が甲高く背は低く……オール讀物推理小説新人賞受賞の誘拐ミステリー「キッドナッパーズ」ほか、楽しく機知に富んだ単行本未収録ミステリー集。（宇田川拓也）
か-48-6

（　）内は解説者。品切の節はご容赦下さい。

北村　薫
街の灯
昭和七年、士族出身の上流家庭・花村家にやってきた若い女性運転手〈ベッキーさん〉。令嬢・英子は、武道をたしなみ博識な彼女に魅かれてゆく。そして不思議な事件が……。（貫井徳郎）
き-17-4

北村　薫
玻璃《はり》の天
ステンドグラスの天窓から墜落した思想家の死は、事故か殺人か——表題作「玻璃の天」ほか、ベッキーさんの知られざる過去が明かされる、『街の灯』に続くシリーズ第二弾。（岸本葉子）
き-17-5

北村　薫
鷺《さぎ》と雪《ゆき》
日本にいないはずの婚約者がなぜか写真に映っていた。英子が解き明かしたそのからくりとは——。そして昭和十一年二月、物語は結末を迎える。第百四十一回直木賞受賞作。（佳多山大地）
き-17-7

北村　薫
中野のお父さん
若き体育会系文芸編集者の娘と、定年間近の高校国語教師の父。娘が相談してくる出版界で起きた「日常の謎」を、父は抜群の知的推理で解き明かす！　新名探偵コンビ誕生。（佐藤夕子）
き-17-10

北村　薫
水に眠る
同僚への秘めた思い、途切れた父娘の愛、義兄妹の許されぬ感情……。人の数だけ、愛はある。短編ミステリーの名手が挑む十篇の愛の物語。有栖川有栖ら十一人による豪華解説を収録。
き-17-11

貴志祐介
悪の教典（上下）
人気教師の蓮実聖司は裏で巧妙な細工と犯罪を重ねていたが、綻びから狂気の殺戮へ。クラスを襲う戦慄の一夜。ミステリー界の話題を攫った超弩級エンターテインメント。（三池崇史）
き-35-1

喜多喜久
プリンセス刑事《デカ》
女王の統治下にある日本で、王女・白桜院日奈子がなんと刑事になった！　血が苦手な若手刑事とのコンビで挑むのは、凶悪な連続〝吸血〟殺人！　二人は無事に犯人を逮捕できるのか？
き-46-1